Romualdas Granauskas
Das Strudelloch

Romualdas Granauskas

Das Strudelloch

Roman

Aus dem Litauischen
von Gila Rom

WALLSTEIN VERLAG

Aber trotz allem, trotz allem
war einen Sommer lang
hier unsere Welt,
unsere Freuden, unser Leid

Strielkunas

Vorwort

»Ach, nicht einmal drei Bücher würden ausreichen, wenn jemand über mein Leben schreiben wollte.« So redet irgendein alter Mann in einem Dorf und nickt dabei mit dem Kopf. Aber im Grunde genommen weiß er, dass das nicht geschehen wird, denn sein Leben ist doch für niemanden interessant, schon gar nicht für die Nachbarn, die sowieso schon alles über ihn wissen. In seinem Leben geschah nichts Wichtiges, es lief einfach so dahin, tief über die Erde gebeugt schnitt er Heu für die Kühe, grub Kartoffeln aus, fuhr mit dem Fahrrad ins Städtchen, um Brot zu holen … Hatten die Anderen nicht auch so gelebt? Hin und wieder betrank er sich mit den Männern, ging dann am Zaun entlang schwankend wieder nach Hause, nicht einmal ein Lied sang er dabei und legte sich – nur die Schuhe zog er aus – mit dem Gesicht zur Wand ins Bett.

Erst jetzt beginne ich zu verstehen, was den Menschen bei diesen Reden durch den Kopf geht. Sie reden natürlich nicht über sich selber, ob sie sich nun für wichtig und bedeutend halten oder nicht, sondern sie reden über die Zeit, die ihnen zu leben bestimmt war, die Vorkriegszeit, die Nachkriegszeit, die Verbannung und die Zeit des Widerstands in den Wäldern. Natürlich haben sie noch viel mehr erlebt, aber über all das wird jetzt nur noch ein »Gott bewahre« gesagt. Vielleicht überlegt sich jemand auch: Ich habe in einer so wichtigen Zeit gelebt, ist mein Leben vielleicht dadurch für jemanden wichtig geworden? Aber im Grunde genommen will er, dass man weniger über ihn, sondern mehr über die Geschehnisse jener Zeit schreiben sollte, so wie er sie in der Tiefe seines Herzens fühlt; niemand hat das Recht, sie zu vergessen oder mit einer Handbewegung nachlässig abzutun: Ach, das ist schon lange her! Er erinnert sich nicht an die Gedanken, die ihm im

Laufe seines Lebens durch den Kopf gegangen sind, er hat vergessen, worüber er nachgedacht hat, wenn er mit dem Fahrrad durch das Wäldchen gefahren ist oder auf der Wiese am Waldrand die Sense geschwungen hat: Unzählige Male ist er gefahren, unzählige Male hat er nachgedacht. Du wirst jetzt auch nicht alle Gedanken im Kopf haben, doch ein Leben lang umkreisen sie dich in Schwärmen – setzt sich das Leben eines Menschen etwa aus Gedanken zusammen? Gedanken gehen dir durch den Kopf und das ist alles. Sie hinterlassen dort keine Spur oder sonst etwas, es ist, als ob ein Wölkchen am Himmel vorübergezogen wäre. Er erinnert sich nur an Gefühle: Angst, Hoffnungslosigkeit, Verzagtheit, Unruhe, Hunger, Kälte. Aber Freude, was ist das? Ein Gefühl von kurzer Dauer und somit zwischen den anderen eigentlich ganz unwichtig: Du hast dich gefreut, und das ist alles, du weißt schon, dass es schnell vorübergeht, gefolgt von etwas Größerem, Schrecklicherem und Wichtigerem. Allein das Warten darauf ist schrecklich, und so entwickelt sich das ganze Leben schrecklich. Weil es aber schrecklich ist, ist es wichtig, denn von dem, was um dich – nah oder fern – geschieht, kommt nur das Wichtige immer näher und näher, ballt sich zusammen, umzingelt dich, drückt auf das Herz und nimmt dir den Atem; all das sollte in Büchern niedergeschrieben werden, damit die Leiden der Menschen nicht spurlos verlorengehen, sonst gibt es auf der Welt weder Wahrheit noch Gerechtigkeit, und dann müsste man gar nicht erst geboren werden und leben.

Am Ende des Lebens fragt sich der Mensch: Ich habe schon lange gelebt, ich bin viel herumgekommen und habe gelitten, es bleibt mir nicht mehr viel Zeit. Wozu das alles und warum? Werde ich es noch verstehen, bevor ich die Augen schließe? Haben die Anderen nicht ähnliches Leid erfahren, wird es dadurch leichter für mich? Nein! Bei Gott, nur viel schwerer! Niemand aber wird danach fragen oder es aufschreiben, denn kein Anderer kann es verstehen.

Da ich bis jetzt nicht verstanden habe, warum ich lebe, werde ich auch nicht verstehen, warum ich sterben sollte: Vielleicht deswegen, weil jemand es so geregelt hat? Soll das bedeuten, dass mein Leben mir nicht gehört und mir nur Leid und Elend aufgegeben wurden? Dann sollte man mir sie auch lassen und nach meinem Tod mit mir zusammen in der Erde begraben, damit die Anderen weniger davon haben! Aber nein! Sie werden mit mir nicht vergraben, sie bleiben zurück, darum vermehren sie sich und werden nicht weniger, auch wenn man alle Lebenden begraben würde, werden die Leiden – wie eh und je – auf dieser Welt sein. Andererseits, welchen Wert haben sie, wenn es dich nicht mehr gibt? Sie gehörten dir, die Anderen hatten ihre eigenen. Wenn man sie beschreiben würde, bekämen sie vielleicht irgendeinen Wert und du mit ihnen, denn ohne dich ist das Leid wertlos, wie auch du ohne Leid keinen Wert hast. Es ist einfach so: Der Mensch kann im Leben dem Leid nicht entkommen und nach seinem Tode nicht dem Vergessenwerden.

Warum stelle ich diese Überlegungen an? Ich werde nicht über irgendeinen alten Mann schreiben, der noch im vergangenen Sommer den Klee in seinem Hof plattgetreten hat, auch nicht über irgendwelche Gedanken, die alten Menschen zwangsläufig durch den Kopf gehen, ebenso wenig werde ich schreiben über … Über vieles werde ich nicht schreiben … Mein Herz wird natürlich nicht zum ersten Mal von Zweifeln geplagt bei dem Gedanken, ob sich jemand für das Leben eines Menschen interessiert, der nicht einmal sich selber interessant fand und der – Gott bewahre – nie wollte, dass man über ihn schreiben würde. Im Gegenteil: Er lebte so, dass man – auch bei bestem Willen – nichts Interessantes über ihn hätte schreiben können. Ich weiß nicht, warum ich von all meinen Klassenkameraden an ihn denke, obwohl ich fast nichts habe, dass an ihn erinnert. Ich habe mit ihm zusammen genau ein Jahr lang gelernt, aber wir waren keine Freunde, nur sein Vor- und

Nachname gingen mir nie aus dem Kopf und ich fragte mich: So viele aus unserer Klasse leben nicht mehr, wie steht es mit ihm?

Ich wusste nicht einmal, wo er wohnte und an welchem Ort er eine Ausbildung begonnen und ob er sie beendet hat, ob er überhaupt etwas zu Ende gebracht hat. Die ganze Klasse hatte vereinbart, dass wir uns jedes fünfte Jahr am zweiten Sonntag im Juli treffen wollten, und in der Tat hatten wir uns nach fünf, nach zehn, nach fünfzehn, nach zwanzig Jahren getroffen. Er ist niemals dabei gewesen, und niemand hatte ihn irgendwo gesehen oder etwas darüber gehört, ob er etwa gestorben war. Wenn er nach seinem Militärdienst irgendwo in Russland geblieben wäre, hätten wir es erfahren. Er lebt und es gibt kein Zeichen von ihm. Wie ist es möglich, dass er kein Lebenszeichen und keine Spur hinterlassen hat, dass gar nichts von ihm übrig geblieben ist?

Diese Frage, nicht er selbst, hat mir keine Ruhe gelassen, und so hatte ich keine andere Wahl, als mir auszudenken, wohin er verschwunden sein könnte. Deshalb ist es für mich notwendig gewesen, dieses Vorwort zu schreiben; und auch weil ich selbst schon ein hohes Alter erreicht habe, frage ich mich: »Was bleibt zurück von einem Menschen, wenn er selber nicht mehr da ist?«

Kapitel 1

So zu leben, wie Gaučys lebte, ist nur dann möglich, wenn man ein großes Ziel vor Augen hat. Jahrzehntelang auf eine Stunde der Erfüllung warten und die ganze Zeit die Zähne zusammenbeißen, die Lippen zusammenpressen und über diese Stunde niemandem nur ein Wort verraten – zurückblickend glaube ich, dass ein starker Wille allein nicht ausreichte, es gab noch etwas, das tiefer war als dieser Wille und vielleicht sogar wichtiger – etwas, das niemals in der Seele des Menschen ermatten oder ganz verschwinden kann. Aber verhielt es sich tatsächlich so? Oder hat der Mensch Gaučys vielleicht nur wie die meisten Anderen gelebt, vom monatlichen Vorschuss bis zur Endabrechnung, gearbeitet, gespart, um sich ab und an einen einfachen Gegenstand zu kaufen, und keine fernen Ziele und keine Stunden der Erfüllung haben sein Herz und seinen Verstand ausgezehrt. Allerdings es gibt etwas, das dagegen spricht – das ist sein Tod, denn sein Körper wurde niemals gefunden. Natürlich ist es möglich, so unauffällig und einfach zu leben, dass das Leben eines Einzelnen in der Menge der Anderen, der Grauen, der Unauffälligen von niemandem bemerkt wird, aber wie und wo muss man sterben, dass man selbst dann unbemerkt bleibt? Von seinem Leben blieb nichts, es blieb nichts von seinem Körper, gar nichts blieb. Wenn er selbst dieses Leben und dieses Ende wollte, warum zögerte er so lange? Will man nicht mehr leben – so lebe man nicht mehr, kein Gesetz zwingt jemanden zu leben, wenn er überhaupt nicht will, jeder ist Herr über sein Leben, aber wie kann man noch Herr über seinen Körper sein, wenn man gestorben ist? Der Körper ist nur noch ein Gegenstand, den man den anderen hinterlässt, aber er ist für die anderen völlig nutzlos, deswegen beeilen sie sich auch, ihn möglichst schnell loszuwerden. Wer könnte außer seiner Frau oder seinen Arbeitskollegen bezeugen, dass er wirklich gelebt hat? Könnte der Pass das oder der Führerschein? Dort sind der Vorname, der Nachname, das Geburtsdatum – 1936 – eingetragen und noch weitere vollkommen unwichtige, unwesentliche Dinge, man kann eigentlich aufschreiben, was man will. Für die Bestätigung, dass ein Mensch wirklich gelebt hat, ist das wichtigste Dokument der Totenschein, aber für Gaučys hat niemand einen solchen ausgestellt. Er ist nicht gestorben, da ihn niemand begraben hat, er ist nicht verschwunden, da ihn niemand gefunden hat, er ist keinem Verbrechen zum Opfer gefallen, da ihn niemand getötet hat, er wurde nicht von einem Auto oder Zug überfahren, er ist nicht vom Dach gefallen und er hat auch nicht im Krankenhaus oder zu Hause sein Leben ausgehaucht, denn nie hat er auch nur ein einziges Mal über Krankheiten geklagt. Es blieb nichts, und das war es. Schluss! Aber hinter diesem »es blieb nichts« verbirgt sich etwas Unklares, Unverständliches, für einen gesunden Verstand nicht Begreifbares, und diese Unklarheit ruft Verwirrung im Kopf hervor. Gut!, sagen wir also, von Gaučys blieb nichts, und mehr können wir dazu nicht sagen, so muss man mit seiner Geburt beginnen, denn wäre er nicht geboren worden, hätte er auch nicht gelebt. Die Geburtsurkunde ist erhalten geblieben, in dieser steht »Gaučys, Jiuozapas, Sohn des Antanas«. Der Name ist falsch geschrieben, kein Mensch schreibt »Jiuozapas« so. Haben sich Priester oder Vikar versehen beim Eintrag in das Taufbuch? Welche Bedeutung konnte das für das Leben von Gaučys haben? Gar keine. Ob Jiuozapas oder Juozapas geschrieben wird, jeder wird den Namen wie gewohnt aussprechen.

Bis zu seinem Schulabschluss wusste Gaučys nicht einmal selbst, dass sein Name falsch geschrieben worden war. Im Pass bemerkte er es irgendwie nicht, denn er schaute nur das eingeklebte Bild an, als er das erste Mal in seinem neuen Pass blätterte; er konnte sich mit dem Gedanken nicht recht abfinden, dass er darin so wenig hübsch war. Schließlich warf er den Pass einfach in die Schublade und schob sie zu. Mit Schönheit hatte er nie prahlen können; obwohl Augen, Haare, Mund, Nase wie bei allen waren, ergaben sie doch zusammen nicht ein Gesicht, das die Herzen der Mädchen sofort zum Hüpfen bringt. Sogar ein weniger hübsches Gesicht gefällt ihnen, seines aber nicht.

Die Grundschule hatte Gaučys in dem Dorf besucht, in dem er wohnte, seine Geburtsurkunde war bei der Lehrerin geblieben, aber als er zur Mittelschule in die Stadt wechseln musste, steckte die Frau Blažiuiene die Geburtsurkunde mit dem Abschlusszeugnis in einen kleinen Umschlag, begleitete ihn durch die Veranda in den Hof, beugte sich über ihn und küsste ihn auf den Hinterkopf, obwohl er in der Schule weder unter den Ersten noch überhaupt ein guter Schüler gewesen war, sondern nur ein einfaches Dorfkind.

»Und jetzt geh, Kindchen …«

Gerührt wie eine Mutter blieb sie so lange stehen, bis er um die Ecke der Schule abgebogen war und dann auf dem Weg durch den Garten auf die Landstraße ging und auf dieser Landstraße weiter bis in die Stadt, in die Stadt, in die Stadt … Die ersten Häuser der Stadt waren bereits nach einigen Kilometern zu sehen, ebenso der Kirchturm und der Schornstein der Brauerei.

Und dann lag dieser »Jiuozapas« noch einmal sieben Jahre im Büro der Schule, bis zu dem Tage, an dem der Direktor mit den lockigen Haaren allen die Reifezeugnisse überreichte. Erst jetzt sah Gaučys seinen Namen schön und deutlich geschrieben: Gaučys, Jiuozapas, Sohn des Antanas.

Jetzt muss beschrieben werden, wo, wie, wann alles geschah, damit jeder sich eine klarere Vorstellung von allem machen kann.

Von der Stadt aus führen Landstraße und Eisenbahnlinie geradeaus Richtung Nordosten. Am Anfang verlaufen sie nebeneinander in einem Abstand von nur einigen Metern, dann wird der Abstand breiter; aber in diesem Zwischenraum stehen noch keine Häuser, keine Schuppen, keine Buden oder anderes, es wächst nur vielerlei staubiges Gras, und fortgeworfene, alte Zeitungspapierfetzen, leere Konservendosen liegen herum, manchmal sieht man weiß eine an einen Pfahl gebundene Ziege, aber nur schemenhaft wie einen weißen Schimmer. Allmählich entfernen sich Landstraße und Eisenbahnlinie voneinander, nach einem halben Kilometer entsteht zwischen ihnen ein noch breiterer Zwischenraum, und dort sind dann ein vertrocknetes Kartoffelfeld, ein schmales Zwiebelbeet, einige Bretterschuppen und die ersten Häuschen zu sehen: Hier ist alles ordentlich, mit richtigen Gemüsebeeten, kleinen Gärten, und so geht es noch einen halben Kilometer, dann kommt der Bahnübergang. Auf der linken Seite der Bahngleise beginnt der Wald, die Bahngleise verlaufen den Waldrand entlang, die Landstraße aber führt durch die flachen Felder. Nach einem oder anderthalb Kilometern zieht sich der Wald von den Bahngleisen, vom ewigen Geratter der Waggons und vom Rauch der Lokomotive zurück, und auf diesem Stückchen Land, man kann »am Waldrand« sagen, es ist auch möglich »zwischen Bahnlinie und Wald« zu sagen – eben auf diesem Landstückchen befinden sich, wie hingeworfen, einige Häuschen von Gaučys' Dorf. Von hier sieht man weder die Stadt noch den Kamin der Brauerei, denn der Wald, der sich wie eine längere Halbinsel vorschiebt, verdeckt alles. Dann teilt die Eisenbahnlinie das Dorf in zwei ungleiche Teile, einen kleineren, der zwischen Wald und Eisenbahnlinie liegt, und einen größeren, der hinter dieser liegt. Nein, besser gesagt, das Dorf ist der Länge nach nicht in zwei, sondern in drei Teile unterteilt, weil der größere Teil noch von der Chaussee durchkreuzt wird, die nach Nordosten verläuft, und dieser dritte, sogar größte Teil des Dorfes, liegt zwischen der Landstraße und dem Fluss Venta. Die drei Dorfteile sind jedoch nicht unterschiedlich benannt, sondern das Dorf hat nur einen Namen. Die Landstraße (»Chaussee« sagt niemand) ist im Dorf am wichtigsten. Nicht nur weil sie sehr viel älter ist als die Bahnlinie und bei ihr und eben nicht bei der Bahnlinie das ganze Dorf entstanden ist – nur kleinere Häuser stehen unregelmäßig verstreut am Dorfrand –, sondern weil an der Landstraße auch die Grundschule steht. Wenn man von der Veranda immer geradeaus geht, erreicht man nach einem halben Kilometer die ruhig dahinfließende Venta. Sie macht dort eine Biegung, das jenseitige Ufer ist eben und glatt, am Wasser mit Weiden und Schwarzerlen bewachsen, aber das diesseitige Ufer, vom Wasser ausgespült, ist steil und hoch, und man nennt diesen Ort »Burgberg«. Von hier aus, über die Landstraße und die Eisenbahnlinie, dann bis zum Wald und dem Haus von Gaučys geradeaus, sind es drei Kilometer, und genauso weit ist es bis zur Stadt, aber drei Kilometer sind in der Kindheit nicht wichtig, wichtiger ist, dass hinter der Landstraße, näher am Fluss, andere, fremde Kinder lebten. Obwohl alle Kinder sich jeden Herbst in derselben Grundschule an der Landstraße trafen, gab es keine größere Freundschaft mit denen vom Fluss; die badeten in der Badeanstalt unterhalb des Dorfes, aber die auf der anderen Seite der Landstraße wohnten, besaßen am Burgberg ihren eigenen Badestrand. Die Flusskinder hatten den Fluss, aber sie hatten nicht ihren Wald, ihre Walderdbeeren, Blaubeeren und Steinpilze.

Später, als Gaučys herangewachsen war, hatte dies keine Bedeutung mehr, die ganze Jugend des Dorfes badete beim Burgberg, und auf seiner Kuppe veranstaltete man auch die Dorffeste und verabredete sich zu einem Stelldichein. Die Welt der Kindheit erweiterte sich, und je weiter sie wird, desto weniger gehört sie einem, man kann sie nicht vergleichen mit dem engen Stückchen Land der frühen Kindheit zwischen dem Wald und der Eisenbahnlinie, zwischen dem Rauschen der Tannen und dem Geratter der Waggons. Die Welt war für Gaučys noch ganz klein und vertraut und wäre noch vertrauter gewesen, wenn es nicht diese zwei Ängste gegeben hätte: Geh nicht in den Wald, du wirst dich verirren, geh nicht zu den Eisenbahnschienen, du wirst überfahren werden.

Man muss wissen, dass Gaučys' frühe Kindheit kein bisschen anders verlief, als die der Mehrheit aller Nachkriegskinder. Die Eltern hatten am Waldrand drei Hektar Land mit der grauen, lehmigen Erde, eine Kuh, ein Ferkelchen, einige Hühner. Es gab die Deutschen, es gab die Russen, aber die Mutter musste jeden Morgen, unabhängig von den einen oder von den anderen, ihr Kreuz entlang der Bahngleise schleppen, ihr Kreuz in der wörtlichen und in der übertragenen Bedeutung des Wortes: Sie legte sich ein Schulterjoch über die Schultern, hängte an jedes Ende eine Blechkanne voll Milch und wankte damit durch Kälte, Schnee und Regen in Richtung Stadt, jeden Morgen wieder mit ihrem Schulterjoch, immer auf demselben Pfad an den Bahngleisen, der wahrscheinlich auch dann nicht zugewachsen wäre, wenn sie ihn nur allein benutzt hätte.

Die Stadt, die nicht weit entfernt lag, auch wenn man sie vom Hof aus nicht sehen konnte, bedeutete Gaučys noch nichts. Solange man klein ist, ist auch die Welt noch klein: die Kuhweide am Waldrand, etwas näher zwei Äckerchen, das eine mit Kartoffeln, das andere mit Gerste, einige Apfelbäume am Ende des Stalles, ein Gemüsegarten, dann das Haus mit all seinen Gegenständen und Gerüchen, es war eigentlich ein einfache Hütte: ein Flur, eine Küche und noch eine Kammer, in der sie alle drei schliefen, und wenn Gaučys aufwachte, sah er durch das Fenster den alten Kirschbaum im Hof, die Hälfte seiner Zweige waren jedoch schon vertrocknet. Wer könnte jetzt sagen, welche Bilder dieser frühen Kindheit Gaučys sein Leben lang im Gedächtnis geblieben sind? Höchstwahrscheinlich solche, wie bei den meisten Dorfkindern: das Gesicht des Vaters, der Mutter, die Gesichter der nächsten Nachbarn, die Augen der Kuh, der mit den Flügeln schlagende Hahn auf dem Zaunpfahl des Gemüsegartens und noch mehr, sagen wir, der Geruch der abendlichen Suppe oder die changierenden Farben des Feuers, wenn die Mutter das Türchen des eisernen Ofens öffnete? Der Rücken des Vaters, wenn er abends über den Tisch gebeugt seine Suppe schlürfte – auch der Vater ging fast jeden Tag in die Stadt: Er half bei einem Hausbau, hob Fundamente oder Brunnen aus, manchmal arbeitete er in einem Sägewerk oder irgendwo anders, aber im Winter arbeitete er immer im Wald, bei stärkstem Frost und in tiefem, kniehohem Schnee.

Das Gedächtnis der frühen Kindheit – ist wählerisch, man wird nie verstehen, was es in seine tiefsten Vorratskammern legen wird, oft gelangen die wichtigsten Dinge dort nicht hinein, aber ein Nichts, eine Kleinigkeit, etwas Winziges, eine Hühnerfeder, die in einer Kartoffelblüte steckt, können sogar in der letzten Stunde des Lebens wieder vor dem inneren Auge erscheinen. Zwei Ereignisse haben sich zweifellos in das Gedächtnis von Gaučys eingeprägt: Wie seine Mutter ihn zum ersten Mal in die Schule begleitete und wie sein Vater auf Brettern in jenem Zimmer lag, angezogen mit diesen merkwürdigen Schuhen – es wäre unmöglich, sich nicht daran zu erinnern. In die Schule musste er so gehen: erst über den Bahnübergang, dann entlang der Äcker und Gräben, weiter quer durch zwei Nachbarhöfe, in denen es keine kleinen Kinder mehr gab, und schließlich von der Ecke des Schulgartens und entlang des Gartenzauns bis zur Veranda. Nur diese Züge waren eine schreckliche Sache, wenn man eine Lokomotive sah, wie sie noch weit entfernt schnaufte und ihren Dampf abließ, musste man stehen bleiben und in jedem Fall so lange warten, bis sie herangedonnert und vorbeigerattert war, man durfte nicht rennen oder quer über die Schienen laufen: lieber das Schimpfen der Lehrerin wegen des Zuspätkommens in Kauf nehmen als das ganze Leben ohne Beine zu bleiben, was sollte man dann machen? Man würde allein auf dem Fußboden rollen wie irgendein hingeworfenes

Holzscheit, und ein Hahn tritt in die Stube und pickt einem die Augen aus, sogar das Sonnenlicht kann man nicht mehr sehen, und wie wird es einem dann gehen? So ist es, Kindchen, hast du verstanden?

Die Lehrerin Blažiuniene war nicht einfach nur so eine Lehrerin. Auch ihr Gut war nicht einfach nur so ein Gut: Das Land zwischen Landstraße und Eisenbahnlinie gehörte fast von der Stadtgrenze an zum Gut, alle Felder und Äcker und das riesige Haus mit zwei Veranden, einem Blechdach, mit weißen Fensterläden, Scheunen, Ställen, Speichern und dem größten Garten. Aber sie lebte dort allein und unterrichtete, erlaubte allen Kindern, so viele Äpfel zu pflücken und zu essen, wie sie wollten, nur ärgerte sie sich sehr, wenn sie einen angebissenen und fortgeworfenen Apfel im Gras fand. Und noch etwas: Es durfte kein Apfelgriebs auf ihren Tigerkater geworfen werden, der immer auf der Veranda in der Sonne lag und sich wärmte und blinzelte. Eigentlich hieß der Hof nicht »Gut der Blažiuniene«, sondern »Gut des Blažiunas«, denn Blažiunas war bei Smetona Oberst gewesen, aber niemand nannte es jetzt mehr beim alten Namen, denn bei ihrer ersten Ankunft hatten die Russen ihn festgenommen und irgendwohin verschleppt, alle im Dorf wussten darüber Bescheid, und deswegen sagte man eben nie mehr »Gut des Blaziunias«. So erzählte es die Mutter, denn Blažiuniene war nicht nur eine einfache Lehrerin! Früher lebte sie in Kaunas, dort besaß sie ein großes, schönes Haus, und wenn sie, was selten geschah, hierher reiste, war sie völlig mit Ringen und Gold behängt, einfach zum Fürchten, für die höheren Studien soll sie sogar in die Schweiz gefahren sein, und etwas Höheres gibt es nirgends! Gaučys hatten nicht diese Schweiz oder Kaunas Eindruck gemacht, sondern dieses besonders betonte Wort »sogar«, seine Handfläche, fest umschlossen von der Hand der Mutter, wurde feucht vor Furcht. Frau Blažiuniene war auch »sogar, sogar«: groß, schlank, mit goldblonden Haaren, himmelblauen

Augen, anscheinend wie für ein Gemälde geschaffen, aber vielleicht dann doch nicht: An den Schläfen waren die Haare nicht golden, sondern ganz grau, und die Mundwinkel waren nach unten gezogen, als ob sie irgendetwas ständig schmerzen würde. Sie lächelte auch niemals; vier Jahre wartete die ganze Schule auf ein Lächeln, aber man wartete umsonst. Am Anfang dachten alle, dass die Lehrerin sie nicht liebte, aber später erfuhren sie von irgendwoher, sie wussten selber nicht woher, dass sie die Kinder liebt, liebt, alle liebt!

Vom Alter her hätte Gaučys auch früher in die Schule gehen können. Vierundvierzig war er immerhin schon acht Jahre alt, aber es gab keine Schule im Dorf, Blažiuniene war noch nicht aus Kaunas hergezogen und hatte noch nicht die Hälfte des großen Hauses den vier Klassen überlassen. Mehr kann man über sie nicht berichten, weil sie im Herbst jenes Jahres, als Gaučys, nachdem Blažiuniene ihn auf den Hinterkopf geküsst hatte, mit seinen Zeugnissen durch den Garten auf die Landstrasse gegangen war, genau in jenem Jahr, verschleppt wurde. Und niemand je wieder etwas von ihr gehört hat.

In dem Herbst, als ihn die Mutter zum ersten Mal in die Schule führte und in ihrer Hand sein feucht gewordenes Händchen fest drückte, war der Vater schon nicht mehr zu Hause. Wenn er noch dagewesen wäre – ob er ihn wohl selber dorthin gebracht hätte und ihn noch mit allerlei Hähnen, die den beinlosen Kindern die Augen auspicken, geängstigt hätte? Vielleicht hätte er nur streng gesagt: Warte stets so lange, bis der Zug vorbeigefahren ist, hörst du? Im-mer! Sei niemals unvorsichtig und unaufmerksam, richtige Männer sind das nicht, hörst du?

Der Vater war schon seit einem Monat oder vielleicht länger nicht zu Hause. Die Deutschen hatten ihn zusammen mit anderen Männern beim Markt festgenommen und alle irgendwo an die Front gebracht, damit sie Schützengräben ausheben. Wo sie diese Schützengräben aushuben, wo sie den Lehm eines fremden Landes ausschippten, wusste niemand. Die einen sagten in Lettland, die anderen irgendwo weiter weg, doch die Front kam jede Woche näher an Litauen heran, jetzt war sie bei Šiauliai, aber von dort wird er nicht geflüchtet und nach Hause gelaufen sein, die Läufe der deutschen Maschinengewehre waren auf die Rücken von allen gerichtet, man sagte, die Deutschen könnten einen allein schon erschießen, wenn man Richtung Heimat schaut, mit ihnen ist nicht zu spaßen, sie sagen nicht zweimal dasselbe. So sprach der Nachbar Lankauskas, und die Mutter hörte zu und wurde immer blasser, nachts weinte sie. Gaučys war noch zu klein, als dass er sie hätte trösten können: Jedenfalls schleppte sie sich mit ihrem Schulterjoch jeden Morgen an den Bahngleisen entlang in die Stadt, und solange sie nicht zurückgekehrt war, hatte Gaučys Angst, weil er allein war. Im Hof bei den Hühnern, beim Hahn fühlte er sich dagegen stärker. Lankauskas aber kam immer und redete andauernd über die Front, gleichsam mit der Absicht, die Mutter noch mehr zu ängstigen, er konnte jedoch leicht reden, denn sein eigener Sohn war nicht festgenommen worden und grub nirgends einen Schützengraben aus.

An einem Septembermorgen bei Sonnenaufgang, als die Mutter draußen ihr Joch zurechtrückte, fuhr Lankauskas mit seinem Leiterwagen in den Hof. Gaučys hatte schon gelernt, allein in die Schule zu gehen, er schaute nun schon einige Tage auf die schwarze Tafel mit den weißen Buchstaben und auf die goldblonden Haare von Blažiuniene; er ging schweigend, wie ein wenig ermüdet von der auf ihn einstürzenden, großen Verantwortung: Sich an alles erinnern, was die Lehrerin sagt, ständig aufpassen, dass die Nase nicht versehentlich läuft, sich vor den schrecklichen Zügen hüten, dazu die vielen fremden Kinder, neue Eindrücke, und dann noch lernen, die Hand zu heben, wenn man auf das Häuschen hinter dem Blumengarten gehen muss. Gott bewahre, wenn du die Hand hebst und hebst, aber die Lehrerin bemerkt es nicht, sie schreibt etwas an die Tafel, den Rücken zur Klasse gekehrt, oder macht sonst etwas, so kann sie die Hand nicht bemerken? Sie kann.

Die Mutter weckte Gaučys normalerweise immer erst vor dem Weggehen, auch an diesem sehr frühen Septembermorgen schlief er noch, am Waldrand zog ein bläulicher, durchsichtiger Nebel über die Kuhweide. Heute hätte sie ihn überhaupt nicht geweckt, denn es war Sonntag und Gaučys, sehr müde vom Lernen, hätte bis zu ihrer Rückkehr friedlich weiter schlafen können, aber plötzlich erwachte er vom Geschrei der Mutter im Hof.

»Wie hast du ihn hingelegt?! ... Wie hast du ihn hingelegt, du Teufel?! Genau auf die nackte Sense! ...«

Gaučys wachte augenblicklich auf, nur mit einem Höschen bekleidet rannte er auf den Hof, und er kam sogar rechtzeitig, um zu hören, als Lankauskas, so als würde er sich ein wenig schämen, leise sagte: »Leg ihn hin, wo du willst, für ihn ist es jetzt egal ...«

Die Mutter lief neben dem Wagen im Hof hin und her, sie rannte immer von der einen Seite zur anderen und kreischte, es war kaum noch zu verstehen: »Ach! ... Ach! ... Ach, Gott! ... Ach! ...«

Der Vater lag rücklings auf dem Leiterwagen, und tatsächlich blitzte unter seinem Kopf die Sense von Lankauskas hervor, aus beiden Ohren flossen zwei dünne Blutrinnsale, aber nur über beide Wangen, die Bodenbretter waren noch nicht blutig, Gaučys hatte deswegen auch den Eindruck, dass der Vater vielleicht noch ein kleines bisschen am Leben war, das allerkleinste bisschen.

Später wird sich Gaučys an alles, selbst an Kleinigkeiten erinnern. Sein ganzes Leben lang: wie Lankauskiene im Laufschritt herbeilief und wie sie zu dritt den Vater vom Wagen nahmen und ihn in die Stube trugen, wie Lankauskas fest an den Zügeln riss, die Pferde rückwärts setzte, weil er den großen Wagen in dem kleinen Hof wenden wollte, wie er, aufrecht im Wagen stehend, mit der Sense in die Stadt fuhr, um den Sarg zu bestellen, wie Lankauskiene sich anbot, den Leichnam zu waschen und zu rasieren und wie die Mutter sie mit den Augen fürchterlich anblitzte: »Ich habe meinen Mann, als er lebte, nicht gefürchtet, und ich fürchte auch den Toten nicht. Setz lieber den großen Kessel mit Wasser auf, um es zu wärmen.«

Aber auch Lankauskiene war nicht auf den Mund gefallen: »Hast du Angst, dass er noch einen Schnupfen bekommt, wenn er mit kaltem Wasser gewaschen wird?« Trotzdem hockte sie sich hin und begann Feuer zu machen.

Wieder blitzten die Augen der Mutter sie an, Lankauskiene sagte nichts. Die Mutter schrie schon lange nicht mehr, sie weinte nicht einmal mehr, sie ging nur außergewöhnlich langsam in der Stube hin und her, streckte die Hand aus nach der einen oder der anderen Sache, aber immer griff sie daneben, es gelang ihr einfach nicht, irgendetwas in die Hand zu nehmen. Als das Wasser sich erwärmt hatte, wrang sie das Handtuch aus.

»Geht beide in den Hof hinaus, ich mache hier alles selber.«

Lankauskiene nahm Gaučys bei der Hand. »Gehen wir, gehen wir, sie jagt uns ja hinaus, für dich gibt es hier wirklich nichts zu sehen.«

Sie führte ihn in den Hof bis zum Zaun des Gemüsegartens, wo ein großer grauer Stein lag, setzte sich darauf und streckte die Beine weit in das Gras aus.

»Ich setze mich, du aber steh. Du siehst, es gibt für dich in der Nähe keinen anderen Stein.«

Noch mehr sagte sie nicht, stattdessen schaute sie auf irgendeinen Punkt am Waldrand, wo sich der bläuliche Nebel schon lange aufgelöst hatte, Gaučys stand wie befohlen in seinem Höschen neben ihr, aber er musste sehr nötig Pippi machen, dafür hatte er noch keine Zeit gehabt, denn er war sofort in den Hof gerannt. Und dann hörten sie beide wieder das Geschrei der Mutter, aber jetzt im

Haus und mit diesem einzigen, klar verständlichen Wort »Herrgott! Herrgott!«

Lankauskiene erhob sich stöhnend vom Stein, Gaučys spürte, dass es plötzlich zwischen den Beinen heiß und feucht wurde.

Der Vater lag schon gewaschen und vollkommen nackt im Bett auf dem kahlen Lattenrost, seine Strohmatratze war in das Bett von Gaučys geschoben worden, aber der Vater sah dem Vater jetzt überhaupt nicht ähnlich: Die Mutter hatte ihr Tuch um sein Kinn gebunden und die Ecken des Tuches über dem oberen Teil des Kopfes verknotet, sie standen hoch wie zwei Hasenohren, auf die Augenlider waren jeweils metallene Münzen gelegt. Lankauskiene und Gaučys traten in die Stube, und die Mutter hielt ihnen einen seiner Stiefel entgegen, so als ob sie die Nacktheit des Vaters vollkommen vergessen hätte, und schrie immer wieder: »Herrgott, Herrgott!«

»Was ist jetzt wieder los?«, fragte Lankauskiene. »Schrei nicht! Schrei doch nicht mehr! Siehst du, wegen deines Geschreis hat das Kind vor Angst in die Hose gemacht.«

Die Mutter warf ein Auge auf die feuchte Stelle zwischen Gaučys' Beinen, sie schluchzte und schluchzte, als ob sie etwas schlucken wollte, aber einfach nicht hinunterschlucken konnte, und brachte kein Wort heraus, sie zeigte nur immer wieder Lankauskiene den Stiefel. Die kurzsichtige Lankauskiene verstand noch nichts von dem, was ihr gezeigt wurde. Aber Gaučys hatte schon verstanden: Der Stiefel hatte überhaupt keine Sohle, er bestand nur aus Oberleder und Schaft, und durch diesen Schaft konnte man das rückwärtige Fenster sehen. Endlich hatte Lankauskiene verstanden, sie nahm den Stiefel nicht einmal in die Hand, sondern stürzte zu dem Bett und hob das eine Bein des Vaters hoch. Nachdem sie die Fußsohle gesehen hatte, fing jetzt Lankauskiene an zu schreien.

»Jesusmaria! Jesusmaria! ... Rohes Fleisch! ... Rohes Fleisch! ...«

Aus irgendeinem Grund hatte niemand die Fußsohlen des Vaters angeschaut, als er noch auf der Sense im Wagen von Lankauskas lag. Vielleicht weil sie von dem Teer und der Erde der Eisenbahnschwellen vollkommen schwarz waren.

Später, schon in der Nacht, als man sich zur Totenwache versammelt hatte, gingen die Männer des Dorfes in den Hof rauchen, sie sprachen miteinander, berieten, rätselten, urteilten, aber niemand kam zu einem anderen Urteil als zu diesem: Von der Front, von den Schützengräben geflohen, war der Vater nach Hause gelaufen. Woher er gekommen war, wusste niemand genau. Vielleicht würden später andere, die mit ihm zusammen waren, falls einige davon am Leben blieben, zurückkommen und darüber berichten, aber bis dahin war nur eines klar, dass er von sehr weit her gekommen war, vielleicht von Riga, vielleicht von Liepoja, vielleicht von noch weiter her, dass er nach Hause gegangen war, Tag und Nacht gegangen war, und um sich nicht zu verirren, war er auf den Bahngleisen gelaufen, die ihn direkt bis zum Hause führen mussten, fast bis zur Schwelle, aber er war nicht bis dorthin gekommen, es fehlten noch einige hundert Meter, als ihn eine heranfahrende Draisine mit Soldaten niederschmetterte. Sie sagten weiter, dass er sicher anfangs noch Schuhsohlen hatte, als er auf den Gleisen gegangen war, es lief sich sehr unbequem, der Abstand zwischen den Schwellen war zu schmal, um auf jede zu treten, und zu breit, um eine auszulassen; deswegen musste er abwechselnd mit dem einem Fuß auf die Schwelle getreten sein, mit dem anderen in den Zwischenraum auf den Kies und Schotter, und das zerfrisst die Schuhsohlen sofort.

»Aber warum ging er auf diesen Gleisen, warum?« Irgendjemand verstand das nicht. »Warum ging er nicht daneben?«

»Vielleicht ist er anfangs gar nicht dort gegangen«, versuchte Lankauskas eine Erklärung. »Aber wie lange kann man denn so gehen? Hat er auf dem Weg etwas gegessen, hat er sich an Speck sattgegessen? Und irgendwann hat die Anspannung nachgelassen, er hat gespürt, dass er gleich auf die Erde fallen wird und nicht mehr aufstehen kann. Deshalb ist er auf den Gleisen gegangen, wenn man auf den Gleisen geht, schläft man bestimmt nicht ein!«

»Aber er ist doch eingeschlafen, so dass er die heranfahrende Draisine nicht gehört hat?«

»Und wann ist er eingeschlafen? Als er schon fast bei seinem Dorf angekommen war! Da hat er sich völlig entspannt. Fast schlafend ging er noch! Es war doch nicht mehr weit.«

»Aber wie konnte er mit diesen Füßen noch gehen?«

»Wie wird er nicht können …«, seufzte irgendeiner. »Nach Haus gehen, zu seiner Frau, zu dem Kind … Das könnte jeder.«

»Gut … Er ist nach Hause gegangen … Er ist wahrhaftig nach Hause gegangen … Schluss, Männer, gehen wir die ›Kalnai‹ singen.«

Nachdem Lankauskiene sich die Fußsohle genau angeschaut hatte, legte sie das Bein zurück, beugte sich am Bett ganz nah über das Gesicht des Vaters, zog die Ecken des Tuches fester über den Hinterkopf und drückte mit dem Finger beide Geldstücke auf die Augenlider, sie beugte sich so weit zu ihm hinunter, als ob sie ihn küssen wollte. »Was steckt hier in dem Mund? Hast du das nicht gesehen, als du ihn gewaschen hast?«

Auch die Mutter beugte sich über den Toten, sie lockerte zuerst den Knoten des Tuches. Genau in seinem Mundwinkel steckte ein kleiner, ganz kurzer Grashalm, vielleicht ein Drittel so lang wie ein Streichholz. Lankauskiene zog daran, aber er riss ab. »Woher stammt das Gras im Mund?«

Mit der einen Hand fasste sie an die Oberlippe, mit dem Daumen der anderen Hand drückte sie das Kinn des Vaters nach unten, riss ihm den Mund auf, löffelte dann mit zwei

Fingern einen grünen, halb zerkauten Brei heraus und legte diesen auf ihre linke Handfläche.

»Da!« Sie streckte die Hand aus und zeigte der Mutter den Brei. »Er ging und ging und hat Flussampfer von den Bahngleisen gegessen. Nun fang nicht wieder an zu schreien!«

Die Mutter beugte sich auch nach vorn, um den Brei in der Handfläche von Lankauskiene zu sehen, ihre Lippen und das Kinn zitterten, sie trat zurück, setzte sich auf das Bett von Gaučys, ihr Gesicht war fast schon wieder ruhig. Mit allen Fingern fuhr sie sich in die Haare: »Hab keine Angst, ich werde nicht mehr schreien.«

»Ziehen wir ihm jetzt den Anzug an, Lankauskas wird gleich mit dem Sarg herfahren. Ich werde mir nur im Hof die Hände waschen, aber du musst sein Tuch wieder zusammenbinden, zieh es fester, damit die Lippen gut zusammengepresst sind. Sonst wird man die Zähne sehen.«

Es dämmerte, als die Nachbarn sich langsam zur Totenfeier versammelten, der Vater lag aufgebahrt in dem großen Zimmer, bekleidet mit seinem Hochzeitsanzug, seitlich brannten zwei Kerzen, aber über dem Kopfende hing ein großes, hölzernes Kreuz, das sich schwarz von der Wand abhob. Und die Mutter, das Gesicht umhüllt mit einem schwarzen Tuch, saß auf dem niedrigen Hocker am Kopfende und wandte ihre Augen nicht vom Gesicht des Vaters ab. Die Sänger, alles Männer, nahmen um den Tisch herum Platz, die Frauen setzten sich auf das Bett von Gaučys und auf das der Eltern. Sie erhoben sich alle, schwiegen, dann bekreuzigten sie sich und wollten das Gebet sprechen. In dieser Stille hörte man aus Richtung des Sarges ein leises: »Knack« ... Die Hände, zum Bekreuzigen schon fast an der Stirn, hielten auf halber Höhe inne, weil schon wieder, jetzt zweimal, »Knack! ... Knack!« zu hören war. Alle schauten zum unteren Ende des Sarges, zu den Stiefeln, welche die Mutter am Brunnen sehr sauber gewaschen hatte. Der obere Teil der Stiefel war mit

Schweinefett und Kesselruß eingeschmiert, deshalb funkelten sie beinahe, die Sohlen waren aus einer mehrfach zusammengefalteten Zeitung geschnitten und mit einer am Vorabend gekochten und geriebenen Kartoffel festgeklebt worden. Nur hatte die Mutter offensichtlich vergessen, diese Zeitungspapiersohlen mit Ruß einzuschmieren, dann hätten sie nämlich nicht weißlich ausgesehen, obwohl sie eigentlich auch nicht sehr weißlich aussahen, eher gräulich mit schwarzen Flecken, denn auf dem einen oder anderen waren jeweils Ausschnitte von Zeitungsbildern zu erkennen. Auf einem war das weiße Kreuz und das halbe Kanonenrohr eines deutschen Panzers zu sehen, auf dem anderen der untere Teil eines Flugzeugflügels mit dem russischen fünfzackigen Stern …

So viele Menschen hatten sich versammelt, so dass durch die Wärme ihres Atems und die Hitze des Ofens die geriebene Kartoffelmasse getrocknet war und die Zeitungssohlen sich knack, knack von den Stiefeln zu lösen begannen. Da das Zeitungspapier noch nicht ganz abgefallen und das Fleisch an den Füßen des Vaters noch nicht zu sehen war, lief die Mutter zu einem Regal, nahm eine Spule mit schwarzem Garn und wickelte die Sohle aus Zeitungspapier mit dem Faden fest an den Stiefel: Mögen die Sohlen knacken, abfallen können sie jetzt nicht mehr. Rot vor Scham setzte sie sich wieder auf ihren Hocker und schaute lange weder in das Gesicht des Vaters noch sonst irgend wohin, sie saß nur da und hatte den Kopf nach unten geneigt. Nach unten, nach unten. Niemand sagte auch nur ein Wort zu ihr, niemand, nicht einmal die Frauen flüsterten miteinander, es war die ganze Zeit über still, und in diese Stille hinein, hoben alle wieder die Hände, um sich zu bekreuzigen …

Kapitel 2

Als Gaučys in die Dorfschule ging, war er tatsächlich das einzige Kind aus dem kleinen Teil des Dorfes, das nur aus fünf Häuschen bestand, die eingezwängt zwischen Wald und Bahnlinie standen. Dort gab es keine weiteren Kinder seines Alters, und dort gab es auch keine Bücher, nur »Aušrele« und »Šakalelis«. Diese Bücher gab es jedoch nicht in der Schule, denn die Lehrerin Blažiuniene hatte keine Bücher aus Kaunas mitgebracht, nur zwei Koffer mit den nötigsten Kleidungsstücken.

Bevor die Mutter mit ihrem Schulterjoch in die Stadt ging, holte sie Gaučys aus dem Bett, und er musste sich sofort an den Tisch setzen und anfangen zu essen. Sie glaubte, dass er nicht mehr einschlafen und sich verspäten würde, wenn er isst. In die Schüssel am Ofen wurde für ihn Wasser zum Waschen gefüllt, aber er wusch sich wie eine Katze erst nach dem Essen, wenn die Mutter schon weit entfernt an den Bahngleisen entlang wankte, deshalb konnte sie die Sauberkeit der Ohren und des Halses nicht mehr überprüfen. In der ersten Klasse kannte Gaučys die Uhrzeit noch nicht, deswegen klebte die Mutter einen schmalen Papierstreifen auf das Uhrglas: Wenn der große Zeiger dort angekommen ist, musste er sein Jäckchen anziehen und gehen. Er war ein gehorsames und stilles Kind, kletterte nicht auf Zäune und Bäume, nur verging die Zeit seiner Kindheit, da er niemanden zum Spielen und nichts zu lesen hatte, unendlich langsam, besonders im Herbst und Winter, wenn es früh dunkel wird, regnet, schneit, wenn der Wald mit tausend Stimmen rauscht und stöhnt, und wenn die langen Züge in der einen Hälfte des Häuschens bis zum Erschrecken laut rattern. Dann ging er zur Kuh in den Stall, nahm sich aus dem Holzhaufen Holzscheite und Späne mit, dachte sich irgendein Spiel aus, dieses warme, kräftige und ruhige Tier war sein bester Freund. Die Kuh begann sogar zu muhen, wenn sie ihn längere Zeit nicht gesehen hatte. Er pflegte ihr Märchen zu erzählen, jene, die in »Aušrele« und »Šakalelis« standen über das Brüderchen Joniukas und das Schwesterchen Elenyte, über die drei Stellmacher, die ihre Bäuche an den Baum hängten und in die Welt gingen, über den Kampf des Kestutis mit den Kreuzrittern und über Birute. Aber mit einem Ohr lauschte er immer, ob der Zug durch das Land rattert und rasselt, dann ging er aus dem Stall hinaus und schaute so lange, bis die letzten Waggons verschwunden waren. Im Winter, wenn er in der Stube war und den Zug wieder herandonnern hörte, zog er die Gardinen zur Seite, presste die Nase an die kalte Fensterscheibe und beobachtete, wie das starke Scheinwerferlicht der Lokomotive die dichte Dunkelheit durchschnitt und eine Lichtschneise durch die Regentropfen und das Schneetreiben schlug. Unheimlich und geheimnisvoll waren diese Züge für das einsame und traurige Kind der Dorfwitwe, und so hat er vielleicht noch von diesen Tagen her für sein ganzes Leben eine Angewohnheit bewahrt: Er konnte sich mit einem Menschen unterhalten, er konnte ihm gerade in die Augen schauen, genau zuhören, aber man konnte spüren, dass er die ganze Zeit über bereits mit einem Ohr irgendetwas wahrzunehmen schien, das dann etwas später erst für andere zu hören war. Man hörte es von irgendwoher, von vorne, von der Seite, vielleicht von hinten, und es war nicht klar, von welcher Art dieser unerwartet tönende Laut sein würde. Knallend wie ein Schuss oder leise wie ein Geflüster. Die Klassenkameraden, besonders die Mädchen drehten sich sogar manchmal um, als ob sie auf einmal das Gefühl hätten, dass sich von hinten irgendjemand näherte.

Die Stadt nahm Gaučys sofort fordernd in Besitz, und ließ ihn nicht mehr los. Genauer gesagt, ließ sie ihn täglich nur für eine kurze Zeit los: um nach Hause zu gehen und dort zu übernachten, aber nur bis zum nächsten Morgen, denn dann musste er wieder zur festgesetzten Zeit mit Büchern und Heften zurückkehren. Die Schule war für ihn jetzt alles, die Lehrer, der Unterricht, die Pausen, Basketball, der Tischtennistisch im Flur, hier gab es viele Kinder wie ihn, was war dagegen das Dorf, die erschöpfte Mutter, die Kuh und das Ferkel! Tatsächlich muhte die Kuh schon nicht mehr, wenn sie umsonst auf ihn gewartet hatte, und als sie alt wurde, zog die Mutter eine andere auf, und die kraulte er nicht ein einziges Mal zwischen den Hörnern.

Gaučys wurde größer, aus einem Säugling war ein Kind geworden, aus einem Kind ein Halbwüchsiger, seine Wege wurden länger, die Welt wurde weiter; hielt mehr Wissen, Erfahrungen und Raum bereit: Am Anfang gab es nur den Weg an den Bahngleisen bis zur Schule, nur diesen einen, später ging er auf anderen Wegen, auch bis zu der großen Mühle am Fluss Venta jenseits der Stadt und bis hin zu dem anderen Teil, wo das Torfbruchgebiet beginnt, aber er ging immer alleine, nahm alles zur Kenntnis und überlegte sich irgendetwas. Es war merkwürdig, aber er war in der ganzen Schulzeit in kein Mädchen verliebt, wenigstens nicht in dem Sinne, dass er nachts allein nur an eines denken und sich schlaflos hin und her wälzen musste. Er ging während seiner Schulzeit auch nicht zum Tanz, vielleicht war er ein- oder auch zweimal dort gewesen, aber es interessierte ihn nicht. Er hatte auch nicht das Gefühl, aus irgendeinem Grund schlechter zu sein, weil er etwa zum Zeichnen, Singen, Theaterspielen oder zum Organisieren irgendwelcher Klassenveranstaltungen unbegabt war, kurz gesagt, er zeigte nie irgendeine Initiative und war ein durchschnittlicher Schüler, selbst die Klassenlehrerin hätte nicht sagen können, wofür er sich in Wirklichkeit interessierte. »Für alles« – dieses Wort passte nicht. »Für nichts« auch nicht. Es wird gesagt, in der Jugend solle man leben, im Alter verstehen. Bei Gaučys war es wahrscheinlich umgekehrt, noch in der fünften Klasse, es war im Frühling, entdeckte er plötzlich und unerwartet das große Vergnügen des Lesens! Seine ganze Welt kam ins Wanken, vielleicht stürzte sie sogar ein. Diese plötzliche Offenbarung und Erweiterung der Welt nahm Gaučys den Atem, er fühlte sich darin verloren, er war erstaunt, aber glücklich. Jetzt war er nicht mehr einsam.

Er stürzte sich gierig auf das Lesen, er verschlang die Bücher, fast jeden dritten Tag nahm er aus der Schulbibliothek einen neuen Bücherstapel mit nach Hause, aber davon gab es leider nicht Tausende, sondern nur einige Hundert, denn die alten Bücher, die vielleicht in zwanzig Jahren gesammelt worden waren, hatte man aussortiert, weggebracht, vielleicht auch verbrannt. Russische Bücher gab es viele, aber Russisch konnte er noch nicht so gut, und jedes Mal, wenn er ein dickes russisches Buch in die Hand nahm, zitterte er vor Ungeduld, es zu lesen und zu verstehen, jedes Mal erfasste ihn Angst und Machtlosigkeit: Ich werde es nicht bewältigen, ich werde es nicht verstehen; und wie würde es dann sein, wenn die Unfähigkeit zu verstehen alles vor seinen Augen verschlösse wie ein hohes, unüberwindbares Tor. Die grauhaarige Frau, die dort arbeitete, hatte Gaučys schon vor langer Zeit wahrgenommen, sie empfing ihn immer mit einem warmen Lächeln. Sie erlaubte niemandem, auf einmal mehr als drei Bücher mitzunehmen, so war die Regel, aber Gaučys durfte sich so viele Bücher aussuchen, wie er unter dem Arm tragen konnte, die folgende Woche aber hatte er alle schon gelesen und zurückgegeben. Nicht nur einmal sah sie Gaučys mit kraftlos herunterhängenden Armen vor dem Regal mit den russischen Büchern stehen.

»Sei nicht traurig, Kindchen. Ich werde dir für den Anfang ein dünnes Buch und ein Wörterbuch dazu geben. Lies das Buch nicht auf einmal durch, sondern nur dann, wenn dich die litauischen Bücher ermüden. Das Wörterbuch kannst du bis zum Frühling zu Hause behalten. Lies eine Seite oder auch zwei Seiten, pauke nicht die neuen Wörter auswendig wie im Unterricht, jedes Wort wird den

Weg von selbst in dein Gedächtnis finden und sich im Satz von selbst einprägen, jedoch nicht, wenn man es wie ein Papagei wiederholt. Die Mühe lohnt sich, Kindchen, es gibt gute russische Bücher, sogar sehr gute. Je mehr Zeit vergeht, desto weniger gute litauische Bücher wird es geben, du musst russische Bücher lesen, es gibt keinen anderen Weg.«

Obwohl ihre Stimme traurig war, fühlte Gaučys sich sehr ermutigt, tapfer verbiss er sich in sein erstes russisches Buch, zu tapfer vielleicht, denn am dritten und vierten Abend weinte er fast vor Kraftlosigkeit, er hatte auch noch nicht gelernt, das Wörterbuch richtig zu benutzen, dasselbe Wort hatte viele Bedeutungen und man muss klug die einzig richtige Bedeutung auswählen. Nach ungefähr zehn Tagen brachte er alle litauischen Bücher zurück und legte sie auf den Tisch, sie nahm jedes Buch einzeln in die Hand und machte daraus einen neuen Bücherstapel.

»Und wo ist das russische Buch? Ist nichts daraus geworden?«

Gaučys wusste selber nicht, warum er es in eine Zeitung eingewickelt und in die Mappe zu den Lehrbüchern gelegt hatte, jetzt wickelte er es aus.

»Du hast es bewältigt! …« Die Frau strahlte. »Du hast es bewältigt, Kindchen! …«

Gaučys stand vor dem Tisch, er war ganz rot geworden und atmete heftig, als ob er es erst jetzt bewältigt hätte.

»Ich habe jetzt zwei Leser von russischen Büchern, dich und die Russischlehrerin. Und es gibt noch einen, er lernt mit dir, in der Parallelklasse, er hat mich jedoch angeschwindelt, ich habe sofort gesehen, dass er es nicht bewältigt hat … Aber du schon!«

Gaučys fragte sie nicht, wer das war. Erst Jahre später erfuhr er seinen Vor- und Nachnamen, als sie beide unzertrennliche Freunde geworden waren, aber da hatte auch der Freund das Buch schon bewältigt, nicht beim ersten Mal, wie Gaučys, aber er hatte es bewältigt.

Bald bekam er für die russische Sprache nur noch die beste Note, es waren die einzigen Fünfen, die im Klassenbuch neben seinem Namen standen, da jetzt für Schulbücher sehr wenig Zeit übrig blieb.

Die Mutter verstand nichts von dem, was Gaučys während des Schuljahres machte, sie hatte auch keine Zeit, sich darum zu kümmern, ihr war es nur wichtig, dass das Kind nicht sitzenblieb. Schon seit langem war ihr Dorf in eine Kolchose eingegliedert worden, abgesehen von den anderen Arbeiten wurde allen die Norm auferlegt, die riesigen Rübenfelder zu jäten, aber bevor die Mutter in die Kolchose arbeiten ging, hatte sie schon die Milch in der Stadt verteilt. Wenn sie abends nach Haus kam, musste sie noch eine dritte Arbeit erledigen: die Kuh, die Hühner, das Ferkelchen. Dann ging sie ins Bett und schlug die schmerzenden Hände auf die Decke, obwohl sie noch eine junge und starke Frau war. Sie fragte fast nie, wie es ihm in der Schule ging, zu keiner der Elternversammlungen im Laufe so vieler Jahre war sie gegangen, aber auch Gaučys, so sehr in die Bücher vertieft, erkundigte sich nie, was sie den ganzen Tag über in der Brigade gedroschen, gesät und geschnitten hatten. Alles was jenseits der Eisenbahnlinie auf der Seite des Flusses geschah, interessierte ihn nicht. Er hatte sein eigenes Leben, und in diesem Leben seine eigenen Freuden und eigenen Sorgen. Jetzt wollte er nichts anderes als von morgens bis abends lesen, wenn möglich auch von abends bis morgens, die ganze Woche, den ganzen Monat, sein ganzes Leben lang. Nicht das Wissen zog ihn an, überhaupt nicht, er las keine Lehrbücher, nur schöne Literatur oder Romane. Irgendetwas anderes zog ihn an, vielleicht war es, dass ...wenn er nur ein Buch aufschlug ... dann verschwand plötzlich nicht nur die Welt um ihn herum, sondern auch Gaučys selbst war nicht mehr da. Hier an den Bahngleisen, am Wald, in seiner Hütte, an seinem Tisch. Seine Ohren hörten nicht mehr die heranfahrenden Züge, die Augen sahen nicht mehr, ob im Hof die Sonne schien und ob sich die Krone des alten Kirschbaumes nach allen Seiten hin und her bewegte. Wo er dann war, wusste niemand, nur er selber.

Vom letzten Frühjahr abgesehen, hatte er in der Mittelschule nicht einen einzigen guten Freund. Aber er suchte auch keinen. Und er schloss mit keinem Mädchen eine Freundschaft – als ob die erste unvergessliche Liebe an ihm vorbeigegangen wäre. Trotzdem war er kein unfreundlicher, mürrischer Halbwüchsiger, es hätte ihn nur jemand freundlich anreden müssen und er wäre sofort von Herzen darauf eingegangen, aber so jemanden gab es nicht. Die anderen hatten Kontakt miteinander, befreundeten sich, stritten sich, schlossen wieder Frieden, schrieben Liebesbriefchen und Gedichte, warteten ungeduldig auf den Samstag, um dann in der Schule zu tanzen. Gaučys jedoch war kein Stadtkind, nach der letzten Stunde nahm er seine Bücher und lief an den Bahngleisen entlang nach Hause. Aber er war auch kein Dorfkind mehr. Er gehörte sich jetzt selber, richtiger: den Büchern. Ein Kind der Bücher, das niemanden an irgendetwas hinderte und um das sich niemand kümmern musste.

In der Schulbibliothek gab es bald keine Bücher mehr, die er nicht gelesen hatte, weder litauische noch russische. Als er mit herunterhängenden Armen traurig vor den Regalen stand, sagte die grauhaarige Frau der Bibliothek nichts, sondern sie wählte eine Telefonnummer und telefonierte mit jemandem.

»Maryte, willst du vielleicht einen guten Leser haben? … Ja? … Nein, er ist noch nicht achtzehn Jahre alt, aber du solltest ihn sehen, so ein Leser! Du hast wirklich noch nie einen besseren gehabt. Gaučys ist sein Nachname, Jouzapas … Ja? … In der elften Klasse. Kann er kommen? Ich danke.«

So wurde Gaučys Leser der Stadtbibliothek. Wie viele noch nicht gelesene und nie gesehene Bücher gab es dort!

Damals war gerade Februar mit seinem ersten Tauwetter, mit den kalten Tauwettertropfen, die von allen Dächern herabrannen. Wie immer bog Gaučys nach dem Unterricht nicht in Richtung seines Hauses ab, sondern in die entgegengesetzte Richtung: zur Stadtbibliothek. An diesem Tag freute ihn alles, der Sonnenschein, der für die Augen nach dem langen und schneereichen Januar ungewohnt war, die herabfallenden Tropfen und der Gedanke, der nur jetzt so klar und fröhlich, wer weiß warum, in seinem Kopf aufblitzte: Jetzt kommt der Frühling, der letzte Frühling in der Schule! Noch einige Monate, und dann ist Schluss, geh mit Gott! ... Was dann wird, darüber hatte Gaučys noch nie nachgedacht.

Dort, in dem schmalen Gang zwischen den Bücherregalen, stieß er mit einem ihm bekannten Schüler aus der Parallelklasse zusammen, aber sie begrüßten sich nur mit einem Kopfnicken, und als Gaučys die Hand nach dem dicken dunkelblauen Bücherband »Port Arthur« ausstreckte, berührten sich unbeabsichtigt ihre Hände.

»Nimm«, Gaučys zog die Hand zurück. »Ich werde es später lesen.«

»Nein, nein, nimm du! Wenn du es durchgelesen hast, sag es mir, dann können wir zusammen hierher gehen und ich trage es in meine Liste ein. Liest du schnell? Reicht eine Woche aus?«

»So lange brauche ich nicht.«

Sie gingen zusammen auf die Straße in den Sonnenschein. Als sie so zusammen gingen, entwickelte sich ungefähr folgendes Gespräch: »Hast du ›Cusima‹ gelesen? Gut, oder nicht?!«

»Und du den Meerwolf?«

»Und die Schatzinsel?«

»Und die Kinder des Kapitän Grant?«

»Hör mal!« Plötzlich wurde Gaučys alles klar. »Das ist doch alles über das Meer?!«

»Natürlich,« der neue Freund nickte sehr ernst mit dem Kopf. »Über was sollte es sonst sein?«

So zeigte sich, dass eine sehr tiefe Freundschaft mit einem Gespräch über Bücher beginnen kann.

Hat derjenige nicht recht, der einmal klug sagte, dass die Jugend in der Freundschaft das Ähnliche sucht, das Alter jedoch das Unterschiedliche? Der neue Freund wohnte auch in einem Dorf, nur auf der anderen Seite der Stadt, auch er verschlang Buch um Buch, und Gaučys dachte während dieses ersten Gesprächs darüber nach, ob er vielleicht nicht jener wäre, der die grauhaarige Frau aus der Bibliothek angelogen hatte, das russische Buch gleich beim ersten Mal bewältigt zu haben, jedoch er sagte das nicht laut. Gaučys besaß keinen Vater mehr, der Freund keine Mutter, aber er hatte eine Stiefmutter und noch zwei kleine Stiefbrüder, irgendwie merkte Gaučys, dass der neue Freund auch einsam war.

Als die zwei sich schließlich trennten, war der Februartag schon zum Abend geworden, auf dem Bahnübergang lag rußiger Schnee, die abgefahrenen Gleise glänzten bläulich, die leichte Kälte wurde mit der herannahenden Nacht langsam schneidender. Als Gaučys das letzte Stück allein nach Hause ging, nahmen ihm die Gedanken, die sich in seinem Kopf wie die Strudel eines Flusses drehten, fast den Atem. Und dieses erhabene, irgendwie himmlische Gefühl, das er bisher nicht gekannt hatte, war, dass er einen Freund hatte! Er hatte einen echten Freund. Viel hatte Gaučys darüber gelesen, was eine echte Männerfreundschaft bedeutet, welch tiefe Spuren sie in den Seelen und Schicksalen hinterlässt. Sogar Schicksale kann sie zerstören, in Stücke brechen, manchmal kann eine solche Freundschaft groß und stark sein! ... Aber dieses Gefühl einer zukünftigen Freundschaft beängstigte Gaučys zugleich ein wenig: Wird er fähig sein, eine Freundschaft zu pflegen? Jedoch spürte er, dass er sich dieser Freundschaft unmöglich entziehen konnte, und dass sie sich unausweichlich näherte, welche Bedeutung sollten aber dann die leisen Zweifel haben, die Gaučys verspürte gegenüber dieser ihn überströmenden

Freude, dem Rauschen des Blutes in seinem Ohr und diesem Glücksgefühl, das ihn vom Erdboden abhob und das er noch nie empfunden hatte?

Nach dem Essen schlug er kein Buch auf, seine Mutter schaute ihn sogar verwundert an. Gaučys wollte, dass sie sich nur möglichst schnell hinlegte und das Licht löschte. Er wollte sich auf den Rücken legen, die Hände unter den Kopf stecken und die ganze Nacht von seiner zukünftigen Freundschaft vor sich hin träumen. Aber er schlief schneller ein, als er gedacht hatte, ermüdet von den neuen Gefühlen dieses Tages, mitten in seinen Träumereien. Am Morgen weckte die Mutter ihn nicht, denn es war Sonntag, er hörte nicht einmal mit halbem Ohr, wie sie in der Küche mit den beiden Kannen schepperte. Als er in den Hof hinausging, war es am Waldrand noch bläulicher als am Tag zuvor, die jungfräuliche Sonne war schon aufgegangen und es würde Tauwetter geben. Es wird von der südlichen Dachseite tropfen, und so wird es gut sein, sich hinter den Tisch mit dem Gesicht zum Fenster zu setzen und zu beobachten, wie die herunterhängenden dicken Eiszapfen glitzern, wie die Tropfen an ihnen hinuntergleiten und herabfallen, plötzlich aufblitzen, und jedes Aufblitzen findet einen Widerhall im Herzen, in dem dann irgendetwas erbebt, schmachtend zusammenzuckt und im ganzen Körper sich eine angenehme, träge Ergriffenheit verbreitet.

Jetzt traf er sich mit Vidas, so war der Name seines Freundes, in jeder Pause, und sie gingen nicht wie früher sofort nach Hause zu ihren Büchern, sondern Vidas begleitete Gaučys bis zu dem Bahnübergang, danach Gaučys ihn zurück bis zur Schule, und so einige Male hin und her, und immerzu redeten sie, redeten sie, redeten sie, so als ob sie die ganze Zeit, die jeder schweigend hinter den Büchern verbracht hatte, mit Reden aufholen wollten.

Wenn Gaučys bis zu diesem Zeitpunkt noch nicht ernsthaft überlegt hatte, auf welche Hochschule er gehen und wo er lernen sollte, so stand das für Vidas schon lange fest, er würde in Klaipeda auf die Marineakademie gehen und Steuermann werden, danach in Leningrad lernen, die Hochschule beenden, und zum Schluss auf jeden Fall Überseekapitän werden. Er versäumte nicht, Gaučys mit seinen Träumereien anzustecken, und dieser entflammte sogar noch heißer dafür, weil er sich schon gar nichts anderes mehr vorstellen konnte als nur mit Vidas zusammen zu lernen, sogar in einem Zimmer mit ihm zu wohnen.

Das Sonderbarste war, dass beide dieses Meer nicht einmal aus der Ferne gesehen hatten. Nur in den Büchern waren sie viele Male zusammen gefahren mit Dampfbooten, mit Segelbooten, oder sie trieben auf einem eilig zusammengebundenen Floß im Ozean. Aber das hatte keine Bedeutung für ihre Entscheidung. Denn es konnte doch niemand erklären, woher, wie, warum in Dorfkindern, die in kleinen, begrenzten Räumen zwischen den Hütten, Äckern, Weiden und Gräben aufgewachsen waren, die niemals einen Horizont gesehen hatten, in dem der Himmel mit Erde oder Wasser in gerader Linie zusammentrifft, wieso in den Ohren dieser Kinder eines Tages die tönende Stimme dieser großen Weite erschallt, warum sie später dann nicht mehr verstummt, warum sie den empfänglichen Herzen und dem schnell erregbaren Verstand keine Ruhe mehr lässt?

Wahrhaftig, für ein paar Nächte schlief Gaučys nicht, er dachte über seine Zukunft nach, aber es war weniger ein Nachdenken, sondern eine lange Reihe von klareren und nicht sehr klaren Bildern, hier steht er mit Vidas am Meeresstrand, gekleidet in die neuen Uniformen der Offiziersanwärter, da beide auf dem Schiff, auf dem Heck des Schiffs, und die stürmischen Wellen spritzen ihnen salzige Gischt in die Gesichter, dort fährt Gaučys schon allein auf seinem Schiff, Vidas ist längst nicht mehr an seiner Seite, und hier erkundet Gaučys durch das Fernglas die unermesslichen Weiten der Wasser, so lange, bis er fern am Horizont die gut bekannten Umrisse von Vidas Schiff erspäht und er irgendjemandem befiehlt, drei Mal lang und anhaltend ein lautes Signal zu geben, um das Schiff von Kapitän Vidas zu grüßen, und von drüben ertönt dann ebenfalls ein lang anhaltendes Signal. So grüßt Vidas seinen besten Freund Kapitän Gaučys …

Und so wurde während dieser paar Nächte alles beschlossen.

Kapitel 3

Der mit Vidas gemeinsam verbrachte Sommer war trocken, heiß und staubig. Seit dem Abitur im Juni hatte es fast nicht geregnet. Die Stadt glühte vor Hitze; die Bäumchen auf den Bürgersteigen und die Blätter der Apfelbäume in den Gärten waren grau und welk. Die Bücher in der Bibliothek rührte niemand mehr an, sie schienen alt und vollkommen nutzlos zu sein. Alle Türen der Schule waren verschlossen, der Basketballplatz war leer, nur auf der anderen Straßenseite blitzten in der Scheibe einer auf und zu gehenden Tür irgendeines Büros bisweilen spitze Sonnenstrahlen auf. In den Straßen sah man keine Schüler mehr, sie tummelten sich alle an der Venta hinter der Stadt. Wer konnte, war dort, auch die Erwachsenen, die einsame Mütterchen mit Gießkannen in den Gärten zurückgelassen hatten. Zweige mit reifen Kirschen breiteten sich über den Bürgersteigen aus, weder waren die Kirschen gepflückt noch die Zweige mutwillig abgebrochen worden.

Vidas besaß ein Fahrrad und radelte am frühen Morgen, Gaučys' Mutter war schon in der Kolchose, von der jenseitigen Stadt entlang den Bahnschienen herbei, sein Hemd war am Rücken vom Schweiß dunkel gefärbt. Sie aßen einige Kirschen vom alten Kirschbaum, befestigten die Mappe von Gaučys an dem Fahrrad und schoben es über die Bahngleise, durch die Felder und Äcker zum Burgberg. Der Mutter gefiel Vidas, obwohl sie ihn nur selten gesehen und mit ihm nicht ein einziges Mal länger gesprochen hatte, deswegen fragte sie Gaučys auch später über ihn aus.

»Er ist ein ernstes Kind«, beschloss sie, »schade, dass er Waise ist.«

»Er hat doch einen Vater, und er hat eine Stiefmutter!«

»Eine Stiefmutter ... Du weißt nicht, wie es ist, bei

einem Stiefvater oder bei einer Stiefmutter aufzuwachsen, Gott bewahre, was habe ich alles erlitten, ich selber bin so aufgewachsen.«

»Vidas hat niemals gesagt, dass es ihm schlecht geht. Er hat sogar ein Fahrrad, alles …«

»Nun, ein Fahr-rad … Es steht ihm auf die Stirn geschrieben, dass er nicht glücklich ist.«

»Ich werde dir nichts mehr über ihn erzählen«, antwortete Gaučys erbost.

»Du brauchst nichts zu erzählen, aber was auf seine Stirn geschrieben ist, das ist geschrieben. Er wird im Leben nicht glücklich sein.«

»Du bist eine Wahrsagerin.«

»Nun gut. Wenn Regen kommt, werdet ihr dann beide hier lernen?«

»Jeder allein, Vidas wird dann später wieder herradeln.«

Sie schoben das Fahrrad auf die Landstraße, dort standen sie eine Zeit lang und schauten auf das große Roggenfeld, hinter dem das graue Schindeldach von Švažas' Hof zu sehen war, und dort am Fuße des Berges floss die Venta. Es fühlte sich an, als ob sogar schon hier auf der Landstraße die Kühle des Flusswassers zu spüren war. Links hinter dem Roggenfeld befand sich der restliche Teil des Dorfes, aber jetzt nannten ihn alle das Zentrum, weil dort die Brigade arbeitete, dort blinkten die Scheiben der Gewächshäuser, die Schieferdächer der Kornlager, dort versammelten sich jeden Morgen die Bewohner des ganzen Dorfes, und der Brigadeleiter wies jedem seine Arbeit zu.

Sie schoben das Fahrrad weiter am Roggenfeld entlang, von dort führte ein schmaler Weg zu Švažas' Hof, dann durch den Hof den langen Abhang hinunter, wo der große Garten von Švažas lag, und schließlich durchquerten sie mühevoll die sumpfige Wiese, die den Burgberg in einem großen Bogen bis hin zum Fluss umschloss, niemand hatte sie jemals gemäht, da sie nur mit Büscheln von scharfrandigen Grashalmen und Wollgras bewachsen war. Vielleicht war hier vor mehreren hundert Jahren ein morastiger Sumpf, ein Wehrgraben oder sonst etwas gewesen.

Die Hänge des Burgberges waren hoch und steil, das Fahrrad ließen die beiden Freunde bei den Weidenbüschen am Fluss, dann stiegen sie zum Gipfel hinauf. Der war flach wie ein Tisch, bewachsen mit mancherlei zarten Gräsern und Thymian. Direkt am Rand des Gipfelplateaus wuchs noch eine große alte Kiefer, deren Baumkrone der Wind abgerissen hatte. Vielleicht hatte sie früher in der Mitte des Gipfelplatzes gestanden, aber die Venta spülte den Burgberg ständig von unten aus und jedes Jahr stürzten von Neuem große Erdklumpen, Rasenstücke, Wurzeln und Niströhren der Flussschwalben in den Strom. Ein Teil der knotigen, abgebrochenen und bizarren Kiefernwurzel hing in der Luft. Ein dicker, etwas vertrockneter Ast streckte sich weit über den Fluss, über das unten wirbelnde Strudelloch, niemand kannte die Tiefe dieses Strudellochs, obwohl einige Kinder des Dorfes auf dem Ast entlang balancierten und dann hinabsprangen, mit den Füßen nach unten, die Händen wie Zinnsoldaten an die Seiten gepresst, jedoch hatte nie jemand den Boden des Strudelloches mit den Fußsohlen berührt.

Das jenseitige Ufer war eben und glatt, bis ans Wasser abwechselnd mit Weidensträuchern oder Gras bewachsen. Weiter entfernt stand noch Sommergetreide, dahinter sah man Dächer irgendeines Hofes, einige Bäume und einen ausgetretenen Pfad, der durch das Feld mit Sommergetreide zum Hof führte.

Die kleineren Kinder des Dorfes gingen hier nicht schwimmen, für sie war es zu tief und zu gefährlich, sie planschten auf der anderen Seite des Dorfes in einer seichten Bucht, wo der Sand des Bodens zu sehen war und einige Boote angelegt hatten, die irgendjemandem gehörten.

Wenn sie das Plateau erklommen hatten, breiteten sie unter der Kiefer im Schatten Hosen und Hemden aus, legten sich bäuchlings darauf und schlugen die Bücher auf. Beide hatten das Abitur etwas besser als durchschnittlich bestanden, aber für die Aufnahmeprüfung an der Hochschule mussten sie in Englisch und Mathematik noch allerhand bimsen. Hier oben war es frisch und es blies, wenn der Wind auch heiß war, aber immerhin ein Wind, der die Haare zauste und die Buchseiten umblätterte.

»Wie gut ich mich hier fühle!«, wunderte sich Vidas schon beim ersten Mal. »Ich fühle mich so gut, dass ich mich gar nicht konzentrieren kann.«

In seinem Dorf gab es keinen großen Fluss, nicht einmal ein kleiner Bach floss vorbei, deswegen konnte Vidas nicht schwimmen.

»So geht es nicht,« entschied Gaučys, »wenn man dich nun in der Aufnahmeprüfung fragt, ob du schwimmen kannst. Du willst ein Matrose sein und kannst nicht schwimmen! Man wird dich gar nicht weiter fragen, das war's dann …«

Beide gingen vom Burgberg aus ein ziemliches Stück stromabwärts, wo es in der Nähe des Ufers keine Strudellöcher und Strudel gab, Vidas wurde anfangs von Gaučys gehalten, und nach einigen Stunden paddelte er schon wie ein Hündchen alleine an den Gräsern entlang, später versuchte er sogar schon zu kraulen.

Der Fluss zog Vidas wirklich wie ein Magnet an, kaum hob er die Augen von dem Buch, sofort starrte er lange zu der unten fließenden Venta, zu dem strudelnden Fluss, ungefähr zehnmal am Tag schlug er vor, nach unten schwimmen zu gehen, und sehr oft musste Gaučys ihn fragen: »Sind wir hierher gekommen, um zu schwimmen oder um ab und zu auch ein wenig in das Buch zu schauen?«

Vidas schüttelte heftig den Kopf, damit das Bild des dahinfließenden Stroms vor seinen Augen verschwinden möge.

Als Vidas und er das erste Mal das Fahrrad am Roggenfeld entlang in Richtung von Švažas' Hof schoben, dann durch dessen Garten den Abhang hinunter, sagte Gaučys aus irgendeinem Grunde: »Hier wohnt Švažas Undininis.«

Vielleicht deswegen, weil er wie alle Dorfkinder vor Švažas panische Angst hatte, als er klein war. Sein großer Garten lag voll von schönsten heruntergefallenen Äpfeln, sie lagen grün und rot dicht nebeneinander im Gras, aber niemand wagte, sich zu bücken und einen Apfel aus dem Garten aufzuheben, nicht einmal jene Äpfel, die genau auf die Mitte des Weges gerollt waren. Wenn die Schar der lärmenden Kinder sich seinem Garten näherte, dann ging Švažas sofort auf den Weg und erwartete sie ruhig. Die Kinder verstummten und fassten sich aus Angst an den Händen und rückten zu einem engen Häufchen zusammen, so dass beim Gehen ihre Beine und Füße durcheinander gerieten.

»Bleibt sofort stehen!«, pflegte Švažas ruhig zu sagen. »Wenn ihr meine Äpfel stehlt, salze ich euch ein!«

Dann wandte er ihnen den Rücken zu und schritt ruhig in sein Haus. Aber bei Gott, was für ein Getrappel ihrer nackten Füße den Abhang hinunter war plötzlich zu hören. Und das Weinen der Kleinsten, die bei dem Gerenne zurückblieben oder hinfielen! Die Männer des Dorfes versuchten sogar einmal, Švažas ins Gewissen zu reden.

»Schadet es dir etwa, wenn ein Kind einen heruntergefallenen Apfel aufhebt? Du lässt doch sowieso fast alle verfaulen.«

»Sollen sie verfaulen, es ist gut, wenn sie im Garten verfaulen, dann düngen sie die Erde.«

»Aber warum willst du sie mit Einsalzen ängstigen?«

»Vielleicht werde ich sie ja einsalzen, was wissen sie schon?«

Er zuckte mit den Schultern und trottete fort.

»Und warum nennt man ihn Undinines?«, fragte Vidas und schaute in den großen Garten am Abhang.

Gaučys wollte es erzählen, aber da sah er nicht weit entfernt Švažas, der sehr aufmerksam zu ihnen beiden herüberschaute. Es war nicht üblich, Švažas guten Tag zu sagen, niemand im Dorf tat es, weil er auch niemandem zu antworten pflegte. Die beiden gingen schweigend vorbei, aber Gaučys spürte lange seinen Blick im Rücken.

Früher war Švažas ein Mensch wie jeder andere gewesen, eigentlich sogar hübscher, seine Haare waren so üppig und lockig wie bei keinem anderen jungen Mann in der Umgebung. Aber Gaučys hatte diese Haare niemals gesehen, weil Švažas im Winter und im Sommer mit einer Hundefellmütze herumspazierte, die über die Ohren reichte – waren die Haare unter dieser Mütze vielleicht längst weiß geworden oder gar ausgefallen? Niemand konnte sich daran erinnern, wo die Familie Švažas ursprünglich herstammte, sie wohnten schon seit alters her in dem Dorf und waren Fischer. Zu den Zeiten von Smetona war Švažas der einzige Fischer am diesseitigen Ufer der Venta, der sich nur mit der Fischerei befasste und davon lebte. Jeden Morgen in der Früh schob er seinen löchrigen hölzernen Kasten, den er auf die Räder eines Fahrrades montiert hatte, vor sich her. Die Frauen der Stadt kauften ihm sofort alles ab, bis auf das letzte Fischchen, und den streunenden Katzen des Marktes blieb allein der Geruch dieses Kastens. Als die Russen kamen, verboten sie Švažas die Fischerei mit Netzen, nahmen ihm das Boot und die Netze weg, und so fischte Švažas schon lange nicht mehr, er ging nicht einmal mehr in die Nähe des Flusses. Er hatte sogar Angst, zum Brunnen zu gehen. Am Pfahl des Schwengels befestigte er eine Kuhkette und an dieser einen Kappstrick, den er sich am anderen Ende um den Bauch band, erst dann hob er die Stange und ließ, über den Brunnen gebeugt, den Eimer mit geschlossenen Augen nach unten. Schon seit langem war er so merkwürdig geworden, hatte angefangen, in Rätseln zu sprechen, obwohl man nicht sagen konnte, dass er völlig irr redete. Er sah den Menschen nicht mehr in die Augen, ging weder ins Badehaus noch in die Kirche, er wusch sich nicht und ebenso wenig seine Hemden, erst wenn sie faulten, zog er ein anderes an. Die Männer des Dorfes redeten über diese Merkwürdigkeiten von Švažas, sie lachten aber nicht bösartig darüber, die Frauen dagegen erinnerten sich gerne an Švažas' Liebesgeschichte, die sie sehr schön fanden, und gäbe es nicht dieses Ende der Geschichte, hätte sich jede im Geheimen gewünscht, darin die Stelle von Švažas' Geliebter einzunehmen.

Nicht eine Einzige hatte Švažas in seinem Dorf angeschaut, aber am jenseitigen Ufer wohnten auf einem Hof, den man vom Burgberg aus hinter dem Feld mit dem Sommergetreide sieht, die zwei Schwestern Rimdeikaites, Zwillinge, außergewöhnlich schöne junge Damen. Ihre Eltern waren gestorben, und sie lebten alleine und verdienten sich ihren Unterhalt mit Nähen. Kaum hatte die Venta das Eis aufgebrochen, fuhr Švažas mit seinem Boot jeden Abend an das gegenüberliegende Ufer des Flusses, er hatte überhaupt keine Angst, dass die treibenden Eisschollen sein Boot wie eine Nussschale zertrümmern könnten. Jeden Abend setzte er über den Fluss, mehrere Jahre lang, aber eine klare Entscheidung konnte er offenbar nicht treffen. Švažas' Eltern hatten wenig Land besessen, nur den langen Abhang bis zum Fluss und noch einige Felder hinter einem Stall, der zugleich Scheune war. Noch als ganz junger Mann hatte Švažas, als Mitglied des Bauernverbandes, auf dem ganzen Abhang einen prächtigen Garten angelegt. Es war nicht nur ein einfacher Garten: Er bestand aus sechs geraden Reihen mit Äpfel- und Birnenbäumen, die fast bis an die dicht mit Wollgras bewachsene Wiese reichten, und in jeder Reihe wuchsen je fünfzehn Obstbäume, weiß gekalkt, die Švažas pflegte, ja, man kann sagen, er hat sie liebkost. Švažas' Eltern waren längst gestorben, auch die beiden Zwillingsschwestern waren nicht mehr ganz jung, aber immer noch gab es keine Hochzeit. Von dieser Hochzeit sprachen die Frauen des Dorfes, sie seufzten und gerieten darüber in Rührung.

Dann war es wieder Frühling, der große Garten von Švažas stand in voller Blüte, im Hof um den Brunnen herum lärmten die Hochzeitsgäste und die Musikanten, da fuhr Švažas mit dem Boot zu seiner Braut. Als er sie am jenseitigen Ufer zu seinem Boot führte, schrie die Braut laut auf und war sprachlos, der ganze Boden des Bootes war mit blühenden Apfelzweigen ausgelegt! ... Švažas setzte sie in die weißen Blüten, er selber aber nahm die Ruder.

Die Frauen, die das damals gesehen hatten, sagten, dass sie diese Schönheit nie vergessen würden: Durch den mit Blüten übersäten Garten, durch seine Mitte schritt der große schwarzhaarige Švažas mit seinem einzigartigen Lockenkopf, und daneben, in seinem Arm eingehängt, schritt die Braut, sie hatte sich ein Kleid und einen Brautschleier von solcher Schönheit genäht, so weiß, dass sie weißer aussah als die blühenden Apfelbäume! Das war ein Paar, welches Gott wirklich segnen musste mit einem langen und einem von Liebe erfüllten Leben.

Die Hochzeit war nicht riesig, aber dennoch blieb sie dem ganzen Dorf lange im Gedächtnis haften. Erstens hatte Švažas nur eine der Schwestern von dort zu sich herüber geholt, nur die Braut, er sagte, dass die andere erkrankt wäre.

Zweitens, als es am Abend schon dunkelte und sich ein Brautführerpärchen im Garten unter den Obstbäumen küsste, ruderte mit einem anderen Boot die zweite Schwester von dem jenseitigen Ufer über die Venta, aber sie stieg nicht den Abhang hinauf zum Hof, sondern suchte in der Dunkelheit nach dem höchsten Apfelbaum im Garten und begann ein Seil daran zu binden. Als das Pärchen zu rufen anfing. »Was tust du?« ... »Was tust du?«, da warf sie die hin und her pendelnde Schlinge fort und rannte zum Fluss zurück, und das Pärchen hörte nur ein hastiges Platschen der Ruder im Wasser. Sie wollten die Hochzeitsfeier nicht stören und berichteten nur Švažas oder vielleicht noch jemandem davon, der ging dorthin und löste ruhig das Seil ab, rollte es zusammen und nahm es mit nach Hause.

Im Herbst, vielleicht Ende November, als die Venta furchtbar anschwoll und tobte, gebar die junge Švažiene ein Mädchen, obwohl damals zur Baumblüte selbst die aufmerksamsten Frauen noch nichts hatten bemerken können. Eine Woche danach kam auch ihre Schwester nieder. Da wickelte Švažiene den Säugling in ein Federbett, verschnürte es mit einem Strick und wollte von Švažas sofort auf das jenseitige Ufer hinübergesetzt werden.

»Siehst du nicht, wie der Fluss jetzt tobt? Das Kind ist nicht älter als eine Woche. Gott bewahre, wenn … Es ist noch nicht einmal getauft …«

»Ich sage dir, bring uns hinüber! Ich werde beide Kinder nebeneinander legen und Gott bewahre dich, Švažas, vor einem solchen Leben, wenn sie einander ähnlich sein sollten! …«

Sie ging mit dem großen, weißen Bündel im Arm, ohne auf Švažas zu warten, auf dem Gartenpfad zum Boot hinunter, und er lief mit den zwei Rudern auf den Schultern hinterher. Aber es verging vielleicht nur eine gute halbe Stunde, bis sie am jenseitigen Ufer wieder mit dem Bündel erschien. Der Fluss schäumte und tobte, aber Švažiene stand plötzlich aufrecht mittendrin, warf ihr Bündel weit fort und sprang hinterher. Švažas versuchte, das Boot unter Kontrolle zu bekommen und schaute um sich, an welcher Stelle Švažiene zum ersten Mal an der Oberfläche auftauchen würde, da packte der Fluss das weiße Bündel und trug es weit mit sich fort, aber Švažiene tauchte nicht wieder auf.

Diese lange Geschichte machte keinen großen Eindruck auf Vidas, er überlegte nur ruhig: »Ob der Mensch irgendwann wissen wird, welche Kräfte in seinem Verstand verborgen sind? Und was mit seinem Verstand geschieht, wenn irgendetwas aus der Tiefe unerwartet hochkommt … Nun gut, lernen wir weiter, sonst verlieren wir beide den Verstand und bestehen die Aufnahmeprüfungen nicht.«

»Warte, ich habe dir noch nicht alles erzählt«, Gaučys hatte das Gefühl, dass Švažas' Geschichte auf eine unerklärliche Art und Weise für sie beide wichtig wäre. Und zwar nicht nur, weil Švažas sie jeden Tag am Weg empfing, sie aufmerksam und lange betrachtete, so als ob er etwas sagen wollte.

Das weiße Bündel wurde nach einem Tag gefunden, es war in den überschwemmten Weidengebüschen am Ufer hängen geblieben, aber Švažiene fand man erst nach ein oder zwei Wochen, sie war in die weiteste Ferne fortgetragen worden, noch unterhalb der Stadt hinter dem jüdischen Friedhof, nicht weit entfernt von dem Mühlendamm. Man brachte Švažas in die psychiatrische Abteilung, aber schon nach einem halben Jahr wurde er entlassen und zum Invaliden erklärt. Deswegen ging er auch nicht mehr in die Kolchose, und es wollte auch niemand mit ihm zusammenarbeiten. Man roch schon aus einigen Metern Entfernung seinen säuerlichen Schweiß, und den seines nassen Hundes. Jetzt während der Hitze trug Švažas eine warme Hundefellmütze mit den Ohrenklappen auf dem Kopf, auf dem nackten Körper eine mit dem Hundefell nach innen gekehrte Weste, und barfuss stand er in seinen Galoschen. Im Winter zog er über diese Weste noch einen Mantel aus Hundefell und trug Strümpfe aus Hundefell. Niemand sah ihn je anders bekleidet. Er lebte nur von seiner Invalidenrente, aber im Herbst verdiente er mit seinem Garten noch etwas dazu, jedes Jahr kam jemand mit einem Lastwagen und kaufte ihm alles ab. Deswegen verstand auch niemand, warum er die Hunde umbringen musste, als ob er Hungers sterben würde.

»Ich esse dreimal am Tag Fleisch!«, prahlte er, »und ihr?«

Švažas besaß eine hochbeinige braune Hündin, die jeden Frühling und Herbst läufig wurde, und dann kamen für die

Hunde des ganzen Dorfes schwere Tage, denn sie wurden eingesperrt, sogar die kleinsten zottigen, die sonst herumliefen, wo sie wollten: Alle wurden an Ketten gelegt oder im Stall eingesperrt, so lange, bis die bräunliche Hündin nicht mehr läufig war. Aber Švažas waren die Köter des Dorfes gleichgültig, wenn der Wind sich in Richtung Stadt drehte, versammelten sich dort Dutzende von Hunden, und ganze Rudel bogen in den Hof ein, dann führte Švažas seine Hündin in den Stall und alle Hunde folgten ihr, Švažas verriegelte die Tür des Stalls, die Hündin aber führte er durch das Türchen zum Garten in das Freie und band sie an der Hundehütte fest, damit der Wind den Geruch wieder in Richtung Stadt tragen würde. Diese Tage waren für Švažas sehr arbeitsreich: Erschlagen, häuten, zerhauen und in zwei großen Zubern das Fleisch salzen.

Kapitel 4

Das war der schönste, wunderbarste Sommer im Leben von Gaučys. Vielleicht hofften die beiden Jungen insgeheim gleich von Beginn ihrer Freundschaft an, dass sie vom Morgen bis zum Abend nur über ihre Freundschaft sprechen und sprechen würden, aber so war es nicht. Über gelesene Bücher, über alles, was sie nur wollten, sprachen sie natürlich, aber über die Freundschaft selber nicht. Als ob sie ein wenig schüchtern wären. Die Tage, die Jahre, die sie getrennt voneinander verbracht hatten, als jeder für sich seine Bücher gelesen hatte, schienen jetzt irgendwie ... nein, nein, nicht fern, aber nicht ganz wirklich, nicht richtig ausgefüllt, ohne große Freude, die nur die Jugend erfährt, wenn sie sich ungehemmt den schönsten Gefühlen echter Freundschaft hingeben kann.

Sie lagen auf dem Burgberg unter der großen Kiefer, und beiden wurde sehr schnell klar, wie viele Lücken es in ihrem Wissen gab, trotz der heimlich während der Unterrichtsstunden gelesenen Bücher. An ihrem Entschluss, zur See zu fahren, hielten sie dennoch fest, und wenn sie noch so viele Schwierigkeiten überwinden mussten – wann hätte die Jugend jemals im Leben sich durch Schwierigkeiten von irgendetwas abhalten lassen?

Schon mit vierzehn konnte Gaučys allein quer durch die Venta schwimmen, obwohl er damals noch nicht einmal im Traum daran gedacht hatte, irgendwann vielleicht Seemann zu werden. Vidas tat ihm jetzt etwas leid, weil er wie ein Hündchen direkt in Ufernähe herumplanschte und sogar stromabwärts kaum vorwärts kam.

»Schwimm gegen den Strom, gegen den Strom!«, riet Gaučys. »Schwimm, solange du nur kannst, so lange, bis du fühlst, dass du wirklich keine Kraft mehr hast. Du wirst sehen, nach einer Woche schon ist es nur noch eine

Bagatelle für dich, quer durch die Venta zu schwimmen.«

Aber auch nach einer Woche war es für Vidas keinesfalls nur eine Bagatelle. Gaučys verstand die Angst seines Freundes, wenn der den Kopf kaum aus dem Wasser bekam und ihm das jenseitige Ufer endlos fern schien, so fern, wie es einem niemals vorkommt, wenn man festen Boden unter den Füßen hat. Es war wichtig, diese Angst, die Arme und Beine wie mit Schnüren immer fester umwickelt und unbeweglich macht, zu überwinden, sie gleich von Anfang an zu überwinden, sonst wird sie einen das ganze Leben beherrschen und dann wird es nie etwas. Vidas war eigensinnig, und im Moment schien ihm das Durchschwimmen der Venta fast das Wichtigste zu sein. Wenn er eine Stunde in das Buch gestarrt hatte, stand er auf und ermahnte Gaučys: »Lass uns noch einmal gehen!«

Von oben, vom Burgberg aus, sah der Fluss überhaupt nicht breit aus. Diesmal gingen beide ziemlich weit am Fluss entlang, fast einen halben Kilometer. Gaučys brach einen Erlenzweig ab und steckte ihn in die Erde.

»Schwimm von hier aus. Wate vom Ufer aus in das Wasser, bis es dir zum Mund reicht.«

Vidas hatte schon gelernt zu kraulen, er zappelte nicht mehr wie ein Hündchen. Gaučys ging langsam, ihn stets ermutigend, am Ufer entlang: »Du kannst noch! Schwimm weiter!«

Endlich stieg Vidas aus dem Wasser ans Ufer, schwer atmend fiel er ins Gras und blieb dort liegen.

Als er sich wieder erholt hatte, schaute er zurück auf den Erlenzweig, der in der Erde steckte, dann hinüber aufs andere Ufer. Einige Male maß er so mit den Augen die Entfernung. »Siehst du, wie weit du geschwommen bist? Weiter, als quer durch die Venta!«

»Theoretisch …«, lächelte Vidas bescheiden, »nur theoretisch …«

»Wenn wir zusammen schwimmen, versuch nicht, genau den Platz zu erreichen, den du am jenseitigen Ufer fixiert hast, schwimm einfach so, dass der Strom dich schräg fortträgt, du kannst dann am Ufer zu Fuß dorthin zurückkehren.«

»Genug jetzt! ... Heute lerne ich nicht mehr weiter, ich fahre nach Hause, esse viel und schlafe mich aus ... Morgen wird der Tag des Angriffs sein!«

»Willst du allein schwimmen?«

»Ich würde gerne, aber dieses erste Mal hilf mir noch, in Ordnung?«

»Ich habe bei meinem ersten Mal auch keine große Angst gehabt, wir sind zu sechst oder siebt geschwommen. Ich hatte keine Angst vor der Venta, aber vor der Schande, dass die Kinder mich danach auslachen und verspotten würden!«

»Ich habe vor mir selber am meisten Angst«, gestand Vidas, »dich hätten die anderen verspottet, aber ich sollte mich verspotten ... ich selber!«

Am nächsten Tag kam Vidas irgendwie sehr ernst angeradelt, Gaučys hatte den Eindruck, dass er schlecht gelaunt war. Als sie in der Nähe des Burgberges angekommen waren, schob Vidas sein Fahrrad sofort in die Weidenbüsche und schaute lange finster zum Fluss.

»Schwimmen wir!«, wandte er sich an Gaučys. »Du hast gestern gesagt, dass du mit mir zusammen schwimmen wirst.«

»Warten wir bis zum Mittag«, schlug Gaučys vor. »Lass uns zuerst lernen, und dann, wenn wir uns etwas aufgewärmt haben ...«

»Ich kann nicht mehr warten. Und ich habe auch die ganze Nacht nicht geschlafen, kaum hatte ich die Augen geschlossen, schon sah ich den Fluss ... Dann werde ich allein schwimmen!«

Obwohl Gaučys an diesem frühen Morgen überhaupt nicht ins Wasser wollte, begann er, sich das Hemd aufzuknöpfen. Er verstand seinen Freund, Vidas musste diesen

Fluss bewältigen wie einst Gaučys sein erstes russisches Buch, er musste sich selbst zeigen, dass er es kann, dass er keine Angst hatte.

Und nun schwammen sie beide quer durch den Fluss! ... Sie lagen am jenseitigen Ufer, ruhten sich aus, danach gingen sie stromabwärts, ungefähr so weit, dass die Strömung sie während des Zurückschwimmens bis oberhalb des Burgberges tragen würde, bis oberhalb des tiefen Strudelloches unter der Kiefer, wo das Ufer zu steil ist und man auf keinem Fall hochklettern kann.

Dann schwammen sie zurück! ... Vidas war so müde, dass seine Beine zitterten, als er zu den zurückgelassenen Büchern hinaufstieg, aber vielleicht noch mehr vor Aufregung als aus Schwäche.

»Lass uns warten«, bat Vidas. »Ich kann jetzt noch nicht wieder lernen.«

Er legte sich mit leuchtenden Augen genau an den Rand des Abhanges, schaute nach unten auf den Fluss, ins strömende Wasser, das er bewältigt hatte, besiegt, und in dem er nicht ertrunken war.

»Wie schön er ist!«, rief er erstaunt aus.

»Wer?«

»Der Fluss!«

Gaučys begann zu lachen: »Und für mich ist er dort am schönsten, wo ich das erste Mal durchgeschwommen bin, oberhalb des Dorfes!«

Aber Vidas lachte nicht.

»Ich weiß,« sagte er sehr ernst. »Ich habe irgendwo gelesen, ich habe es sogar aufgeschrieben, dass der Mensch alles bewältigen kann, wenn er fähig ist, sich selbst zu bewältigen. Du wirst sehen, wir werden jetzt zusammen alles bewältigen!«

»Ja,« stimmte Gaučys zu. »Als erstes – Algebra.«

Vidas stand auf und lief ständig hin und her: »Du hast mir gesagt, dass du von diesem Ast hinunter gesprungen bist?«

»Das habe ich gesagt. Wir sind als Kinder gesprungen. Nicht alle natürlich …«

»Und du?«

»Ich auch. Nur mit den Beinen nach unten.«

»Dann werde ich auch springen! Wenigstens ein Mal! … Jesus, das ist viel schrecklicher als das Schwimmen! … Nach dem Mittagessen schwimme ich noch einmal durch die Venta, aber dann schon allein, gut?«

»Gut«, stimmte Gaučys zu. »Du kannst es jetzt schon allein. Nur von dem Ast springen wir noch nicht hinunter. Das ist zu viel für diesen Tag.«

»Aber dass ich springen werde, glaubst du das?«

»Das glaube ich.«

»Dann ist es in Ordnung! Morgen werde ich springen!«

Die große Hitze dieses Sommers hatte Weiden und Wiesen verbrannt, das Getreide, die Gärten, die Saat wurden braun und welk. Auf dem Pfad jenseits des Flusses ging ein Mädchen durch das Sommergetreide, sie führte eine Kuh an einem Strick, der an den Hörnern festgebunden war. Zwischen dem Getreide und dem Wasser grünte ein schmaler Streifen, auf dem Weidenbüsche wuchsen, und an einigen Stellen stand dunkel üppiges, saftiges Gras. Das Mädchen, oder vielleicht schon Fräulein, von solcher Ferne sieht man es nicht genau, setzte sich direkt ans Ufer des Flusses, ein Ende des Stricks hielt sie in der Hand, und die Kuh weidete um ihr rot kariertes Kleid herum. Niemals vorher hatte man sie an diesem Ort gesehen. Höchstwahrscheinlich wohnte sie in dem Hof hinter dem Sommergetreide, aus dem Švažas einst seine junge Frau zu sich geholt hatte.

»Was für ein merkwürdiges Mädchen«, sagte Vidas und starrte zu ihr hin. »Sie könnte doch irgendein Buch lesen, aber nein, sie sitzt nur da und schaut die ganze Zeit in das Wasser. Sogar von hier aus sieht man, wie langweilig es für sie dort ist.«

»Und es ist heiß in der Sonne, sie geht nicht einmal schwimmen, vielleicht schämt sie sich vor uns.«

»Sie könnte doch wenigstens am Ufer im Wasser waten, dort ist es doch gar nicht tief.«

Dort, wo die Weidenbüschen standen, war auf dem Boden kein Schatten, sondern dieser fiel dunkel in das Wasser, für das Mädchen gab es keine Möglichkeit, sich vor der Sonne zu schützen. Sie hatte sich zwar ein kleines weißes Tuch umgebunden, aber was konnte ein Tuch in dieser großen Hitze helfen, wenn es sogar hier auf dem Burgberg, wo doch ein Windchen wehte, so teuflisch heiß war?

»Wenn wir an das andere Ufer hinüberschwimmen,« sagte Vidas, »und zu ihr gehen und mit ihr reden ...«

»Ach, weißt du, irgendwie bin ich schüchtern. Und das ist kein Mädchen, sondern ein Fräulein.«

»Und wir, was sind wir? Kleine Kinder? Lass uns rüberschwimmen«

»Heute nicht.«

So als ob sie das Mädchen vollkommen vergessen hätten, steckten sie ihre Nasen in die Bücher, aber mit einem Auge schielten sie immer zum anderen Ufer hinüber. Das Mädchen führte jetzt seine Kuh weiter, auf einen anderen Platz, genau ihnen gegenüber.

»Sie sieht uns nicht, weil wir hier liegen«, sagte Vidas, stand auf und begann mit den Armen seitlich herumzufuchteln, als ob er Gymnastik für seine steif gewordenen Gelenke machen wollte.

Auch Gaučys stand auf. Ihm kam es jetzt merkwürdig vor, dass sie, die alles miteinander besprachen, noch nicht ein einziges Mal über Mädchen gesprochen hatten, auch nicht über diese Dinge, die sie in den Nächten und nicht nur in den Nächten beide erregten, und die sie quälten.

Jetzt stand das Mädchen auch auf und schaute zum Gipfel des Burgberges herüber und zu ihnen beiden, wie sie immer noch mit den Armen seitlich herumfuchtelten. Vielleicht hatte sie den Eindruck, dass sie ihr irgendwelche Zeichen machen wollten? Sie knüpfte das Ende des Stricks an einen Weidenbusch, band das weiße Tuch ab, warf es auf das Gras und begann langsam das Kleid über den Kopf zu ziehen. Darunter war nichts mehr, nur ihr junger Körper; von hier, vom Gipfel des Burgberges aus, schienen sie beide plötzlich die Augen eines Falken zu bekommen, mit denen sie genau die Brüste und das dunkle Dreieck unterhalb des Bauches sehen konnten. Sie watete langsam bis zum Hals ins Wasser, erst stand sie eine ganze Weile so, dann hockte sie sich einige Male hin und tauchte mit dem Kopf unter, bevor sie sich wieder wie vorher einfach ruhig hinstellte und schließlich wieder langsam ans Ufer watete und sich rücklings neben das hingeworfene Kleid in das Gras legte, um sich zu trocknen.

»Jesus, ich kann nicht mehr!«, stöhnte Vidas und fiel auf den Bauch in das Gras. Auch Gaučys legte sich bäuchlings nieder, dann schauten sie sich zufällig in die Augen und wurden beide gleichzeitig rot. Während dieses kurzen Augenblicks wurde ihnen etwas bewusst, das nicht einmal den besten Freund je etwas angehen sollte. Was für zukünftige Überseekapitäne waren sie eigentlich? Sie waren nur zwei picklige, einsame, unglückliche Dorfjungen, die bis jetzt im Klohäuschen heimlich onanieren. Sie fühlten beide große Scham über das, was sie jetzt verstanden hatten, sie konnten nicht einmal miteinander reden. Schweigend und eilig zogen sie sich an, verließen den Burgberg, schweigend schoben sie das Fahrrad durch den Garten von Švažas, und sogar auf der Landstraße, wo sie sonst immer noch ein wenig miteinander redeten, bevor sie sich trennten, schwiegen sie jetzt. Sie standen und schwiegen. Schließlich sagte Vidas, schaute dabei seinen Fahrradsattel an und nicht Gaučys: »Jouzas, ich kann weder morgen noch übermorgen herfahren. Unser Brunnen ist ausgetrocknet, mein Vater möchte ihn vertiefen und ich muss Erde nach oben ziehen.«

»Aber wann dann?«

»Ich weiß es nicht. Wenn ich fertig bin, komme ich wieder.«

»Dann, tschüss.«

»Tschüss.«

Als Gaučys wieder zu Hause war und gegessen hatte, wollte er noch lernen, aber er spürte, dass heute kein Wissen in seinen Kopf hineingehen würde. Trotzdem versuchte er noch zu lesen, er nahm das eine Buch, er nahm das andere Buch, es war immer dasselbe. Dann ging er in den Hof hinaus und setzte sich auf das Bänkchen unter den alten Kirschbaum, gab sich seinen Träumen hin und dem Gefühl, das ihn heute plötzlich auf dem Burgberg erfasst hatte und das auf merkwürdige Weise nicht vorbeigehen wollte. In Wirklichkeit war dieses Gefühl reine Begierde, brennende Begierde nach diesem Mädchen; und die Bilder, wie sie das Kleid auszieht, wie der nackte, schlanke Körper vor seinen Augen auftaucht und wie sie nackt und langsam in das Wasser watet – diese Bilder ließen ihm einfach keine Ruhe, und Gaučys war sich bewusst, dass es ihm nicht gelingen würde, sich davon zu befreien, auch wenn er sich noch so anstrengte. Er fragte sich, warum das Mädchen nicht in das Wasser gewatet war, als sie die Beiden auf dem Gipfel des Burgberges noch nicht gesehen hatte? Warum erst danach? Warum war sie aufgestanden und hatte lange zu ihnen herübergeschaut und sich nackt ausgezogen? Das hätte doch umgekehrt sein müssen, oder nicht? Und sie lag nackt im Gras, ohne sich zu schämen? … ›Eine Aufforderung!‹, kam es Gaučys plötzlich in den Sinn. ›Das war eine klare, provozierende Aufforderung!‹

In der Nacht hatte er einen Samenerguss. Da er wusste, dass Vidas nicht kommen würde, ging er erst ziemlich spät, vor der Mittagshitze, zum Burgberg, und nahm sich keine Bücher mit. Er stieg nicht auf den Gipfel, sondern spähte zunächst durch die Zweige der Weidenbüsche, ob sie heute wieder auf der anderen Seite des Ufers saß. Sie saß dort, und Gaučys begann das Herz in der Brust zu schlagen. Er musste jetzt schwimmen, sofort, irgendeine Zaghaftigkeit oder Scham kann später kommen. Gaučys ging weiter stromaufwärts, so dass er, wenn er hinüberschwamm, an der Stelle des Ufers ankommen würde, wo sie sitzt.

Eilig zog er sich aus, Hemd, Hose, Sandalen stopfte er zusammengeknüllt in die Büsche. Bevor er ins Wasser sprang, schaute er ein letztes Mal hinüber auf das jenseitige Ufer. Sie hatte sich schon ausgezogen und stand wieder bis zum Hals im Wasser, sie konnte Gaučys nicht sehen, wie er sich, nur mit der Unterhose bekleidet, näherte, die Weidenbüschen des Ufers verdeckten ihn die ganze Zeit. »Wie gut!«, freute sich Gaučys. »Ich werde zu ihr schwimmen, mich neben sie stellen und sie fragen, willst du von mir schwimmen lernen?« Dann sprang er ins Wasser und strebte dem jenseitigen Ufer zu.

Als sie Gaučys heranschwimmen sah, erschrak sie überhaupt nicht; sie stürzte keineswegs ans Ufer, sondern stand weiter ruhig im Wasser, hob eine Hand und strich sich das nasse Haar aus dem Gesicht. Schon beim Heranschwimmen hatte Gaučys erkannt, dass sie vielleicht siebzehn oder achtzehn Jahre alt sein musste, wie er. Ein wenig außer Atem stellte er sich im Wasser neben sie und fragte: »Kannst du schwimmen?«

Sie schaute ihm in die Augen und schüttelte den Kopf.

»Heute ist es schrecklich heiß. Wirklich unmöglich!«

Sie schaute ihm wieder in die Augen und schüttelte wieder den Kopf.

»Möchtest du, dass ich dir das Schwimmen beibringe? Ich habe es meinem Freund, den du gestern auf dem Burgberg gesehen hast, in wenigen Tagen beigebracht!»

Sie schüttelte wieder den Kopf, öffnete ein wenig den Mund und zeigte mit dem Finger auf den Mund, danach auf ihr Ohr.

»Sie ist stumm!«, kam es Gaučys in den Sinn, und irgendwie war es ihm peinlich, aber gleichzeitig wurde er etwas mutiger.

Er legte beide Hände im Wasser um ihre Taille, später auf ihre Schultern.

»Gehen wir ans Ufer!«, sagte Gaučys und schaute zu ihrem rot im Gras leuchtenden Kleid.

Es schien Gaučys, als ob sie leicht schmunzelte, aber sie stieß sein Hände nicht weg. Am Ufer setzte sie sich nackt ins Gras und dachte nicht daran, sich anzuziehen, sie zog nur die Knie an die Brust, legte den Kopf darauf und umfasste mit den Armen die Beine. Gaučys setzte sich jetzt neben sie, er sah nicht mehr ihr Gesicht, ihre Brust, nichts, allein ihre hellen, langen, vom Wasser dunkel gewordenen Haare.

»Wie schön deine Haare sind!«, sagte Gaučys und nahm eine Strähne und drückte das Wasser aus.

Dann wurde ihm klar, dass sie seine Worte überhaupt nicht hörte, deshalb begann er ihren Kopf sanft zu streicheln. Er versuchte, das Mädchen an den Schultern nach hinten zu drücken, aber sie legte sich von selber auf den Rücken, daraufhin begann er sie zu küssen, sie wich jedoch seinen Küssen aus, drehte den Kopf ständig zur Seite. Er legte ihr die Hand auf die Brust, und als seine Hand die Geschmeidigkeit der Haut an dieser Stelle fühlte, ging durch Gaučys' ganzen Körper ein plötzliches, vor Begierde brennendes Beben vom Kopf bis zu den Fußsohlen. Wahrscheinlich spürte sie dieses Beben, mit beiden Händen stieß sie ihn zur Seite, sprang auf die Füße und lief auf dem Pfad durch das Sommergetreide in Richtung ihres Hauses, nackt, ohne ihr rotes Kleid vom Boden aufzuheben. Gaučys wollte ihr nachjagen, aber allein bei dem Gedanken, dass irgendjemand sie beide sehen könnte, von dort, von den Fenstern des Bauernhofes, blieb er wie angewurzelt stehen. ›Auf dem Pfad durch das von der Sonne versengte Sommergetreide läuft das nackte Mädchen, der fast nackte Gaučys jagt ihr nach, wirft sie zu Boden und …‹ Er drehte sich um und kehrte zurück an den Fluss. Als sie merkte, dass er ihr nicht nachjagte, kam sie zurück. Zu seiner Freude sah Gaučys in ihrem Gesicht weder Ärger noch Schrecken oder etwas Ähnliches. Ihr Gesicht war wieder ruhig. Sie zog das Kleid an, streckte zwei Finger einer Hand aus, krümmte einen, und mit der anderen Hand zeigte sie in Richtung Burgberg. Die ganze Zeit über schaute sie ihm auf die Lippen. ›Sie fragt mich, wo Vidas ist!‹, verstand Gaučys.

Er zeigte ihr drei Finger und klopfte auf sein rechtes Handgelenk, wo die Uhr sein sollte. Sie schüttelte den Kopf, zeigte ihm einen Finger und berührte mit diesem auch ihr Handgelenk. ›Sie möchte, dass er morgen mit herschwimmen soll.‹ Gaučys verstand wieder alles und bemerkte, wie sich das Gesicht des Mädchens plötzlich verdüsterte. Er lächelte sie an, drehte ihr den Rücken zu und watete auf der Sandbank in Richtung Flussmitte. Als das Wasser bis zu seinen Achselhöhlen reichte, stieß er sich mit den Füßen vom Boden ab und schwamm zurück. Er zog sich an, schlüpfte in die Schuhe, dann drehte er sich noch einmal um. Die Stumme löste jetzt den Strick ihrer Kuh von dem Weidenbusch und schaute nicht einmal in seine Richtung. Als er auf dem Pfad durch den Garten von Švažas ging, fühlte er sich so scheußlich, wie er sich noch niemals gefühlt hatte, und dieses Gefühl lastete ihm schwerer auf dem Herzen als die schlimmste Schande. ›Ich habe ihr nicht gefallen, ich habe mich vor ihr so scheußlich benommen, dass sie sich nicht einmal über mich geärgert hat. Sie, die Stumme, hatte Mitleid mit mir, hatte sie doch gefühlt, wie ich vor Begierde bebte. Sie hatte Mitleid, aber sie hatte kein Erbarmen … Aber warum fragte sie nach Vidas?‹ … Und dann, sehr plötzlich, von dieser Frage wie von einem Stich schmerzhaft durch und durch getroffen, verstand Gaučys alles.

Vidas kam nicht nach drei Tagen, sondern erst nach vier.

»Habt ihr den Brunnen ausgegraben?«, fragte Gaučys, er bemühte sich, seine Stimme nicht höhnisch klingen zu lassen.

»Ausgegraben. Mit Mühe und Not. Aber es gibt trotzdem noch nicht viel Wasser.«

›Warum du, Vidas, warum?!‹, wollte Gaučys schreien, aber er sagte nichts. Jetzt schoben sie stumm das Fahrrad wieder zum Burgberg. Und wieder stand Švažas am Weg, und wieder begleitete er sie mit einem langen, seltsamen Blick, den man nicht recht deuten kann. Sogar als sie den Abhang schon hinuntergegangen waren, ging Gaučys dieser Blick von Švažas einfach nicht aus dem Kopf. ›Vielleicht ist sie die Tochter von Švažas? Von dieser Zwillingsschwester, die versucht hatte, sich in der Hochzeitsnacht in dem blühenden Garten zu erhängen? …‹ Er erzählte Vidas davon.

»Und welche Bedeutung soll das haben?« Vidas verstand es nicht.

»Es hat. Warum verstehst du das nicht?«

»Für mich hat es keine. Ich stehle keinen Apfel von ihm.«

»Warum schaut er so merkwürdig, als ob …«

»Woher soll ich das wissen? Ich weiß auf einmal über mich selbst nicht mehr Bescheid.«

»Was weißt du nicht?«

»Was mit mir los ist. Ich verstehe nichts.«

»Was ist los?«

»Vielleicht erzähle ich es dir auf dem Burgberg.«

Gaučys wurde im Herzen froh, dass Vidas alles erzählen wollte, dann würde ihre Freundschaft wieder so sein, wie sie gewesen war. Aber auf dem Burgberg angekommen, lugten beide sofort zum jenseitigen Ufer hinüber, die Stumme und auch ihre Kuh waren genau dort, wo die Jungen sie auch beim letzten Mal gesehen hatten. Vidas warf das Buch auf den Boden, legte sich selbst daneben und steckte die Hände unter den Kopf.

»Heute kann ich mich irgendwie nicht konzentrieren.«

»Schau nicht so oft zum anderen Ufer hinüber!«, brummte Gaučys.

Von dem Augenblick an, als er gestern die Venta durchschwommen und sich neben dieses Mädchen ins Wasser gestellt hatte, ließ ihn irgendein undefinierbarer Gedanke einfach nicht in Ruhe. Er schwirrte wie eine Fliege um ihn herum und vermittelte nur das Gefühl, wie wichtig er ist, wahrscheinlich wird er bald in seinem Kopf sein und dann wird Gaučys vieles besser verstehen. Plötzlich schwirrte der Gedanke nicht mehr herum, und Gaučys sah dem Freund ins Gesicht, in die Augen, und Vidas schaute angestrengt irgendwohin in die Ferne, in den Himmel, der schon langsam blasser wurde von der aufkommenden Hitze.

»Ärgere dich nicht, Vidas, aber ich muss dir etwas sagen …«

»Dann sag es.«

»Ich glaube, du kannst nicht auf die Hochschule gehen.«

Vidas wandte den Kopf nicht zu ihm, ihre Blicke trafen sich nicht, er war noch irgendwo ganz weit entfernt, und so war es für Gaučys viel leichter zu sagen: »Siehst du, es scheint mir, dass sie jemanden mit verschiedenfarbigen Augen nicht aufnehmen …«

»Unsinn!«, ärgerte sich Vidas »Sie schauen nicht, welche Farben die Augen haben, für sie ist nur wichtig, dass die Augen gut sehen. Und ich sehe mit beiden hervorragend!«

Gaučys hatte gedacht, dass Vidas sehr beleidigt sein würde, aber er war überhaupt nicht beleidigt, er streckte sich wieder rücklings aus und schaute weiter in den Himmel. Vidas Augen waren verschieden, das eine Auge grün, das andere blau. Und die der Stummen auch. Ihre auch! … Und genau das ist von großer Wichtigkeit!

»Oh!«, wie ächzte Vidas, wie seufzte er in Erinnerung an die vergangene Glückseligkeit. »Ach, Juozas, du weißt nicht, wie wir uns in den drei Tagen geliebt haben! Die ganzen drei Tage durch! Und nicht nur einmal am Tag! … Du kannst dir einfach nicht vorstellen, welche Wonne das ist!«

Gaučys schwieg, er dachte über etwas anderes nach. Vidas konnte ja nicht verstehen, dass durch dieses Eingeständnis alles für Gaučys leichter wurde, hol der Teufel die kleine Lügerei wegen des Brunnens. Das Wichtigste war, dass Gaučys sich der Stummen gegenüber gestern nicht schlecht, abscheulich, bemitleidenswert benommen hatte, Vidas war ja gerade auf der anderen Seite des Flusses nach Hause gefahren!

Er wird auch Mädchen haben, wenn er erst in der Hochschule in Klaipeda ist, wenn er in die Stadt geht, es heißt ja, dass die Mädchen dort sich den Seeleuten an den Hals werfen. Und nicht stumme, sondern hübsche, wunderschönste Mädchen. Besonders im Stadtpark, wo jeden Abend Tanz sein soll.

Vidas erhob sich, schaute wieder zum anderen Ufer. Das Mädchen saß jetzt so da wie gestern Abend neben Gaučys, die Knie an die Brust gezogen und darauf ihren Kopf gelegt. Ihre Kuh war bis zum Bauch ins Wasser gewatet und schaute regungslos irgendwohin, so weit eine Kuh schauen kann.

»Ich kann hier nicht mehr lernen! Ich will sie, will sie und will sie ...!«

»Als ob ich sie nicht will?«, rutschte es Gaučys beinahe heraus.

»Juozas, wir springen heute von dem Ast. Heute habe ich überhaupt keine Angst! Vor einigen Tagen, weißt du, hatte ich noch viel Angst, aber jetzt überhaupt nicht!«

»Dann spring!«, stimmte Gaučys zu.

»Wirst du mir nicht helfen? Es ist immerhin das erste Mal!«

»Du hast doch gesagt, dass du heute überhaupt keine Angst hast.«

»Es ist nicht, dass ich Angst habe, aber mir ist doch ein bisschen bange.«

»Gut«, Gaučys stand lustlos auf. »In der Kindheit sind wir häufig zusammen von dem Ast gesprungen, aber vor jedem Springen hat es uns vor Aufregung den Atem genommen.«

Vidas kletterte schon den Baumstamm hoch und Gaučys folgte ihm nach. Jetzt erst bemerkte er, dass genau an dem Ende, wo der Ast vom Wind abgebrochen war und sich in zwei Enden verzweigte, noch kleine Nadelbüschel grünten.

»Der Ast ist noch nicht vertrocknet!«, freute sich Gaučys. »Geh direkt bis zum Ende und stell dich auf die Astgabel, dort steht man ganz gut.«

Vidas balancierte mit seitlich ausgestreckten Armen, er ging genau bis zu dem Ende, dort stand er sicher. Auch Gaučys schritt auf diesem Ast weiter, aber nur so weit, dass er sich noch mit einer Hand am Stamm abstützen konnte. Das Mädchen saß immer noch auf der anderen Uferseite, den Kopf auf die Knie gelegt, aber Vidas wollte unbedingt, dass sie herschauen sollte. Er stand und wartete, vielleicht wird die Stumme den Kopf heben.

»Spring sofort!«, riet Gaučys. »Sonst verpufft der ganze Mut!«

Aber nun zögerte Vidas wieder. Er legte beide Hände um den Mund und stieß wie Tarzan einen Schrei aus: »Uhuhuh!«

›Dummkopf!‹, dachte Gaučys. ›Er weiß doch, dass sie sowieso nichts hört.‹ Aber das Mädchen, als ob sie es spürte, hob den Kopf und sprang auf die Füße, sie schaute hinüber zum Burgberg. Vidas winkte ihr mit der Hand zu, und sie stellte sich sogar auf die Zehenspitzen und winkte ihm zurück.

»Wirst du springen oder nicht? ...«, ärgerte sich Gaučys und stampfte mit dem Fuß auf den Ast.

Plötzlich ruderte Vidas mit beiden Händen in der Luft und fiel merkwürdig krumm, schief nach unten, direkt in das Strudelloch. Gaučys schaute stromabwärts und wartete, an welcher Stelle der Kopf von Vidas auftauchen würde. Aber er tauchte nirgends auf, weder näher, noch ferner, noch in der Mitte dieses Strudellochs, plötzlich drehten sich dort irgendwelche roten Flecken, und Gaučys begriff nicht sofort, dass sich diese Flecken vor seinen Augen nicht aus Schrecken, sondern in Wirklichkeit drehten. Er sprang von dem Ast und rannte über die büschelige Wiese durch die Gartenmitte den Hang hinauf. Švažas spazierte ruhig zwischen seinen Apfelbäumen umher, er beobachtete ihn, wie er herbeilief und wartete ruhig, bis er angekommen war, obwohl Gaučys schon von weitem zu schreien angefangen hatte:

»Ein Mensch ist ertrunken! Ein Mensch ist ertrunken!«

Und als er angekommen war, sagte er ganz außer Atem und stotternd: »Ein Me-nsch ist er-trunk-en!«

Švažas sah ruhig mit einem seltsamen Blick auf seinen nach Luft schnappenden Mund: »Wenn er ertrunken ist, dann ist er schon ertrunken. Warum hat er sich an das Mädchen herangemacht? Du wirst auch ertrinken!«

»Švažas hilf! …«, wieder begann Gaučys wie mit neu erlangten Kräften zu schreien. «Švažas, rette ihn!«

»Lauf dorthin«, gleichgültig deutete Švažas in die Richtung des Gewächshauses, dessen Scheiben in der Sonne blinkten.

Bis dahin war es sehr weit, die ganze Länge des Roggenfeldes entlang, aber Gaučys presste die Fäuste gegen die Brust und rannte so schnell er konnte in Richtung dieser Scheiben.

Eine Tür des ersten Gewächshauses war weit geöffnet, in dieser Tür standen drei Frauen und in ihrer Mitte die Mutter mit einer eben angebissenen Gurke in der Hand. Gaučys stürzte auf sie zu, er hatte nicht wahrgenommen, dass zwei Männer nicht weit entfernt unter einem Baum standen und rauchten.

»Dort ist Vidas! Dort ist Vidas!« Gaučys wandte sich immerzu um, er zeigte mit der Hand auf die Mutter, wieder zurück, auf die Mutter und zurück. Die Mutter verstand sofort, sie wurde weiß wie eine Leinwand, auch die beiden Männer verstanden, aber sie eilten nicht zum Burgberg, sondern zum Brandschutzbrett, an dem eine lange

Stange mit einer Spitze und einem Haken am Ende, ein Spaten und ein kegelförmiger, rot bemalter Eimer befestigt waren.

Gaučys riss der Mutter die Gurke aus der Hand, biss große Stücke ab, verschlang sie und verschluckte sich daran.

»Gehen wir, zeig uns, wo …«, hörte Gaučys die Stimme eines Mannes hinter seinem Rücken, es war aber nicht der Mann, der die lange Stange in den Händen hielt. Sie rannten nicht wie Gaučys, es waren schon ältere Menschen, sie gingen nur mit raschen und weiten Schritten.

»Hier!« zeigte Gaučys »Er ist von dem Ast gesprungen.«

»Dann ist aus!«, der Mann warf die Stange ins Gras. »Dort hat die Venta schon im vorletzten Frühling einen angeschwemmten Baum hingespült. Mit allem Gestrüpp. Hier springt niemand mehr hinunter.«

»Aber wir haben es ja nicht gewusst!«

Die beiden Männer schienen die Stimme von Gaučys nicht zu hören.

»Er sich hat dort auf einem Ast aufgespießt«, sagte der Zweite, aber er kannte ja Vidas nicht, und deshalb konnte er so ruhig sprechen.

»Nun …«, fuhr jener fort, der die Stange gebracht hatte. »Wenn er verwest ist, dann wird der Strom jeden Knochen weit fortschwemmen … Wir müssen es dem Chef sagen und er wird anrufen … Man kann ihn nicht ewig im Wasser lassen, die Eltern müssen ihn doch beerdigen.«

Gaučys fiel bäuchlings bei den Weidenbüschen nieder, neben dem Fahrrad von Vidas, und begann zu zucken und zu schluchzen, bis er die ganze Gurke, die er nur hinunter geschlungen hatte, in das Gras erbrach.

Kapitel 5

Diesen Sommer fuhr Gaučys nirgendwo hin, er schrieb sich in keiner Hochschule ein und hatte auch nicht vor, es zu tun. Seine Lehrbücher stapelte er übereinander und legte den Stapel oben ins Regal, nur die letzten drei noch nicht gelesenen Bücher brachte er zurück in die Stadtbibliothek: »Sie können mich jetzt aus der Leserliste streichen.«

»Haben sie sich irgendwo angemeldet? In der Universität, studieren sie vielleicht Litauisch?«

»Ja …«, er verstand selber nicht, warum er die Frau so anlog.

»Ich wünsche ihnen Erfolg! Erfolg für ihr ganzes Leben!«

Erst als er auf die Straße hinausgegangen war, empfand er ein wenig Scham, aber nicht, weil er gelogen hatte, sondern wegen dieses »Erfolg für das ganze Leben!« Er fühlte jetzt schmerzhaft, dass er diesen Erfolg nicht für das ganze Leben und auch nicht für das halbe Leben haben würde. Es gibt eben Menschen, denen nichts gelingt. Ewig fehlt irgendein sehr winziges Stück selbst für ein geringes Glück, für einen kleinen Erfolg. Es ist anscheinend schon da, aber ein Nichts, ein dummer Zufall wendet alles, und es geschieht das, was eigentlich nicht geschehen sollte.

Auf dem Tisch, an dem er so viele Jahre gelernt und gelesen hatte, leuchtete nicht einmal das kleinste weiße Papierstück auf. Er ging auch nicht mehr zum Fluss, ihm war nicht bewusst, dass er in gewisser Weise Švažas ähnlich wurde, natürlich nicht im Aussehen. Was er in der restlichen Zeit des Sommers machen wollte, konnte er selbst nicht sagen. Mittags brachte er der Kuh einen Eimer Wasser, er führte sie, wenn es heiß wurde, an einen anderen, schattigen Platz oder in den Stall, wenn am Waldrand

Bremsen und Mücken begannen, das Tier in Scharen anzugreifen. Dachte er vielleicht an etwas Wichtiges, wenn er wie ein Alter unter dem einzigen Kirschbaum auf dem Bänkchen saß? Er dachte nichts, nur manchmal hatte er den Eindruck, dass irgendeine andere Kraft – das Schicksal, die Bestimmung, das Leben, oder wie man es sonst noch nennen mag – alles für ihn ausdenkt, nicht nur alles ausdenkt, sondern auch alles macht. Bald wird man ihn in die Armee einziehen, hatte er sich das selber so ausgedacht? Er wird eingezogen, und das ist alles und dann wird schon wieder irgendjemand und nicht er sich ausdenken, wie er sein soll, und wie er leben soll.

An die drei Jahre, die er in der Armee gedient hatte, wollte Gaučys sich nie mehr erinnern. Er konnte nicht sagen, dass er dort gehungert hätte, dass er gescholten, erniedrigt, beleidigt worden wäre. Er hatte sogar nach einigen Monaten die Fahrschule beendet, den Führerschein bekommen, und sie hatten ihn als Militärlastwagenfahrer eingeteilt, aber er hatte eigentlich keine militärische Grundausbildung erhalten. Während dieser Jahre durfte er ein oder zwei Mal mit dem Maschinengewehr schießen – Vergnügen fand er nicht daran. Ihr Regiment baute allerlei Kasernen, Lagerhallen, Garagen, manchmal beorderten hohe Vorgesetzte einige der Soldaten zu ihren im Bau befindlichen Häusern. Während des ganzen Tages gaben sie keinen Laib Brot, die Soldaten arbeiteten hungrig für sie, aber was machte das schon, es war nicht das Wichtigste.

Das Wichtigste und Schwerste war für ihn, dass er dort nirgends und nie allein war. Es gab keinen Ort, keine Stunde, in der man sich hätte verkriechen und allein sein können. Anscheinend kann der Wunsch nach Alleinsein und nach Freundschaft die Menschen sehr unglücklich machen. Aber auch daran wollte Gaučys sich nie erinnern. Jetzt war er den ganzen Tag über wieder völlig allein, aber das war für ihn nicht so schwer, wie das Leben dort. Er las nichts mehr, machte nichts, träumte nichts und dachte über nichts nach, die Tage gingen einfach von selbst dahin. Die Mutter sagte nichts zu ihm, sie ermahnte ihn nicht, irgendwo hinzugehen, soll er bleiben, das Kind muss sich ausruhen, war er doch von diesem Militärdienst wie aus einem Gefängnis zurückgekehrt. Er schleppte zwar lange Äste aus dem Wald heran, von dort, wo man eine Kiefernschonung lichtete, entrindete sie alle mit der Axt und umzäunte den Garten neu, indem er sie an die alten Pfähle hämmerte. Einfache Arbeiten, die er früher schon von weitem gehasst hatte, begannen ihm sogar zu gefallen. Aber zum Fluss ging er nicht ein einziges Mal, am frühen Morgen schöpfte er aus dem Brunnen einen Eimer Wasser, bis zum Mittag erwärmte sich das Wasser auf dem Bänkchen neben der Brunnenwand, und dann zog Gaučys seine Uniformhosen aus und goss sich das Wasser über den Kopf. Seine Hosen, die er bei der Abschlussfeier getragen hatte, passte nicht mehr, er war muskulös und männlich geworden, nicht einmal von weitem war er dem Gaučys ähnlich, der, schlank und dünn wie ein Regenwurm, zu der Stummen durch den Fluss geschwommen war. In der Uniformhose und mit alten Sandalen spazierte er die ganze Zeit herum.

An einem Abend fragte seine Mutter ihn allerdings: »Wie soll es jetzt weitergehen, Kindchen?«

»Mama, ich werde nach Klaipeda fahren, Arbeit suchen.«

»Dann wirst du mich wieder allein lassen«, sagte sie wie zu sich selbst, und Gaučys ging ein Stich durch das Herz, aber nur kurz und nicht schmerzhaft: Sie ist doch gerade drei Jahre allein gewesen, und nichts ist passiert.

»Und warum kannst du nicht hier in der Stadt arbeiten? Es werden jetzt zwei große Fabriken gebaut, Fahrer werden gebraucht! Hier hast du keine Kosten, weder für das Dach noch fürs Essen, du könntest viel Geld sparen.«

»Jetzt werden überall Fahrer gesucht! Sie werden gebraucht! Aber hier kann ich nicht mehr länger sein, hier geht mir alles auf die Nerven!«

Gaučys sah, dass in den Augen der Mutter kurz Traurigkeit aufkam, musste er darum mehr sagen?

Klaipeda, diese Stadt, die sie, er und Vidas, am häufigsten erwähnt hatten, fürchtete er aus einem unbestimmten Grund nicht. Dort waren sie zwar nicht ein einziges Mal gewesen, hier aber überall. Damals, als er bäuchlings in das Gras neben das Fahrrad gefallen war, hatte es in ihm plötzlich einen Knacks gegeben, irgendetwas war gebrochen, und die Jahre in der Armee hatten weder etwas repariert noch etwas Neues hinzugefügt.

»Geh nicht so schnell fort, bleib doch bis September, du musst mir wenigstens helfen, die Kartoffeln auszubuddeln, das Gemüse werde ich selber rausziehen … Jesus, und noch diese Rüben in der Kolchose! Wie soll ich sie allein ausreißen, säubern und in die Maschine werfen! … Ich bin alt geworden, ich bin müde, ich kann nicht mehr, ich will nicht mehr leben! …Wie eine Sklavin, das ganze Leben, wie eine richtige Sklavin! …«

»Weine nicht, Mama. Ich werde dir die Kartoffeln ausbuddeln«, versprach Gaučys, aber sie weinte trotzdem, Gaučys hatte sie noch nie so lange und so jämmerlich weinen sehen.

Der Herbst kam frühzeitig, er war regnerisch, es gab sogar Schneeregen, der alles in der Umgebung schmutzig machte. Und dann reiste Gaučys ab. Mit sich nahm er ein kleines Kartonköfferchen aus der Militärzeit, in der Hosentasche die Dokumente und so viel Geld, wie die Mutter ihm gegeben hatte.

Der Zug fuhr so früh, dass man die Morgenröte in der Stadt nur ahnen konnte. Am Kiosk kaufte er »Das sowjetische Klaipeda«, las die Inserate, und riss sich einzelne heraus, in denen Fahrer gesucht wurden. Er wusste weder, in welchen Stadtteil, noch mit welchem Autobus er fahren musste, außerdem war es noch nicht neun, jetzt arbeitete sowieso noch keine Dienststelle. Er kaufte sich am Büfett eine mit Würstchen gefüllte, kalt gewordene Pirogge, aß sie und ging auf die andere Seite des Bahnhofs. Es blies ein feuchter, durchdringender Wind, ab und an setzte eisiger Regen ein, sogar Schneeschauer. Gaučys ging zurück in das Bahnhofsgebäude. Er setzte sich wieder auf die Bank und wartete, bis es neun Uhr wurde, um dann mit einem Taxi zu einer der notierten Adressen zu fahren. Es warteten einige Wolgas auf dem Platz vor dem Bahnhof, Gaučys wusste nur nicht, wie viel es kosten würde. Er zog immer wieder den Papierfetzen hervor, las ihn durch, steckte ihn wieder ein, als er alles im Gedächtnis hatte. Er war aus irgendeinem Grund aufgeregt, obwohl es wahrscheinlich keinen Grund gab, sich aufzuregen. Na, wenn er hier keine Arbeit bekam, wenn ihm niemand ein Zimmer im Wohnheim gab, obwohl das in allen Anzeigen angeboten wurde? … Dann konnte er sich am Abend in denselben Zug setzen und zurück zur Mutter fahren.

Jetzt war es schon neun. Gaučys ging hinaus auf die andere Seite des Bahnhofes zu den Wolgas, im Gedächtnis wiederholte er noch die in der ersten Anzeige abgedruckte Adresse. Er setzte sich hinein und sagte: »Guten Morgen.«

»Dobroje utro. Vam kuda?«

Gaučys wechselte nun in die russische Sprache, die er besser als die Russen selber sprach: »Försterstraße 24, zweiter Stock, Zimmer zwölf …«

Der Fahrer begann so laut und so unverschämt zu lachen, dass Gaučys bis zu den Haarwurzeln rot wurde. Der Russe lachte lange, er schüttelte sich vor Lachen, warf abwechselnd den Kopf gegen die Rückenlehne und über das Lenkrad. Er war nicht sehr viel älter als Gaučys, deshalb war sein Gelächter auch viel verletzender. Nein, nie mehr wird Gaučys in so eine dumme Situation geraten.

»Nun gut, Dörfler, fahren wir!«, und schon fuhr er um die halbe Rund des Platzes und wieder von neuem: »Zweiter Stock, Zimmer zwölf! Oh, Mama, ich kann nicht! …«

Aber auf der Bahnhofsstraße wurde er ernst: »Schon lange aus der Armee?«

»Nein. Du siehst doch, die Knöpfe des Uniformmantels glänzen noch.«

»Bist du aus einem Dorf?«

»Aus einem Dorf.«

Ihm gefiel das irgendwie, vielleicht war er selbst noch nicht so lange fort aus seinem Dorf. Aus irgendeinem russischen Dorf.

Das Taxi hielt irgendwo, fast außerhalb der Stadt, wo große, silikatfarbene Gebäude leuchteten, vielleicht Lagerhallen, vielleicht weiträumige Garagen oder irgendwelche Flugzeughallen, sie standen alle verstreut um einen großen, uneben asphaltierten Hof, der Asphalt war kaum zu sehen, da überall schmutzige Regenpfützen waren.

»Du bist angekommen,« sagte er zu Gaučys. »Hier ist die Verwaltung.«

Als Gaučys nach der Geldbörse greifen wollte, schlug der Russe ihm auf die Schulter.

»Nicht nötig, Gardist! Na, hab Erfolg!«

»Danke«, sagte Gaučys nur und stieg aus.

Es war die Verwaltung eines Bau- und Montagewerkes, es gab nur russisch sprechende Frauen. Sogar die Litauerinnen wandten sich in Russisch an die anderen und sprachen die Namen merkwürdig aus: »Laimutiaaaa! ... Onutiaaaa! ... Pdaje mnie tuuu papkuuu ...«

Wenn Russisch, dann Russisch, aber das war nicht so wichtig, er musste in zwei Zimmer gehen und nach einer Stunde war er schon eingestellt. In der Hand hatte er noch ein Schreiben für den Hausmeister irgendeines Wohnheims, damit er ab sofort dort auch wohnen konnte. Er fragte beim Hinausgehen irgendeine Laimute oder Onute, wie er dorthin fahren muss. Dann stieg er in den Autobus und fuhr bis zur genannten Haltestelle. Er war selbst überrascht, dass alles so leicht, einfach und schnell ging.

Das Wohnheim der Bauarbeiter war ein graues, blockartiges, fünfstöckiges Gebäude, mit einem Lebensmittelgeschäft parterre – wie gut – , und neben dem Geschäft gab es eine weitere Tür, auf der ein hässliches blechernes Schild mit der Aufschrift »Bier zum Mitnehmen« angebracht war. Als er der Hausmeisterin das Schreiben gegeben hatte, wies sie mit spitzem Finger auf die schmutzig grüne Wand, an der ein brettartiges Schild mit größeren und kleineren Zetteln irgendwelcher Anzeigen hing: »Zuerst musst du dich mit den Regeln des Wohnheimes bekannt machen«, aber sofort besann sie sich: »Ach, du musst das jetzt nicht lesen, sie sind in jedem Zimmer vorhanden! ... Bei uns gibt es auch ein Büfett, das nur von acht bis fünf geöffnet ist. Manchmal haben sie warme Würstchen, gebratenen Fisch, Tee, irgendwelche Brötchen, was auch immer ...«

›Was zum Teufel nützt mir ein Büfett, das geöffnet ist, wenn alle schon zur Arbeit gegangen sind?‹, überlegte Gaučys, als er hinter der Frau die Treppen hinaufging. Sie stiegen in den vierten Stock, wo sich zu beiden Seiten ein langer Korridor erstreckte, der ebenfalls mit der schmutzig grünen Kasernenfarbe ausgemalt war. Sie schloss die Tür auf, gab ihm den Schlüssel, an dem ein rundes, blechernes Plättchen mit einer eingestanzten Nummer baumelte.

»Nun, hier ist dein Bett. Und das Schränkchen ...«

»Und wer wohnt noch hier?«

»Sie kommen am Abend von der Arbeit, dann lernst du sie kennen. Nur trinkt nicht, bis ihr kotzt, schreit nicht und singt nicht die ganze Nacht hindurch.«

»Warum?« Gaučys verstand nichts.

Die Frau war darüber äußerst verwundert: »Warum denn nicht!? ... Man muss sich doch kennenlernen! ... Na, richte dich ein! Stopf die schmutzigen Schuhe in den Schrank, sie werfen immer alle Schuhe in die Mitte des Zimmers. Pfui, wie es hier stinkt! Sogar ihre verdammten Aschenbecher können sie nicht ausleeren!« Sie ging hinaus und schloss die Tür, aber guckte sofort noch einmal herein: »Das Klo ist an einem Ende des Korridors, der Waschraum am anderen, du wirst es schon herausfinden.«

Gaučys stellte das Köfferchen auf den Boden, er stand

mit dem Rücken zur geschlossenen Tür und blickte sich genau um. Das alte, vom Militär so wohlbekannte Gefühl der Verlorenheit durchfuhr sein Herz.

Durch das einzige Fenster fiel Licht, über dem Fenster war eine hölzerne Gardinenstange angebracht, nur Gardinen gab es nicht. Es gab einen Tisch, vor dem Fensterbrett zwei Hocker, entlang der beiden Wände je zwei Eisenbetten mit einfarbigen Überdecken und gräulichen Kissen, dünn wie ein Pfannkuchen. Zwischen den Betten befanden sich je zwei Sperrholzschränkchen mit einer Schublade, wer am Fenster liegt, dessen Schränkchen steht am Fußende, wer an der Tür liegt, dessen Schränkchen ist am Kopfende. In der Nähe der Tür sind noch zwei Kleiderschränke, unterteilt durch eine Sperrholzplatte und in die Wand eingebaut. Gaučys öffnete seinen Schrank. Oben war ein Brett für die Mütze, unten für die Schuhe, Gaučys stellte sein Köfferchen dort ab. Er öffnete die Schrankhälfte des Nachbarn, dort hingen nur ein grauer Regenmantel, eine Hose und eine Jacke. Es gab keine Bügel, nur eingeschlagene lange Nägel. Gaučys wollte seine vom Schneeregen feuchte Jacke ausziehen und aufhängen, aber er erinnerte sich an die Worte der Hausmeisterin und ging nach unten auf die Straße. Der Schneeregen verklebte die Augen sofort, aber das Lebensmittelgeschäft lag ja gleich nebenan. Er kaufte sich eine Flasche Wodka, ein Weißbrot, eine Dose »Sprotten in Tomatensoße« und eine Flasche Kefir. Die Flaschen steckte er in die Manteltasche, die Konservendosen und das Brot nahm er in die Hand. Als er nach oben stieg, verspürte er großen Hunger, dachte jedoch nicht darüber nach, dass von nun an eine Flasche Kefir, Sprotten und das Weißbrot von gestern für lange Zeit seine tägliche und manchmal einzige Nahrung sein würden. Die Flasche steckte er unter das Kopfkissen, und den Aschenbecher, eben eine solche flache Konservendose für Sprotten mit Tomatensoße, brachte er hinaus auf den Korridor. Er ging ihn entlang bis an das eine Ende, aber da lag der Waschraum, und er musste aufs Klo. Wieder den ganzen Weg zurück bis zu den Klos, wo schiefe Toilettentüren nur an einer Türangel hingen und Gerüche nach Urin und Kot aus den niemals gereinigten Klosettbecken einem schon von weitem auf dem Korridor entgegenschlugen, dort waren die hölzernen Trennwände der fünf Klos mit derselben Farbe gestrichen, bei zweien konnte man die Tür noch schließen, die anderen drei waren ohne Tür, vielleicht hatte man sie eingetreten oder herausgebrochen. Es gab keinen Mülleimer, Gaučys leerte die Dose in das ungespülte Klobecken aus, zog an der Schnur des Spülkastens, aber im Rohr rauschte nur irgendetwas, kein einziger Tropfen Wasser lief.

Nachdem er den Anorak ausgezogen hatte, setzte er sich an den Tisch zum ersten Mittagessen, eher vielleicht zur ersten Brotzeit, seines selbständigen Lebens. Durch den Schneeregen sah er auf der anderen Seite drei weitere fünfstöckige Gebäude, aber diese waren wahrscheinlich Mehrfamilienhäuser, weil alle Fenster Gardinen hatten, auf der Straße hörte man das Rauschen der Autos; nirgends ein Bäumchen, ein kleiner Strauch, nicht einmal ein dürrer Ast, der sich im Schneeregen dunkel abzeichnete. Eine trostlose, graue Aussicht, mehr gab es nicht. Die Öde dieser Aussicht übertrug sich auf ihn und auf das Herz: Wie viele Jahre würde er in solchen Wohnheimen leben müssen? Wie viele Jahre würde er arbeiten müssen, bis er endlich in die Wohnungsliste eingetragen wird? Und auf der Liste noch einmal zehn, zwölf Jahre warten? … Wohin sollte er eine Frau heimholen? Man gibt den jungen Familien zwar Einzelzimmer in den Wohnheimen, aber wie soll man ein Kind in diesen Kasernen aufziehen, wo es nur am fernen Ende des Korridors bei dem Waschraum einen einzigen Gasherd gibt? »Wie kommen mir jetzt Kinder in den Kopf?«, er war über sich selbst verärgert. Er verspürte den Wunsch zu schlafen, auf der Zugfahrt war ihm das nicht gelungen, und so zog er jetzt seine Stiefel aus, stopfte sie in den Schrank und legte sich auf »sein« Bett, er spürte die unter das Kissen geschobene Flasche Wodka, schlief jedoch sofort ein. Er wachte erst auf, als er merkte, dass jemand in das Zimmer gekommen war und das Licht, diese einzige Zimmerlampe, die an einem nackten, schwarzen Leitungsdraht hing, eingeschaltet hatte.

»Oh! Einzugsfeier heute! ...«, sagte jemand laut auf Russisch.

Als Gaučys die Füße auf den Boden gesetzt hatte, trat sein Zimmergenosse mit ausgestreckter Hand auf ihn zu.

»Ich heiße Dima.«

»Juozas.«

«I-u-zas? Wie hat man dich in der Armee gerufen?«

»Juzikas.«

»So wirst du hier Juzikas sein! Gleich kommen Kolia und Miša. Kolia ist hier unser Boss, er bestimmt, wer an der Reihe ist, den Boden zu putzen.«

Das Bett von Dima stand gegenüber, ebenfalls in der Nähe der Tür, er zog jetzt die Schuhe aus und holte unter dem Bett alte Hausschuhe hervor.

»Die benötige ich auch«, dachte Gaučys, er trug die von seiner Mutter gestrickten Wollsocken, aber wie kann er mit Socken zu diesem stinkenden, schmutzigen Klo gehen? »Morgen schon!« ... Wieder öffnete sich die Tür, und Kolia und Miša kamen zusammen herein. Gaučys gab ihnen die Hand und sagte von sich aus: »Juzik...«

Und sofort durchfuhr es schmerzhaft sein Herz, als ob er den ihm von Vater und Mutter gegebenen Namen verraten hätte. Aber wenn die anderen ihn so nennen, was soll er machen, er musste sich daran gewöhnen, auf ihr Rufen antworten.

Miša wie auch Dima waren zwei oder drei Jahre älter als Gaučys, und Kolia war tatsächlich schon fünfunddreißig Jahre alt, mit schütteren Haaren und mit einer Reihe von metallenen Zähnen im Mund.

Als sie ihre Jacken ausgezogen und in den Schrank gehängt hatten, sagte Kolia zu Miša: »Zieh die Schuhe nicht aus! Du musst gleich losgehen!«

Sie – alle drei Alteingesessene – standen um den Tisch und berieten mit leiser Stimme, Gaučys sah auf dem Tisch Dreirubelscheine und Fünfrubelscheine liegen.

»Wie viel soll ich geben?, Kolia, wie viel?«, fragte Gaučys vom Bett aus.

»Sei ruhig!« Kolia wandte sich um und machte eine abwehrende Handbewegung. »Von deinem ersten Gehalt wirst du uns alle einladen. Miška, pašol!« Kolia kommandierte hier wie ein Sergeant in der Armee.

Als die drei sich am Tisch unterhielten, hörte Gaučys immer »jorš«, »jorš«, aber sie sprachen nicht über Fisch, das bedeutete irgendetwas anderes. Dima nahm sich ein Handtuch und ging hinaus zum Waschraum, und Kolia, der alte Fuchs des Wohnheims, erläuterte die eigentlichen Regeln des Lebens: »Du darfst nichts Wertvolleres im Zimmer rumliegen lassen, leg es irgendwo anders hin. Du hast keine Ahnung, was das hier für Schlösser sind? Mit einem Schlüssel kann man die Hälfte aller Türen aufschließen. Es wird alles gestohlen: Geld, Kleidung, Schuhe und vor der Lohnausgabe wirst du nicht einmal mehr eine Scheibe Brot im Schränkchen vorfinden. Sie stehlen die Decken vom Bett, verkaufen alles an die Alte für einen halben Liter ... Soviel ich auch herumgekommen bin, es ist überall das Gleiche! Der Staat der Diebe – von hier bis Wladiwostok! Und es gibt immer noch etwas zu stehlen!«

»Aber ich habe doch nichts ...«, Gaučys war verwirrt. »Und wenn ich etwas hätte, wem soll ich es geben?«

»Eine Klavka hat sich ein zuverlässiges Schloss eingebaut. Obwohl sie so eine Hure ist, würde sie nicht eine fremde Nadel nehmen.«

»Wozu? Ist sie schon so reich, dass sie ein anderes Schloss anbringen muss?«

»Nein, nicht deswegen, aber du weißt, unsere Männer! Sie betrinken sich und brechen bei ihr ein. Ganz leise schließen sie die Tür auf und klettern mit Schuhen in das Bett, um sie zu bumsen.«

»Lebt sie allein?«

»Nicht allein, sie zieht zwei kleine Kinder auf … Sie hat bei uns als Fahrerin gearbeitet, aber durch diese Wette … Morgen wirst du sie sehen, bis zu Neujahr muss sie als Tabellenführerin arbeiten. Alle Prämien und das dreizehnte Monatsgehalt wurden ihr gestrichen. Aber ich hab ihr gesagt: ›Klavka, mach keinen Unsinn!‹ Sie fährt ausgezeichnet und besser als die Männer, aber wenn sie trinkt, musst du ihr aus dem Weg gehen, du weißt nie, was ihr in den Kopf kommt … Auch damals war es so, wir haben ruhig hinter der Werkstatt getrunken und sie sagt: ›Ich werde mit dem Kipper voll Sand den steilen Abhang hinunter fahren und nicht umkippen!…Und ihr traut euch das nicht zu, ihr macht euch aus Angst in die Hose, und so was wollen Männer sein …‹«

»Und sie ist nicht umgekippt?«

»Ich sagte doch, sie ist Tabellenführerin, die Prämien wurden gestrichen! … Sie ist nicht tödlich verunglückt, wir haben sie mit blutiger Stirn aus der Kabine gezogen, und das ist alles. Der Maschine ist nichts passiert, sie lag mit den Rädern nach oben, wir sind hingefahren und haben den Kipper aufgestellt. Oh. Das ist eine Frau mit dem Charakter eines Mannes. Sie ist auch in der ganzen Union herumgekommen!«

In der Stimme von Kolia hörte Gaučys Begeisterung und Traurigkeit.

»Sie wird so weiterleben, wenn sie sich nicht vorher zu Tode trinkt … Wer soll sie zu sich nehmen? Zwei kleine Kinder und noch dazu dieser Charakter …«

»Und wie alt ist sie?«

»Ungefähr dreißig. Vielleicht mehr.«

Miška kam mit dem Wodka und den Bierflaschen. Kolia warf nur einen kurzen Blick auf die Einkäufe von Miška und wusste, was und wie viel gekauft worden war.

»Und noch was!«, sagte er zu Gaučys. »Wenn du Lohn bekommst, musst du dir an die Unterhose eine Tasche nähen, die man zuknöpfen kann, wir haben alle den Lohn bei uns, anders geht es nicht, entweder verlierst du ihn oder er wird beim Saufgelage gestohlen, bei uns arbeiten viele, die gesessen haben. In die Hosentaschen stecken wir nur einige Dreirubel- oder Fünfrubelscheine.«

Gaučys wunderte sich wirklich. So etwas hatte er noch nicht gehört, er soll eine Tasche mit Knöpfen an die Unterhose nähen.

Dimka kam mit dem Handtuch über der Schulter herein, ordentlich legte er es über das Kopfende des Bettes. Er hatte seine Hände und auch sich selber gewaschen, die nassen Haaren waren mit einem geraden Seitenscheitel hinter die Ohren gekämmt.

Kolia betrachtete ihn und wurde wütend: »Saubermann hat zu uns zurückgefunden. Du wirst dich sowieso in der Nacht wieder vollkotzen!«

Dimka wurde rot und setzte sich auf das Bett. »Diesmal vielleicht nicht … Ich fange an, mich daran zu gewöhnen.«

»Und du, nimm es dir morgen nicht so zu Herzen«, sagte er nicht mehr verärgert zu Gaučys. »Wenn du am frühen Morgen aufwachst und dich vollgekotzt hast, dann macht das nichts. Wisch es ab, und fertig. Alle, die nicht an ›Joršas‹ gewohnt sind, müssen spucken. ›Joršas‹ ist eine gute Sache, man braucht nicht viel davon um betrunken zu werden und es kostet nicht viel.«

Jetzt wurde Gaučys ebenfalls rot. Er war nicht nur nicht ihren »Joršas«, sondern überhaupt keinen Alkohol gewohnt.

Auf dem Tisch standen schon drei Flaschen Schnaps und drei Bier, Sprotten in Tomatensoße und ein Weißbrot. Sie nahmen sich jeder ihr Glas aus ihren Schränken, Gaučys hatte noch keines.

»Morgen musst du dir ein Glas beim Büfett klauen!«, belehrte ihn Kolia. »Oder bei uns, in der Verwaltungskantine.«

»Dort gibt es eine Kantine?«

»Es gibt, aber dort arbeiten einzig und allein Weiber … Na, manchmal essen wir da einen Teller Suppe, wenn es sehr kalt ist … Jeden Tag kann man dort nicht essen, kein Lohn reicht dafür. Weißbrot und Kefir, das ist die wirkliche Nahrung der Arbeiters!«

»Oh!«, erinnerte sich Gaučys, »die Mutter hat mir doch geräucherten Speck mitgegeben!«

Er nahm sein Köfferchen aus dem Schrank, legte es auf das Bett und machte sich an den Schlössern zu schaffen.

»Auch wir haben noch Mütter«, sagte Dimka traurig. »Aber sie schicken uns keinen Speck aus Russland. Bei uns wird der Speck nicht geräuchert, wir verschlingen grünen Speck, nur hier in Litauen …«

»Ihr Hurensöhne habt es gut!« Kolia knirschte plötzlich mit den Zähnen. »Ihr alle habt noch Mütter, aber ich bin allein in der Welt wie ein Schwa…«, und er schaute zu dem mit Schneeregen bespritzten Fenster. Die nassen, großen Schneeflocken, vom elektrischen Licht angestrahlt, schmolzen an den Fensterscheiben und flossen langsam daran herunter.

»Füll ein!«, schrie er Miška an, ohne sich umzudrehen. »Hör auf immer hin und her zu laufen!«

Gaučys musste sein Köfferchen völlig ausleeren, bis er schließlich ganz unten das in Zeitungen eingewickelte Stück Räucherspeck fand, und plötzlich roch das ganze Zimmer danach! Er brachte es zum Tisch und legte es auf eine Ecke. Als er es ausgewickelt hatte, wie schön braun und weiß lag es dort. Miška hielt schon ein Klappmesser in der Hand.

»Steck die Finger nicht gleich hinein!«, verbot Kolia. »Bist du ein Wilder? Zuerst schau genau hin, genieße und rieche daran! … Ah! … Ah!«, er beugte sich hinunter und roch am Schinken, irgendwie konnte er sich nicht satt riechen. Er lächelte mit allen seinen metallenen Zähnen, und Gaučys empfand plötzlich Mitleid nicht nur für Kolia sondern auch für Miška und Dimka, erst nach dem zweiten Glas von diesem schrecklichen »Joršas« wird er auch für sich Mitleid empfinden.

Als Gaučys von der Armee zurückgekehrt war, konnte auch er sich einfach nicht satt essen an dem Speck, mit Eiern, mit Brei und einfach so, er pflückte eine Handvoll Zwiebellauch, aß es mit Speck und schwarzem Brot.

Jetzt setzten sich alle vier um den Tisch. Kolia stellte drei Gläser in einer Reihe vor sich hin, füllte sie alle gleich voll und wollte schon mit der Hand nach dem Bier greifen, aber er überlegte es sich: »Dimka, organisiere flink ein viertes Glas!«

Als Dimka gegangen war, schaute Kolia plötzlich auf die Füße von Gaučys, die in den weißen, wollenen Socken steckten.

»Nimm dir aus meinem Schrank Hausschuhe, dort liegen Pantoffeln, die jemand hiergelassen hat. So kannst du nachts nicht zum Klo gehen. Kauf dir morgen eine Taschenlampe, wir alle haben eine, sonst trittst du in die Scheiße. Jeder schraubt dort die Glühbirnen aus; wenn bei ihnen eine durchgebrannt ist, sofort zum Klo und ausgeschraubt …!«

»Ich werde morgen eine Glühbirne kaufen und einschrauben«, versprach Gaučys.

»Bist du blöd!«, wunderte sich Miška. »Für das Scheißhaus des Staates vom eigenen Geld Glühbirnen kaufen! Das ganze Wohnheim wird über dich lachen! … Soll die Hausmeisterin sich doch darum kümmern!«

Dimka kam mit dem vierten Glas zurück und Kolia füllte »Joršas« ein.

Er machte es so, ein halbes Glas Wodka, die andere Hälfte mit Bier. Man musste sofort trinken, so dass die Blasen des Biers zusammen mit dem Schnaps plötzlich in den Kopf steigen.

«Nun!«, Kolia erhob sein Glas. »Auf die Freundschaft! Dass wir uns nicht streiten, und was noch wichtiger ist, dass wir uns nie prügeln! Nicht einmal, wenn wir total besoffen sind!«

Sie leerten die Gläser bis auf den letzten Tropfen, auch Gaučys. Es schüttelte ihn fast nicht. Alle nahmen von dem Speck und niemand öffnete die Konservendose mit den Sprotten. Und so trank jeder noch drei Gläser. Nach dem vierten konnte sich Gaučys nur noch erinnern, dass er mit wackeligen Knien bis zu seinem Bett ging und bäuchlings darauf fiel.

Er wachte erst am Morgen vom grellen Licht auf, als Kolia bei der Tür stand und den Finger immer noch auf dem Schalter hielt.

»Ach, du Scheiße, welch ein Anblick«, fluchte er. »Dima, Juzikas, räumt eure Kotze auf! Dima, einen Eimer mit Wasser und Lappen! Erwachsene Männer und haben nicht gelernt zu saufen! ... Und du steh auf!« Er ging zu Miška und schüttelte ihn. »Stell dich nicht so an, als ob du nicht aufwachen kannst! Du bist dran, den Tisch aufzuräumen!«

Nach einer halben Stunde war das Zimmer wieder in Ordnung gebracht, nur noch unter dem Tisch standen leere Flaschen, mehr als Miška beim ersten Mal geholt hatte. Die erste Ration hatte höchstwahrscheinlich nicht ausgereicht. Jesus, wie schlecht es Gaučys ging! Auf dem Klo spuckte er noch einmal, aber nichts als grünen Schleim. Als er zurückkam, wollte er für eine Sekunde den Kopf auf das Kopfkissen legen, ohne sich dabei auszustrecken. Die drei Russen gingen umher, böse, mit grauen Gesichtern, so grau wie Schuhkartons.

»Macht nichts, Juzikas, du wirst dich dran gewöhnen!« Kolia fand noch weitere Worte des Trostes für ihn: »Dies ist unser proletarisches Leben! Wir sind keine Herren.«

›Niemals!‹, rief Gaučys in Gedanken. ›Niemals, solange ich lebe, werde ich mich daran gewöhnen!‹, und spürte die gestern dort versteckte Flasche unter dem Kopfkissen.

»Leute, ich habe gestern eine Flasche gekauft, als ich auf euch gewartet habe ...«

»Juzikas, du wirst weit fahren.«

»Solange dich die Miliz nicht anhalten wird!«, fügte Miška mürrisch hinzu. Das war etwas aus ihrem Jargon.

Wieder leitete Kolia die Parade. In drei ungewaschene Gläser füllte er jeweils hundert Gramm, in das von Gaučys aber nur einen guten Schluck. Die verbliebene Flasche stellte er ohne großes Aufsehen in seinen Schrank.

»Ärgere dich nicht, Juzikas, dass du weniger bekommst, aber heute musst du die Maschine übernehmen. Und der Leiter der Garage wird da sein, auch der Mechaniker. Es ist nicht nötig, dass ihnen schon am ersten Tag klar wird …«

›Wie soll es ihnen nicht klar werden!‹, sagte Gaučys zu sich selbst. ›Wenn die drei so aussehen, wie sehe ich dann erst aus?‹ Aber er trank dieses Schlückchen aus, es wärmte, es brannte, und die Übelkeit ging vorbei.

»Und jetzt, Garde, vorwärts in den Kampf für den Sieg des Sozialismus!«, kommandierte Kolia.

Sie zogen sich die Jacken an, setzten die Mützen auf und gingen auf den Korridor, von ihrer Zimmertür aus führten ungefegte Treppen, voll mit hingeworfenen Zigarettenstummeln, direkt nach unten.

Kapitel 6

In der Armee hatte Gaučys einen riesigen Militärlastwagen gefahren, aber hier gab man ihm einen kleinen Kipper. Sie ließen ihm zwei Tage Zeit, um ihn zu säubern und den Motor einzustellen, und das tat Gaučys auch; seine einzige Kleidung, noch von der Armee, wurde schmutzig, alles stank nach Benzin, aber immerhin, Gaučys war froh, Fahrer zu sein. Sonst fuhr nur Dimka noch einen solchen Kipper, Kolia und Miška hatten es besser, sie fuhren Lastwagen; was kann man mit einem Kipper schon machen? Damit kann man nur Kies und Sand für diejenigen »zur Seite schaffen«, die in den Gartenkolonien ihre Häuschen bauen, das war aber selten, viele Rubel lassen sich so nicht dazuverdienen.

Am ersten Tag fuhr Gaučys hinter Dimkas Kipper her, um den Weg zur Sandgrube außerhalb der Stadt kennenzulernen. Die Sandgrube war groß und tief, auf ihrem Boden sah man einen Bagger, weiter entfernt stand noch ein Bulldozer, blau leuchtete ein Bauwagen. Die eine Seite der Grube war lang und abschüssig, die anderen drei gingen steil in die Höhe, und Gaučys ergriff ein Schauder, als er daran dachte, wie die betrunkene Klava einen solchen Abhang hinuntergesaust war.

Schon seit einigen Tagen hatte der Schneeregen nicht aufgehört. Zwar ging heute der Schneeregen wenigstens zeitweilig in Niesel über, vom Meer aber blies die ganze Zeit ein scharfer Wind, vor dem man sich nirgends schützen konnte.

Als Dimka und Gaučys nach unten in die Sandgrube fuhren, erschien in der Türöffnung des Bauwagens eine junge Frau mit Papieren in der Hand und schaute auf die Nummern ihrer Wagen. »Das muss Klava sein«, überlegte Gaučys, aber durch das nasse Fenster der Fahrerkabine sah er sie nur sehr kurz, und es gelang ihm nicht, sich ihr Gesicht oder ihre Figur einzuprägen. Als er den Kipper vor der Schaufel des Baggers anhielt, war die Frau schon nicht mehr in der Tür des Bauwagens zu sehen.

Während er den ganzen Weg durch die Stadt zur Betonfabrik hinter Dimka herfuhr, fluchte Gaučys, er konnte nicht verstehen, welcher Esel auf den Gedanken gekommen war, die Fabrik mehr als dreißig Kilometer entfernt von der Sand- und Kiesgrube zu errichten! »Nun«, beruhigte er sich schließlich, »das ist nicht unsere Angelegenheit, dreh dein Lenkrad, und Schluss.« Aber im seinem Herzen blieb doch etwas zurück, so als ob sich ein dünner, scheuernder Bodensatz abgelagert hätte, warum war man so klein, so unbedeutend, und kann nichts beeinflussen und es wird bis ins hohe Alter so bleiben, falls man es überhaupt erreichen sollte.

Gaučys erster Arbeitstag fiel auf ein Wochenende. Abends zurückgekehrt, versteckte er zwei Hemden und ein Paar gestrickte Socken unter dem Strohsack im Bett; die Seife, die Zahnpasta, das gestohlene Glas ließ er im Schrank, dann fuhr er zu seiner Mutter. Man könnte sagen, sein Köfferchen war völlig leer, nur zwei Armeeunterhosen lagen darin und die dritte – hatte er am Körper.

Als er am nächsten Morgen aus dem Zug stieg, gab es weder Regen noch Schneeregen. Er ging die Bahngleise entlang, unter seinen Militärstiefeln krachte die dünne Eisdecke. Es tagte schon, das Dach des Hauses und des Stalles konnte Gaučys schemenhaft erkennen. Aus dem Kamin stieg kein Rauch auf, und es wird auch keiner aufsteigen, bis die Mutter mit leeren Milchkannen aus der Stadt zurückkommt. Wahrscheinlich melkt sie jetzt gerade die Kuh. Gaučys fühlte im Herzen nicht das warme Gefühl, über das er in den Büchern so oft gelesen hatte und das, wie es heißt, den Menschen überkommt, wenn er nach langer Abwesenheit von weiten Reisen nach Hause zurückkehrt. Es war das Haus der Mutter und zugleich war es das nicht mehr; als ob ihm hier nichts mehr gehören würde.

Die Mutter seihte in der Küche die Milch in die beiden Kannen und blickte zu ihrem Sohn auf. Er trat heran, gab ihr kühl einen Kuss auf die Stirn und ließ kurz eine Hand auf ihrer Schulter ruhen.

Sie fragte nicht einmal: »Nun, wie geht es dir dort? Hast du eine Arbeit gefunden?« Der Benzingestank und der ölverschmutzte Anorak sagten alles, ohne dass sie fragen musste. Liebkosungen und Streicheln war er ohnehin nicht gewohnt, die Mutter hatte dafür auch in seiner Kindheit keine Zeit gehabt, und überhaupt hatte niemand im Dorf die Kinder damals so aufgezogen. Sogar als er damals von der Armee heimgekommen war, hatte die Mutter wie eine Statue in der Mitte des Zimmers gestanden, die Arme nach unten fallen lassen und gewartet, bis er zu ihr gekommen war. Ihre Begrüßung damals nach drei Jahren war genau so wie die jetzt nach drei Tagen. Sie begann sich anzuziehen:

»Ich gehe jetzt mit der Milch los! Wenn ich wieder nach Hause komme, dann reden wir miteinander. Wo was liegt, weißt du selber, nur gestern Abend habe ich kein Brennholz geholt, ich bin zu erschöpft gewesen.«

Als sie zurückkam, hatte sich Gaučys längst Rühreier gemacht, das Zimmer war warm, er selbst lag ohne Stiefel auf dem Bett, aber schlief nicht. Bei ihrer Rückkehr setzte er sich an den Tisch. Sie zog den Mantel aus und nahm am anderen Ende Platz.

»Ach, Kindchen, jetzt muss man dir unbedingt was zum Anziehen kaufen: Anzug, Mantel und noch eine Hose und … Hat man dir im Wohnheim ein Zimmer gegeben?«

»Noch am selben Tag.«

»Und wie viele wohnen da?«

»Vier.«

Sie wiegte den Kopf hin und her und war sich nicht sicher, ob sie es gut oder schlecht finden sollte, dass sie zu viert waren. Es beunruhigte sie nur sehr, dass sie an alle drei Unterhosen von Gaučys jeweils eine Tasche mit Knöpfen nähen sollte.

»Versteh doch, Mutter«, beruhigte Gaučys sie, »dort ist eine Stadt! Wenn du das Geld nicht verlierst, dann wird es dir im Bus gestohlen, denn morgens und abends werden alle wie Heringe in einem Fass im Bus zusammengepresst ...«

»Das ist so«, stimmte sie nachdenklich zu. »Aber du wirst die Rubelscheine doch zerreiben, wenn du drauf liegst.«

»Was kann man schon zerreiben in zwei Wochen ... Nähe die Taschen irgendwo an der Vorderseite an, ich schlafe sowieso nie auf dem Bauch.«

Nachdem sie gegessen hatten, setzte sie sich auf das Bett, wendete die Unterhosen links und rechts herum und sprach wie mit sich selbst, ohne Gaučys anzusehen: »Ich bleibe im Alter mutterseelenallein, mit jedem Tag lassen die Kräfte nach und die Hände tun weh, und es schmerzt hier und fängt dort an.«

»Was redest du! Du bist doch erst fünfzig! Du kannst noch irgendeinen Menschen finden! ...«

Sie blickte auf und schaute Gaučys in das Gesicht: »Hast du niemals darüber nachgedacht, dass ich drei Leben auf einmal abgelebt habe, das des Vater, deines, mein eigenes? Was für einen Menschen? Ich glaube, dass ich zu alt, zu erschöpft bin und für niemanden mehr zu brauchen ... Ich werde für niemanden brauchbar sein.«

Gaučys schwieg und sagte nichts mehr. Sie nahm die Nadel und begann zu nähen. Es war warm, still, genau wie immer, aber es war nicht vertraut für Gaučys. Am Abend steckte er das Geld, das die Mutter ihm gegeben hatte, in die angenähte Tasche und fuhr fort, zurück in sein nasses, windiges Klaipeda. Jetzt schon das Seine.

Die ganze Woche fuhr er wieder den Sand aus der Sandgrube, und viele Male am Tag sah er Klava im Türrahmen des Bauwagens stehen. Mit den Einkäufen beeilte er sich nicht. Er kaufte sich eine schwarze, schlichte Hose und schwarze Halbschuhe mit dicken Gummisohlen, aber etwas größer, so dass sie auch im Winter mit Wollsocken passen würden, im Sommer sitzen sie lockerer und die Füße schwitzen dann nicht. Die grüne Strickjacke mit den Knöpfen, die ihm die Mutter gestrickt hatte, als er in der Armee diente, hatte dieses Mal noch in das Köfferchen gepasst. Einen Mantel, ein teures und unbequemes Kleidungsstück, kaufte er nicht, dafür einen dickeren, braunen, halblangen Mantel, ähnlich seiner Militärjacke. Jetzt hatte er fast schon alles. Seine Mütze wird noch gut sein und was nützt eigentlich im Sommer eine Mütze? Einen Anzug kaufte er noch nicht, wo sollte er ihn lassen? Kolia zufolge würde er schon nach einigen Tagen nicht mehr im Wandschrank hängen; nein, das Geld für den Anzug trug er immer in seiner geheimen Tasche am Körper. Und seine Nahrung, wie auch die der anderen, war jeden Tag die gleiche: Kefir, Sprotten in Tomatensoße, manchmal mit einem Bindfaden zusammengebundener, heiß geräucherter Dorsch. Ab und zu hielt er nicht weit vom Markt bei einer billigen Kantine an, aß einen Teller rote Beetesuppe, aber sie war weder heiß noch schmackhaft, man könnte sagen, rötliches Wasser, in das ein Teelöffel saure Sahne hineingetan worden war. Die Mutter hatte ihn streng ermahnt: »Kindchen, iss jeden Tag Suppe, sei sie, wie sie sei, schmackhaft oder nicht, aber iss sie, von trockener Nahrung bekommst du ein Loch im Magen, und dann wirst du verstehen, was ich gesagt habe«.

Am Nachmittag des letzten Arbeitstages jeder Woche, parkten sie alle drei, Kolia, Miška und Dimka, ihre Lastwagen und verschwanden in ihren Arbeitsanzügen irgendwohin, sie gingen gar nicht erst ins Wohnheim. Sie erschienen erst wieder am Montagmorgen bei ihren Lastwagen, deswegen sah Gaučys nie, ob sie irgendwo Anzüge und andere Kleidungsstücke aufbewahrten.

Einmal entschloss sich Gaučys Dimka zu fragen: »Wohin geht ihr denn immer?«

»Wir gehen zu unseren Weibern, zu unseren Mädchen! Man muss bumsen, sich waschen, wir gehen ins Kino oder wohin auch immer ... Kolia hat schon seit langem eine Witwe mit einer Wohnung und einem Kind für sich gefunden, ich habe eine Jüngere, sie wohnt in Mažajas in einem Zimmerchen zur Miete, und Miška hat etwas ähnliches.« Und freimütig wie ein Russe bekannte er: »Ich werde eine andere suchen, meine gefällt nicht einmal dem Teufel, sie liegt da wie ein Frosch, und das ist alles, obwohl ihr nichts fehlt, jung, sauber, ordentlich ... Und du? Such dir schnell eine, sonst wirst du verrückt und lässt dich volllaufen, wenn du die ganze Zeit allein in diesem Irrenhaus von Wohnheim hockst.« Er ging und ließ Gaučys bei dem Kipper allein zurück mit hundert plötzlich aufsteigenden Gedanken im Kopf.

Es war immerhin gut, dass er Dimka nicht naiv und jammernd gefragt hatte: »Und wie kann ich eine finden?« Wer eine solche Frage stellt, der sollte lieber gleich in Tränen ausbrechen.

Jetzt lag er allein auf seinem Bett, der schreckliche Schneeregen hatte endlich aufgehört, angenehmeres Wetter war aufgekommen, aber wird es in einer Stadt am Meer lange so bleiben? Im ganzen Stockwerk des Wohnheimes war es still, niemand schlug eine Tür, niemand spielte Radio, niemand stieg die Treppen herauf und lief im Korridor entlang. Wirklich, wie soll er hier leben? Wird er seine Hemden selber unter kaltem Wasser in dem rostigen Waschbecken im Waschraum waschen? Wird er jedes Wochenende in das Dorf zur Mutter fahren? Hin eine Nacht im Zug, ohne Schlaf, und nachts auch wieder zurück; nach der Ankunft wird kaum Zeit bleiben, um im Wohnheim vorbeizugehen, und dann wird er wieder den ganzen Tag hinter dem Lenkrad in der Fahrerkabine durchgeschüttelt werden. Er hatte keine Sehnsucht nach dem Dorf, in dem er geboren worden war und es kam ihm auch nur selten in den Sinn, an seine Mutter zu denken. Offen gesagt, wann hatte er denn wirklich in diesem Dorf gelebt? Er war dort nur aufgewachsen und hatte ganz woanders gelebt, in seinen Büchern. Aber seit jenem Sommer, seit der Beerdigung von Vidas, hatte er kein einziges Buch mehr angerührt. Das würde er weder hier tun noch sonst irgendwo. Was sollte er aber an den Abenden machen? Den Kopf gegen die schmutziggrüne Wand schlagen? Jeden Abend mit seinem Literglas unten in die Kneipe »Bier zum Mitnehmen« gehen und sich dort bis zehn Uhr abends zwischen den betrunkenen Männern herumdrücken in dem Gestank nach mit Wasser verdünntem Bier und Urin? Die drei Zimmerkameraden taten das die ganze Woche über.

Er brauchte eine Frau, nicht irgendeine konkrete, sondern überhaupt eine. Seit damals, als er und Vidas auf dem Burgberg sich einander in die Augen gesehen hatten, seit damals hatte er niemals mehr onaniert. Weder bei der Armee, noch hier. Wirklich, wie sollte er eine Frau oder ein junges Mädchen finden?

Er könnte sich jetzt einen neuen Anzug kaufen und zum Tanz ins Kulturhaus der Bauarbeitergenossenschaft gehen, aber er kannte keinen einzigen Tanz, weil er in seiner Jugend nur ein, zwei Mal zum Tanzen gegangen war, eine halbe Stunde zugeschaut hatte, wie die anderen tanzen, und wieder nach Hause zu seinen Büchern zurückgekehrt war. Im fünften Stock des Wohnheimes hier lebten nur Frauen und junge Mädchen, alles Bauarbeiterinnen, Malerinnen, Verputzerinnen und was sonst noch, aber er konnte doch nicht einfach zu einer ins Zimmer treten und sagen: »Ich möchte dich kennenlernen.«

Als einzige kannte er Klava, jedoch nur vom Sehen. Er hatte sie vor kurzem gesehen, nicht dort unten in der Sandgrube in der dicken, unförmigen Arbeitskleidung sondern im Treppenhaus. Sie hatte sich einen Rock, ein kurzes Trikotagenoberteil angezogen, im Vorbeigehen hatte er ihr zwar mit dem Kopf zugenickt und sie hatte zurück genickt, aber er hatte kein Wort gesagt.

Sie hatte auch nichts gesagt. Aber während dieser kurzen Zeit hatte jeder den anderen von Kopf bis Fuß gemustert. Gaučys hatte viel bemerkt, ihre hellen kurzen Haare, die ein wenig vorstehenden Wangenknochen, die kleine slawische Stupsnase, die vollen Lippen. Sie war klein, aber schlank und hatte eine große Brust. Er wachte nachts auf, und er begehrte diese Frau tag und nacht fast bis zum Schmerz, er sah in Gedanken, wie sie die Treppen hinaufging, sah ihre schwingenden Hüften, ihre schönen Beine und, am wichtigsten, ihre prallen Brüste.

Es waren Stunden der Qual für Gaučys, und er wusste, dass sie wieder und wieder kommen würden.

An einem Abend, die Männer waren in die Bierstube gegangen, aß Gaučys neben seinem Schränkchen heiß geräucherten Dorsch, immer wieder brach er sich ein Stückchen Weißbrot ab und horchte, wie der kalte Herbstregen, vielleicht schon der letzte dieses Jahres, an das Fenster pochte. Plötzlich kam es wie eine Erleuchtung über ihn, er konnte doch ins Kino gehen! In die letzte Vorstellung und dann zurückkehren, wenn es Zeit war, ins Bett zu gehen. Mit Vidas war er niemals im Kino gewesen, weder der eine noch der andere hatte sich für Kino interessiert. Für sie hatten die Bücher alles ersetzt, Kino, Tänze, Mädchen …

Gaučys machte das jetzt fast jeden Abend, denn bei diesem Wetter kann man nicht lange in den Straßen von Klaipeda herumbummeln. Er wollte auch nicht spazieren gehen, müde von der Arbeit des Tages wollte er nach Hause kommen und nur stillsitzen. Es war ihm nicht wichtig, in welches Kino er ging, es war egal, was gezeigt wurde, er ging in irgendeines. Dort war er im Dunklen für sich allein, dort erholte er sich, manchmal fand er die Filme interessant. Man könnte sagen, dass dies immerhin eine Art von geistigem Leben war.

»Weißt du«, fragte ihn Dimka, »dass die diesjährige Feier der Oktoberrevolution auf vier freie Tage fällt? Wirst du zu deiner Mutter ins Dorf fahren?«

»Vielleicht«, Gaučys zuckte die Schultern, dieses Fest hatte er vergessen, obwohl die ganze Stadt von Plakaten und Spruchbändern rot war. Nein, vergessen eigentlich nicht, er war nur nicht dazu gekommen, zu überlegen, ob er fahren sollte, nicht fahren, bleiben, nicht bleiben.

»Morgen wird der Lohn ausgezahlt. Du bist uns einen Umtrunk schuldig. Und den Speck, vergiss den Speck nicht!«, rief Dimka ihm zu, bevor er die Tür des Kippers zuschlug.

Nein, wenn es wieder diesen »Joršas« gibt, wird Gaučys nirgends hinfahren, er wird zwei Tage im Bett liegen, grünen Schleim spucken, im Waschraum den Kopf unter das kalte Wasser stecken, und es wird sowieso nichts helfen. Aber er konnte nicht vermeiden, alle von dem ersten Geld einzuladen, sonst würde das ganze Wohnheim mit dem Finger auf ihn zeigen, aber das ist unwichtig, wichtiger ist, dass er mit ihnen weiter zusammenleben wollte. Sie sind doch einfache, gute Kerle. Gaučys hatte keine Angst, viel Geld auszugeben, sondern er hatte Angst vor dem Morgen danach, die anderen waren daran gewöhnt, sie würden sich nach dem Aufstehen die Augen waschen und zu ihren Mädchen und Weibern gehen, aber er würde allein bleiben und sich einige Tage quälen.

Alles geschah genau so, wie Gaučys es vorausgesehen hatte. Am ersten Feiertag wachte er spät auf, es war schon lange hell, man brauchte das elektrische Licht nicht mehr, die drei Betten waren leer, und Gaučys hatte es nicht einmal gemerkt, wie sie aufgestanden waren, sich angezogen hatten und davongegangen waren. Er war nur froh darüber, dass neben seinem Bett nicht wieder Kotze am Boden klebte. »Beginne ich mich etwa an diesen »Joršas« zu gewöhnen?«, dachte er erschrocken. Nein, unmöglich, er hatte ihn doch nur zum zweiten Mal in seinem Leben getrunken.

Gaučys suchte mit den Füßen nach den Hausschuhen, zögerte noch etwas mit dem Aufstehen, drehte den Kopf aber nicht zum Fenster, denn er wusste, dass er auf dem Tisch denselben scheußlichen Anblick vorfinden würde wie beim ersten Mal. Als er sich dann umdrehte, war er erstaunt: Der Tisch war sauber! In der Mitte standen eine volle Bierflasche und ein sauber gespültes Glas, nur die Speckschwarte war auf ein Stück Zeitungspapier gelegt, wahrscheinlich hatte Kolia verlangt, die Schwarte liegenzulassen, um mit dem Geruch des Wacholderrauches den vorabendlichen Gestank nach Tabak und nach »Joršas« zu vertreiben, das Fenster ließ sich ja nicht öffnen. Nur beim Anblick der Bierflasche schüttelte es den ganzen Gaučys, aber neben der Flasche leuchtete ein weißer Zettel: »Danke, Juzikas. Ein fröhliches Fest des großen Oktobers! Das Bier für dich!« Gaučys wurde wohler ums Herz, aber er hatte überhaupt keine Kraft, sich länger darüber zu freuen. Er schlich zu der Toilette, und als er zurückkam, nahm er sein Handtuch und schlurfte in Pantoffeln zum anderen Flurende in den Waschraum. Er stand vor dem Waschbecken, über dem der einzige noch nicht zerschlagene Spiegel verblieben war. Sein Gesicht hatte die Farbe von grauer, trockener Erde, die Augen waren geschwollen, die Lider rot, das drei Tage nicht rasierte Kinn leuchtete dunkel, aber Gaučys hatte nicht die Absicht, sich zu rasieren, wie sollte er sich mit diesen zitternden Händen rasieren? Er steckte den Kopf so lange unter den Wasserhahn, bis der Hinterkopf zu schmerzen begann, aber in seinem Kopf schlugen sowieso gleichzeitig fünf Hämmer. Er rubbelte sich die nassen Haare mit dem Handtuch, ging zurück ins Zimmer, die Haare standen in alle Richtungen ab wie die Stacheln eines Igels, er ließ sich auf das Bett fallen, stützte die Ellenbogen auf die Knie, presste die Hände gegen die Schläfen, aber diese Hammer hämmerten weiter wie zuvor.

Irgendjemand klopfte kurz an der Tür. ›Wer, zum Teufel, kommt jetzt?‹, dachte Gaučys bei sich, bevor er »Bitte!« sagte, aber wahrscheinlich hatte er diesen langen Gedanken auch lange gedacht, weil die Tür sich von selbst auftat, und in ihr erschien Klava mit demselben Rock, mit demselben enganliegenden Oberteil, nur war sie in alte Hausschuhe geschlüpft, wie Gaučys. Deswegen erschien sie Gaučys so einfach und vertraulich.

»Kolia ist nicht da?«, fragte sie ohne zu grüßen und antwortete sich selber: »Wieder bei seiner Geliebten, wo sonst?« Und als ob sie jetzt erst Gaučys auf dem Bett sitzend bemerkte: »Und du siehst aus, als ob ein Armenier mit dir geschlafen hat. Ach so, gestern gab es das erste Gehalt.« Und wieder gab sie sich selbst die Antwort.

Sie wusste alles, diese Klava.

»Und du hast ein Bier!«, freute sie sich, obwohl Gaučys fast sicher war, dass sie es durch die halb geöffnete Tür in der Mitte des Tisches eher gesehen hatte als ihn.

»Füllst du mir ein Glas ein?«

»Trink alles, im Moment kann ich Bier nicht einmal sehen.«

Klava ließ sich geschickt auf den Hocker fallen, drückte den Kronenkorken gegen die Kante des Tisches, schlug mit der Handinnenfläche darauf und der Kronenkorken rollte weit weg unter das Bett von Kolia. Gaučys stand hinter ihrem Rücken und versuchte, mit beiden Händen seine abstehenden Haare zurückzustreichen. Mit einem Schluck trank sie das Glas aus, wischte sich den Schaum von den Lippen und drehte sich zu Gaučys um.

»Ich wollte von Kolia zehn Rubel ausleihen. Ich habe gestern Lohn bekommen, und Schulden zurückgezahlt, von denen ich warme Schuhe gekauft hatte ... Es ist sehr kalt dort im Bauwagen, die Füße erfrieren, du könntest weinen ...«, jetzt goss sie sich das zweite Glas ein. »Nun gut, ich habe die Schuhe gekauft, abends haben Maška und ich darauf getrunken ... Gestern Abend habe ich die Kinder aus dem Kinderheim abgeholt, wie ich die Kinder jetzt mit fünf Rubeln vier Tage lang ernähren soll, kann ich mir einfach nicht vorstellen! Kolia ist nicht da, und es gibt keine einzige lebende Seele im ganzen Wohnheim, nur wir zwei beide sind geblieben. Ich, ich, wohin soll ich mit zwei Kindern fahren, aber du, warum hockst du hier? Wenn du kein Mädchen hast, kannst du doch zur Mutter fahren.«

›Auch das weiß sie!‹, fuhr es Gaučys durch den Kopf.

»Ich werde dir Geld leihen«, schlug Gaučys vor.

»Gut, Juzikas. Ich brauche nur zehn Rubel, damit werde ich irgendwie auskommen.«

›Auch den Namen kennt sie!‹, Gaučys wunderte sich noch mehr, aber er besann sich sofort. ›Sie hat den Zettel gelesen.‹

Gaučys war sogar froh: »Ich kann auch noch mehr geben. Bleib du hier sitzen, ich komme sofort zurück.«

»Hör auf, dich anzustellen! Ich dreh mich um und trinke dein Bier aus, und du kannst die Hose aufknöpfen und das Geld herausnehmen. Als ob ich nicht wüsste, wo ihr alle euer Geld aufbewahrt!«

Gaučys wurde jetzt nicht einmal rot. Klava war so unkompliziert, als ob sie zu ihnen gehörte und sie sich schon lange kennen würden. Deshalb wandte er sich ab, knöpfte die Hose auf und nahm das Geld heraus.

»Nimm!«, er gab ihr das Geld, beugte sich nach unten und zog unter dem Bett von Miška einen großen Korb hervor, in dem zehn Flaschen standen. »Geh du nach Hause, ich laufe in den Laden, denn ich habe für das Mittagessen und für das Abendbrot noch nichts besorgt, ich kaufe auch für deine Kinder was.«

Klava stand auf, sie reichte bis zu seinen Schultern. «Du bist ein Braver, Juzikas! Nimm Milch für sie! Die Zimmernummer kennst du?«

»Kenn ich.«

»Hast du dich dafür interessiert?«, sie stand lächelnd da und schaute ihm in die Augen.

»Kolia hat sie mir gesagt.«

»Weil du gefragt hast, deshalb hat er sie gesagt! Wann hast du danach gefragt?«

»Damals, als wir uns das erste Mal auf der Treppe getroffen haben.«

»Ich habe dich damals auch bemerkt«, sagte sie mit einem heiseren, fraulichen Lachen. »Erinnere dich nur daran, bei mir sind zwei kleine Kinder im Zimmer!«

Dass heute alles geschehen könnte, dieser Gedanke kam Gaučys nicht einmal in den Sinn. Während er die Tür abschloss, schlurfte Klava die Treppen hoch.

Im Laden kaufte er alles und schnell, denn es gab fast keine Schlange, zwei Flaschen Schnaps (die eine steckte er in seinem Zimmer unter die Matratze, sie sollte für das nächste Mal sein), eine Flasche Likör, gute Konservendosen, ein großes Stück Fleischwurst, heiß geräucherte Makrelen, außerdem nahm er noch ein Glas mit marinierten Gurken mit. Zwei Weißbrote. Bier nahm er absichtlich nicht, vielleicht war Klava daran gewöhnt, mit den Männern zusammen diesen verdammten »Joršas« zu trinken. Aber was sollte er ihren Kindern kaufen? Er wusste es nicht. Schokoladenbonbons, das verstand sich von selbst, er hörte sogar schon Klavas Stimme: »Buben, zu uns ist Onkel Juzikas gekommen.« Er steckte die Bonbons lose in die Manteltasche, es wird das Beste sein, wenn er ihnen die Bonbons persönlich gibt. Was fehlt noch? Ach! Er nahm vier Flaschen Milch, ein Päckchen Makkaroni und ein Päckchen Kekse. Mehr fiel ihm nicht ein. Er ging in sein Zimmer hinauf und öffnete das Köfferchen. Die Mutter hatte für ihn eine ganze Speckseite hineingelegt, ein Drittel hatte er gestern für die Männer abgeschnitten, jetzt schnitt er wieder eines ab.

Als er an Klavas Tür klopfte, schlug sein Herz, als ob er zu seiner ersten Verabredung gehen würde. Es war ja auch seine erste Verabredung, das stumme Mädchen hatte ihn nicht zu sich eingeladen, aber Klava hatte ihn eingeladen! Sie hatte ihn zu sich ins Zimmer eingeladen, und das war etwas ganz, ganz anderes.

Im Wohnheim hatten alle Zimmer die gleiche Größe.

Dort wo bei ihnen die Fußenden der Betten von Kolia und Miša aufhörten, war unter der Decke ein Draht quer von der einen bis zu der anderen Wand gespannt, daran hing ein verschlissener Vorhang aus Baumwolle; und dahinter zeichneten sich dunkel zwei Köpfchen mit kurz geschnittenen Haaren ab. Rechts von der Tür, wo bei ihnen das Bett von Dimka steht, war Klavas Bett, und auf dem Platz von Gaučys' Bett befanden sich zwei aneinander gerückte Holzschränkchen, auf dem einen war ein elektrischer Herd, auf dem anderen ein Emailletopf, über den Schränkchen ein breites Brett als Regal; und darauf sah man eine vom Braten schwarze Bratpfanne, einen Schöpflöffel, noch irgendetwas, vielleicht ein Salzfass. Zwischen diesen Schränkchen und dem Bett von Klava befanden sich ein kleiner Tisch, zwei Hocker, genauso wie bei ihnen, wahrscheinlich saß Klava während des Essens auf dem Bett, die Kinder auf den Hockern. Und es gab auch die gleichen zwei Wandschränke. Der Vorhang trennte die Betten der Kinder von Klavas Bett ab, er verdeckte zwei Drittel des Fensters, und das trübe Novemberlicht drang zwischen Zimmerdecke und Draht nur spärlich durch, deswegen brannte selbst am Tag an der Decke eine einfache Birne an einer schwarzen Leitung.

»Du siehst«, sagte Klava und stemmte die Hände in die Hüften, als die Augen von Gaučys, die alles kurz gemustert hatten, sich wieder mit ihren Augen trafen, »ich lebe so alleine wie eine Bojarin!«

»Doch nicht allein.«

»Die Woche über sind die Kinder im Heim, wo soll ich sie sonst lassen? Nur während dieser verdammten Feiertage hocken sie die ganzen vier Tage zu Hause. Und schon jetzt gehen sie vor Langweile die Wände hoch.«

»Aber sie sind so ruhig, siehst du!«

»Warte, sie werden gleich Mut fassen.«

Gaučys stellte den großen Korb auf den Tisch. «Vielleicht möchtest du selber alles herausnehmen?«

»Zieh den Mantel aus und häng ihn in den Schrank!«

Unter seinem halblangen Mantel trug Gaučys nur ein Hemd und eine Hose. Während er den Mantel in den Schrank hängte, leerte Klava den Korb aus und rief immer wieder: »Oh, oh, Juzikas, was hast du alles für uns gekauft!«

Als er sich umdrehte, standen beide Jungen mit aufgerissenen Augen neben ihr und betrachteten die Einkäufe. Gaučys bemerkte, dass die Augen des einen flachsblau waren und die des anderen schwarz wie Kohle. Da erinnerte er sich an die Bonbons in seiner Manteltasche. Er verstreute sie auf dem Tisch.

»Nun Männer, teilt sie euch!«

»Jetzt kein Bonbon!«, protestierte Klava. »Sie werden sonst die Suppe mit den Makkaroni nicht aufessen!«

Sie schob die Süßigkeiten auf ihre Handfläche, stellte sich hoch auf die Zehenspitzen und legte sie neben die schwarze Bratpfanne auf das Regal. Gaučys erwartete jetzt ein lautes Geschrei, aber die Kinder weinten nicht, der Kleine verzog nur ein wenig den Mund; wahrscheinlich wussten beide ganz genau, wenn die Mutter »so ist es« sagte, hilft auch kein Weinen.

»Du, setz dich auf mein Bett! Ich werde ihnen zuerst Makkaroni kochen, sie haben seit dem Morgen noch nichts gegessen.«

Als Klava den Topf herunternahm und in den Waschraum ging, um Wasser einlaufen zu lassen, erhob sich Gaučys, und, er verstand selber nicht, warum er das tat, nahm zwei Konfektstücke vom Regal und streckte sie auf dem Handteller den Kindern entgegen: »Kriecht hinter den Vorhang, das Papier gebt mir, ich versteck es dann in meiner Tasche!«

Man hörte die schlurfenden Schritte von Klava noch nicht von Weitem, da waren die Bonbons bereits aufgegessen, die beiden gingen dann zu Gaučys und streckten ihm ihre Hände entgegen. In jeder lag das fest zu einer großen Erbse zusammengeknüllte Bonbonpapier. Er zog den Kleineren an der Hand näher zu sich: »Lass mich deinen Mund abwischen, du hast dich beschmiert!« Er säuberte ihn mit der Handfläche. »Das ist alles, Männer, wir wissen von nichts!«

Die beiden krochen hinter den Vorhang, nur ihr eifriges Geflüster war zu hören.

Klava kam zurück und steckte den Stecker in die Steckdose. »Buben, kommt her und ich will euch Onkel Juzikas vorstellen!«

Mutig krochen sie hinter ihrem Vorhang hervor und stellten sich lächelnd direkt vor die Knie von Gaučys.

»Kennt ihr euch schon?«, wunderte sich Klava.

»Noch nicht«, sagte Gaučys.

Sie legte die Hand auf die Schulter des Älteren: »Das ist Jermakas.«

Sie legte die Hand auf die Schulter des Kleineren: »Das ist Tschingiskan.«

»Warum haben sie so merkwürdige Namen?«, wunderte sich Gaučys.

»Sie sind überhaupt nicht merkwürdig. Dieser ist Jegoras, weil er in Sibirien geboren wurde, nenne ich ihn Jermakas nach dem großen Eroberer Sibiriens; und zu dem Kleinen musst du Tschingizas sagen, ich habe ihn in Kirgisien zur Welt gebracht, deswegen Tschingiskan.«

»Ich würde sie nicht so nennen …«

»Ihnen ist das egal. Du musste ihnen nur oft etwas zu essen geben und am Sonntag mit ihnen ins Kino gehen!«

Klava schüttete die Makkaroni ins kochende Wasser. Tschingizas ging zu Gaučys, zutraulich drückte er sich an sein Knie und schaute ihn an, mit Augen so schwarz wie Kohle: »Du bist gut, Juzikas. Die anderen Onkel waren nicht so gut.«

Gaučys erwartete, dass Klava das Kind sofort anschreien, vielleicht auf den Hintern schlagen und das weinende Kind dann hinter den Vorhang jagen würde. Aber Klava wandte sich vom Herd ab, hielt den Schöpflöffel in der kraftlos herunterhängenden Hand; sie wurde blass und ihre Lippen zitterten kaum sichtbar: »Tschingizas, erzähle niemals Juzikas etwas über die anderen Onkels, gut?«

»Gut«, und wieder schaute er Gaučys mit seinen kohlschwarzen Augen an: »Wirst du wiederkommen?«

Über seinen kurzgeschorenen Hinterkopf hinweg schaute Gaučys fragend in die Augen von Klava, sie nickte unmerklich mit dem Kopf. »Ich werde kommen, Tschingizas!«, versprach Gaučys.

«Und wirst du mit uns ins Kino gehen?«

»Ich werde gehen.«

»Mit beiden?«

»Mit beiden.«

Hinter dem Vorhang ertönte die Stimme von Jermakas: »Tschingizas, komm!«, dann kindliches Geflüster. Gaučys hörte die böse Stimme von Jermakas: »Du bist klein und dumm. Das haben alle gesagt! Sind sie mit uns ins Kino gegangen? Nur Mama ist zweimal mit uns im Kino gewesen!«

Gaučys empfand plötzlich große Scham, aber nicht seiner selbst wegen, sondern wegen dieser Onkel, die den Körper von Klava benutzt und ihre Kinder stets betrogen hatten.

Klava füllte die Makkaroni in zwei Teller: »Wenn sie gegessen haben, dann werden sie in den Korridor hinauslaufen, um zu spielen, dann habe ich für dich Zeit.«

»Klava, ich habe es überhaupt nicht eilig!«

Sie drehte sich um, schnitt das Brot auf dem Schränkchen, öffnete das Gurkenglas und nahm unten aus dem Schrank zwei Gläser, und von dem Speck schnitt sie nur wenige, dünne Scheiben ab.

»Jungs, ich werde euch später Kartoffeln mit Speck braten. Das wird ein Fest!«

›Ich bin nicht auf den Gedanken gekommen, Kefir für die Bratkartoffeln zu kaufen‹, dachte Gaučys. ›Aber es gibt ja marinierte Gurken.‹

Die beiden Teller waren schon leer, Tschingizas hüpfte vor Freude: »Mit Speck ... Mit Speck!«

»Aber du darfst keinen Speck essen!« sagte Klava. »Du bist ein Muslim.«

»Ich bin kein Muslim.« Der Kleine begann sofort zu weinen. »Ich bin Tschingizas.«

»Du tust ihm weh, Klava!«, warf Gaučys ihr vor.

»Ich habe nur Spaß gemacht, Tschingizas. Wenn ihr Kartoffeln mit Speck haben wollt, nehmt eure kleinen Autos und verschwindet zum Spielen auf den Korridor. Und bleibt lange dort, sonst stört ihr mich und Onkel Juzikas.«

Sie zogen beide hinter dem Vorhang kleine, an Bindfaden befestigte Blechautos hervor, und sofort war auf dem Korridor das Tappen der kleinen Füße und das schreckliche Gekratze der Spielzeuge zu hören.

»Warum hast du Likör gekauft?«, fragte Klava. »Maška mag Likör, ich trinke ihn nicht.«

»Wer ist Maška?«

»Meine beste Freundin, sie lebt zwei Zimmer weiter. Ein junges braves Mädchen, irgendwann werde ich euch vorstellen, ihr kannst du den Likör anbieten. Ich öffne die Flasche nicht, sondern stelle sie in den Schrank.«

Erst als alles getan war, setzte Klava sich neben Gaučys auf das Bett, hängte ihre Arme an seinen Hals und küsste ihn auf die Wange. »Wie gut du bist, Juzikas! Wie lieb du bist! Aber füll Schnaps ein!«

Gaučys goss zwei Gläser je ein Drittel voll.

»Warum tröpfelst du nur?«, erboste sich Klava. »Du weißt doch, dass ich aus Sibirien stamme, wir trinken dort gläserweise puren Alkohol.«

Gaučys füllte ihr das Glas voll. Klava zog das Glas zu sich und hielt es fest umklammert in der Hand.

»Auf was sollen wir trinken, Juzikas?«

»Auf das erste Kennenlernen.«

»Das erste war schon damals auf der Treppe. Lass uns auf das letzte Zusammensein trinken!«

»Klava«, wunderte sich Gaučys. »Trinken wir nicht auf das letzte, wir wissen doch nicht, wie es sein wird.«

»Ich weiß es!«

»So sag es!«

»Ich werde es nicht sagen. Du musst es nicht wissen!«

»Und wie soll ich dann darauf trinken?«

»Einfach so!«, eine Hand ließ sie an Gaučys' Hals, mit der anderen führte sie das Glas an die Lippen, sie trank, als wäre es Wasser, ein leichtes Zittern erfasste kurz ihren Körper, dann griff sie nach einer Gurke auf dem kleinen Teller und biss schmatzend hinein. Jetzt durchfuhr ein Zittern Gaučys, hatte er doch selbst so hineingebissen, damals in der Tür des Gewächshauses, als er der Mutter die Gurke aus der Hand gerissen hatte.

»Iss etwas!«, befahl ihm Klava. »Ich spüre, dass es dich geschüttelt hat. Und noch ein halbes Glas! Wenn ich wieder ein volles austrinke, dann will ich einen Mann.«

»Dann will!« Gaučys strahlte.

»Dich will ich auch nach einem halben Glas! Was übrig bleibt, das trinken wir später, gut?«

›Wie einfach ist doch alles so mit ihr‹, Gaučys spürte, wie Klava mit den Handflächen gegen seine Brust drückte und ihn rücklings auf das Kopfkissen warf.

«Zieh die Schuhe aus!«

Sie öffnete den Gürtel seiner Hose, zog ihm die Hose aus und warf sie auf den Boden, auch die Unterhose, Gaučys fühlte, dass sein Glied plötzlich steif wurde.

»Oh!«, rief Klava aus, »wie groß!«

Sie knöpfte sich irgendetwas an der Seite auf, der Rock glitt nach unten, darunter war nichts. Schnell schlüpfte sie aus dem Rock und setzte sich auf Gaučys.

»Juzikas, das erste Mal will ich es immer plötzlich und schnell!«

Eigentlich ging alles zu schnell. Gaučys stöhnte einmal lang anhaltend und erschlaffte, er blickte gerade noch in den vor Begierde geöffneten Mund von Klava. Dann lag er kraftlos unter ihr mit geschlossenen Augen, voller Scham, dass alles viel zu schnell gegangen war. Klava streckte sich neben der Wand aus, legte ein Bein auf ihn. Langsam knöpfte sie sein Hemd auf.

»Juzikas«, rief sie erfreut, »deine Brust ist behaart!«, und sie schmiegte das Gesicht daran, lag still, streichelte ruhig atmend seine Wange: »Reg dich nicht auf, Juzikas, alles wird gut, für uns wird alles gut! Ich habe verstanden, für dich ist es das erste Mal!! Bleib nur ruhig liegen, ich werde alles machen, dir alles und verschiedene Methoden beibringen, du wirst ein richtiger Mann sein!« Und wieder streichelte sie sein Gesicht, als ob sie jetzt irgendein sanftes, mütterliches Gefühl ergriffen hätte.

«Ziehen wir uns an! Gleich werden meine zwei Bengel beginnen, die Tür einzuschlagen.«

Gaučys stand ihr gegenüber und zog seine Militärunterhose und die Hose an, aber er fühlte jetzt weder Scham noch sonst etwas. Klava, du Klava! Sie setzten sich wieder nebeneinander auf das Bett.

»Gieß ein, was übrig ist. Und geh nach Hause. Wenn die Kinder nach dem Mittagessen eingeschlafen sind, dann werde ich zu dir kommen. Siehst du«, erklärte sie, »manchmal schreie ich, und bei dir kann ich schreien, so viel ich will, wir sind jetzt im ganzen Wohnheim allein. Wenn wir uns von hinten lieben, knete mir die Brüste, beiß mir in den Rücken, das erregt mich am meisten. Jetzt geh!«

»Klava, sage nichts!! Du kannst alles bei mir sagen! Ich gehe sonst ewig von hier nicht weg!«

Klava lachte in sich hinein: »Geh nur! Ich habe gesagt, dass ich nach dem Mittagessen kommen werde.«

Kapitel 7

Wenn Gaučys jetzt an den Abenden von der Arbeit zurückkam, ging er nicht mehr ins Kino. Er zog sich um, setzte sich aufs Bett, unterhielt sich mit den Zimmergenossen über Vergaser und Einspritzdüsen, dann ging er in Pantoffeln die Treppe zu Klava hinauf, und nach einigen Tagen wusste das ganze Wohnheim darüber Bescheid, die betrunkenen Männer kratzten nachts nicht mehr an ihrer Tür, sie baten nicht mehr um Einlass. Seine Zimmerkameraden zeigten keine Reaktion. Weder spöttelten sie, wenn er fortging, noch lachten sie, wenn er morgens zurückkam. Manchmal waren sie selbst gerade aufgestanden, manchmal wachten sie vom Geräusch des Türschlosses oder hereinfallenden Licht auf. Erst ungefähr nach drei Wochen sagte Kolia einmal, und Gaučys verstand, dass er das sagte, weil er es gut mit ihm meinte: »Oh, Juzikas, diese Klava wird dich fertigmachen. Schau im Waschraum in den Spiegel, blaue Ringe unter den Augen, eingefallene Wangen! Trink immer ein paar rohe Eier, wenn du zur Arbeit gehst, das hilft.«

Natürlich schaute Gaučys in den Spiegel. Das Gesicht sah aus, wie Kolia es gesagt hatte. Klava war tatsächlich nicht zu sättigen. Zweimal, dreimal während der Nacht weckte sie ihn, sie selber aber blühte davon auf, lief den ganzen Tag mit leuchtenden Augen umher, und die Lippen wurden voll, empfindsam wie die eines jungen Mädchens, sogar ihr Busen, so schien es Gaučys, war jetzt noch größer und elastischer.

»Am Samstag und Sonntag, wenn die Kinder zu Hause sind, darfst du niemals zu mir kommen. Verstehe doch, ich müsste ihnen abends eine halbe Schlaftablette geben, damit sie nicht aufwachen. Auf dem ganzen Korridor hört man, wie wir uns lieben. Und du, wie du stöhnst! Und bring mir auch nicht deine Wäsche wie die anderen ihren Weibern.

Am Wochenende muss ich die Kleidungsstücke für die Kinder waschen, bügeln, und für mich selber auch, und in meinem Stockwerk gibt es nur Frauen, die alle an diesem Tag waschen. Geh ins Kino oder nach unten in die Bierstube.«

»Geh selber in die Bierstube!«, ärgerte sich Gaučys, »willst du aus mir einen Alkoholiker machen?«

»Als Bewohner eines Wohnheims wirst du ohnehin einer! Weißt du eigentlich, wie viele Jahre du hier leben wirst? Hast du darüber mal nachgedacht? Du musst einige Jahre arbeiten, bis sie dich überhaupt in die Wohnungsliste eintragen, und wie lange musst du dann warten? Zehn, zwölf Jahre? Vielleicht bis zur Rente? Ich werde nächstes Jahr eine Wohnung bekommen, aber du musst noch warten.« Sie winkte mit der Hand ab.

»Und weshalb du so schnell?«

»Ich bin Russin und alleinstehende Mutter, mir steht eine zu. Aber euch Einheimischen gibt niemand schnell eine Wohnung. Kannst du dir eine Bescheinigung organisieren, dass du an Tuberkulose leidest, oder hast du ein paar Tausender für Bestechungen? Hast du?«

»Woher?« Gaučys ließ den Kopf tief sinken.

»Siehst du!«, beendete Klava die Unterhaltung und sie sprachen darüber nicht mehr.

Wegen der Wäsche machte sich Gaučys nicht zu viele Gedanken. Er kaufte sich noch ein Hemd, jetzt hatte er vier. Und noch anständigere Unterhosen, er hasste diese schwarzen oder dunkelblauen Armeeunterhosen. Den ganzen Monat musste er nichts waschen. Die Hemden hielten lange, weil er sie nur nach der Arbeit anzog, wenn er zu Klava ging, und die zog sie ihm schnell aus, sie lagen nackt im Bett, Klava wollte es nicht anders. Er fuhr nur einmal im Monat, später nur einmal alle zwei Monate mit seiner schmutzigen Wäsche zur Mutter.

Er sehnte sich nicht nach dem Dorf, er sehnte sich nicht nach dem Haus, und ehrlich gesagt, sehnte er sich auch nicht sehr nach seiner Mutter. Natürlich dachte er manchmal: ›Wie sie sich mit diesem Schulterjoch, mit diesen schmerzenden Händen abmüht!‹ Aber ein schmerzendes Gefühl des Mitleids oder der Anteilnahme drang nicht sehr tief in sein Herz.

Wenn er heimgefahren war, trug er Brennholz ins Haus, heizte den großen eingemauerten Wasserkessel, füllte Wasser ins Becken, setzte sogar das Waschbrett ein. »Mama, gib, ich mache es selber, deine Hände schmerzen doch.«

»Ich habe mich schon lange an diese Schmerzen gewöhnt, wenn es für einen halben Tag nicht schmerzt, ist es, als ob etwas fehlt. Du wirst sie nicht sauber waschen, nur den Schmutz hinein waschen, dann kann ich ihn nicht mehr raus bekommen.«

»Und wie haben wir es in der Armee gemacht? Haben wir nicht die Uniformhemden und die Fußlappen selber gewaschen?«

»Die Fußlappen! Du wirst aus den Hemden Fußlappen machen!«

»Ich gehe doch damit nicht zur Arbeit! Ich ziehe das Uniformhemd an, darüber deinen gestrickten Pullover, darüber den Anorak und so ist es nicht kalt.«

»Bring das Uniformhemd her. Es ist nach der Armeezeit nicht ein einziges Mal gewaschen worden … Du wirst noch anfangen zu stinken.«

Gaučys verstand, warum die Mutter trotz schmerzender Hände so gern waschen wollte, das hieß für sie, dass der Sohn noch kein Mädchen oder noch keine Frau gefunden hatte. Vielleicht fragte sie deswegen niemals danach, weil sie dachte, dass sie alles wisse. Nun gut! Wenn sie es wusste, dann wusste sie es!

Die Samstage und die Sonntage waren jetzt für Gaučys die schrecklichsten Tage der Woche. An den Sonntagen verbrachte er den Tag damit, ins Kino zu gehen, in das eine vor dem Mittagessen, in das andere danach. Mittags schlürfte er in irgendeinem Restaurant einen Teller rote

Beete- oder Kohlsuppe. Bis zum Montagmorgen war er im Zimmer für sich allein. Auf dem Fensterbrett stand ein Radio, das ein Plastikgehäuse hatte, es funktionierte nicht, weil es wahrscheinlich viele Male auf den Boden gefallen war, an einigen Stellen gab es Risse. Kolia hatte es der Hausmeisterin zum Austauschen gebracht, aber er war unverrichteter Dinge zurückgekommen. Die Radios funktionierten nur in wenigen Zimmern, es gab keine neuen Geräte. Die sollten, wenn überhaupt, dann erst nach Neujahr geliefert werden. Neujahr war nicht mehr weit, und Gaučys hoffte, dass er dieses Fest mit Klava und ihren Kindern feiern würde, wohin sollte sie schon fahren? … Es wird wieder ein vollkommen leeres Wohnheim zurückbleiben wie damals im November zur Feier der Oktoberrevolution. Anders konnte er es sich nicht vorstellen. Aber er dachte nicht viel darüber nach, es waren noch zwei Wochen, zwei einsame Sonntage für Gaučys. Und noch zwei einsame Samstagnachmittage.

An einem Sonntag, als er noch im Bett lag und das Licht noch nicht angeschaltet hatte, hörte Gaučys, wie ein schrecklicher Wind vom Meer her blies, das Zimmer war kalt und zugig, starke Windstöße ließen die Fensterscheiben krachen und schienen sie nach innen zu drücken. Gaučys lag im Dunkeln und dachte über etwas nach, über das er schon oft nachgedacht hatte. Vielleicht war es weniger ein Nachdenken als ein unklares Vorahnen in unzusammenhängenden Gedankenfetzen, in Bildern, die auftauchten und verschwanden. Er horchte in sich hinein, ohne diesem gleichsam von nirgendwoher aufsteigendem Gefühl des Unbehagens und der Leere etwas entgegenzusetzen. Wird es ihm jetzt oft so gehen? Das konnte er nicht wissen.

Er musste auf die Toilette, danach wusch und rasierte er sich, traf bei den rostbraunen Waschbecken noch zwei Männer aus seinem Stockwerk, mit denen er über den nächtlichen Sturm einige Worte wechselte. Als er zurückkam, fand er im Schränkchen seine noch nicht geöffnete

Dose mit Sprotten in Tomatensoße, aber er hatte weder Brot noch Kefir. Ohne Kefir konnte er auskommen, etwa zum Wasserhahn gehen und trinken, aber nach Brot suchte er im Schrank von Dimka und Miška. Den von Kolia öffnete er nicht, weil der nur noch selten ins Wohnheim kam; er hatte verkündet, dass er zum neuen Jahr mit seiner Witwe Hochzeit feiern wolle, aber im Wohnheim blieb er angemeldet, und er hatte auch nicht die Absicht, das zu ändern: »In ihrer Wohnung gehört mir doch nichts! Eines Tages kann sie sagen: ›Es passt bei mir nicht mehr, verschwinde dahin, wo du hergekommen bist!‹ Die Verwaltung soll denken, dass ich weiter hier wohne, dann wird kein Neuer bei euch einziehen. Ich weiß ja nicht, wie lange ich mit ihr zusammenleben werde, vielleicht suche ich später eine andere, die überhaupt keine Kinder hat? …«

Im Schränkchen von Dimka fand Gaučys ein größeres, ziemlich vertrocknetes Stück Brot. Als er gegessen hatte, wollte er sich zurück ins Bett legen, aber er hatte Angst, dass wieder dieses Gefühl von Leere und Einsamkeit aufkommen würde. Zum Teufel damit! Er ließ die Augen durch das Zimmer schweifen und wusste nicht, was er anfangen sollte, da fiel sein Blick auf das Radio. Man müsste es in Ordnung bringen, es konnte nichts Kompliziertes sein, nur der Lautsprecher oder einige Drähte. Wenn man daran nichts löten musste, vielleicht konnte er es dann reparieren? Gaučys nahm sein Taschenmesser und drehte vier Schrauben heraus. Nein, bei dem Lautsprecher waren die Drähte in Ordnung. Er drehte einige Schrauben fester. Es konnte doch nicht sein, dass wegen der Risse im Plastikgehäuse ein so einfacher Apparat nicht funktionierte. Er steckte den Stecker in die Steckdose, und wieder ging es nicht. Ah!, er verstand, man muss den Stecker untersuchen. Und so war es. Irgendjemand musste ihn aus der Steckdose gezogen haben, indem er an der Schnur riss. Und dabei waren die Kontakte getrennt worden. Gaučys drehte die zwei Schrauben wieder hinein, drückte oben auf die rote Taste, und der Empfänger spielte! Er freute sich wie ein kleines Kind. Jetzt werden Musik und menschliche Stimmen die ganze Zeit im Zimmer erklingen. Wirkliche Stimmen, nicht solche, die er manchmal nur in seinem Kopf hörte.

Unten, unter dem Fenster, schrubbte jemand mit einem Reisigbesen den Bürgersteig. Gaučys schaute zum Fenster hin, es wehte kein Wind mehr, er hatte sich plötzlich gelegt, und die fahle Wintersonne versuchte sogar, die Wolkendecke zu durchbrechen, aber Gaučys konnte weder Sonne noch Wolken sehen, sie waren auf der anderen Seite hinter dem Haus, er schloss dies nur aus der Art, wie das Licht einfiel. Er schlüpfte in die Schuhe, zog den halblangen Mantel an und schloss die Tür ab. Die Musik ließ er an, er hörte sie sogar noch auf dem Korridor.

Vor Klavas Tür blieb er stehen. Jermakas öffnete sie.

»Wo ist die Mama?«

»Sie trinkt bei Maška Schnaps! Sie hat uns befohlen, stillzusitzen und zu malen. Wir haben gemalt, gemalt, aber alle Buntstifte sind abgebrochen!«

Gaučys tastete in der Tasche nach seinem Klappmesser.

»Gebt eure Buntstifte her – und während ich sie anspitze, legt eure Anziehsachen aufs Bett. Auch die Schuhe.«

»Ich kann meine noch nicht selber zuschnüren.« Tschingizas wurde traurig.

»Ich werde sie zuschnüren«, versprach Gaučys und nahm die Buntstifte.

Es gab zwölf davon. Gaučys wunderte sich, dass nur die grünen, blauen und gelben kurz waren, die anderen waren vielleicht nur einmal angespitzt worden.

Er stand auf, klappte das Messer zu, die Jungen standen neben ihm, aber sie fragten nichts, jedoch glaubte Gaučys zwei kleine Herzen in der Stille des Zimmers heftig schlagen zu hören.

»Lasst uns ins Kino gehen.« Er konnte sie nicht länger quälen. Sie stürzten zu ihren Kleidungstücken. Soweit sie konnten, zogen sie sich allein an, sonst half Gaučys.

»Müssen wir das nicht Mama sagen?«, überlegte Jermakas.

«Nicht nötig, wir werden ihr einen Brief schreiben.« Er faltete das Malheft so zusammen, dass auf der Oberseite ein sauberes Blatt war und schrieb in roten Buchstaben darauf: »Wir sind ins Kino gegangen! Deine drei Männer.«

Erst nach drei Stunden kamen sie zurück, nachdem sie noch etwas in den Straßen des Zentrums spazieren gegangen waren und jeder zweimal eine heiße Pirogge gegessen hatte. Auf dem Platz des Sieges hatten sie lange und von allen Seiten eine grüne, russische Kanone betrachtet, die auf einem Postament stand, dann waren sie weitergegangen, hatten sich an den Händen genommen, und Gaučys hatte sogar durch die Handschuhe in seinen beiden Händen die zutrauliche Wärme ihrer kleinen Handflächen gefühlt. Beinahe fühlte er diese Wärme jetzt auch in seiner Brust. Wie gut ihm das tat! ›Liebe ich etwa die Kinder?‹, fragte sich Gaučys erstaunt. ›Ich habe doch früher niemals etwas Vergleichbares empfunden.‹

Vor seiner Zimmertür blieb er stehen, tätschelte die beiden auf den Rücken: »Und jetzt lauft zur Mutter!«

Die Jungen sprangen die Treppe hinauf, Gaučys zog den Mantel aus, legte sich hin und hörte Musik. Das war alles. Von jetzt an würde er jeden Samstag und jeden Sonntag mit ihnen ins Kino gehen, im Sommer aber in den Park, in die Natur oder sonst wohin …

Es klopfte an der Tür. Im Korridor stand Klava, rot, mit zerzausten Haaren und vor Zorn glühenden Augen, in der Hand hielt sie das ausgerissene Heftblatt: »Was machst du, du geiler Bock, du Unglücklicher!«, und sie schlug Gaučys mit dem Blatt über das Gesicht.

»Klava, komm doch ins Zimmer«, Gaučys wich rückwärts aus. »Und erkläre mir alles.«

Sie kam herein, setzte sich an den Tisch, bedeckte ihr Gesicht mit den Händen und begann zu weinen. Höchstwahrscheinlich hatte niemand je eine weinende Klava gesehen.

Gaučys stand hinter ihrem Rücken und wartete. Plötzlich hob sie den Kopf und begann zu schreien: »Ihr habt mir alles genommen, alles!«

»Schrei nicht, Klava«, bat Gaučys ruhig, aber sie schrie trotzdem und sah durch die Tränen nicht einmal sein Gesicht: »Liebe, Glück, Familie, Leben! ... Nichts habt ihr mir gelassen!«

»Schrei nicht, Klava«, bat Gaučys wieder ruhig. »Wenn du kannst, schrei nicht. Alles ist in Ruhe möglich. Und wer sind diese ›wir?‹

»Ihr! ... Die Männer! Böcke, geile Böcke, Egoisten!, berührt meine Kinder nicht mit euren beschissenen Händen, zuerst habt ihr mit ihnen zwischen meinen Beinen herumgefummelt!«

»Klava, bitte, zum letzten Mal, schrei nicht.«

Sie schüttelte den Kopf und strich sich mit den Händen durch die zerzausten Haare, als ob sie aus einem Trancezustand erwacht wäre.

»Gut, Juzikas. Falls ich es vergesse und wieder anfange zu schreien, sagst du mir wieder ruhig: Schrei nicht, Klava. Dann wird mir bewusst, dass ich schreie ...«

»Bist du deswegen so, weil ich mit deinen Kinder ins Kino gegangen bin?«

»Weswegen sonst? Verstehst du nicht, was du in ihren Köpfchen anrichten kannst? Willst du, dass sie anfangen dich Papa zu nennen? Ich höre nichts mehr als: ›Aber kommt Juzikas heute nicht?‹ Sie hatten nicht zu einem einzigen meiner Männer so eine Zuneigung. Obwohl sie noch kleiner waren.«

»Ist das denn so schlecht, Klava?«

»Das ist sehr schlecht, Juzikas! Du verstehst nicht, wie nötig sie einen Vater haben! Und zwar jetzt!«

»Ich verstehe das, ich bin ja selber ohne Vater aufgewachsen.«

»Du bist nicht so aufgewachsen. Nicht in einem Wohnheim, nicht von einem Ort zum anderen gezogen, deine Mutter war keine Hure.«

»Aber bist du eine?«

»Was bin ich denn sonst? … Ich werde in meinem Leben nichts Gutes mehr erfahren, keiner wird mich zur Frau nehmen, ich werde die Kinder allein aufziehen und das ganze Elend allein ertragen müssen. Aber vom einzigen Vergnügen werde ich mir von fremden Männern so viel nehmen, wie mir gelingt! Für die Erinnerungen im Alter.«

Sie stand auf, schlang die Arme um den Hals von Gaučys und drückte ihr Gesicht an sein Hemd.

Gaučys spürte, dass ein Zittern durch ihren ganzen Körper lief. Er umfasste mit einem Arm ihre Schultern und strich mit der anderen Hand über ihren Kopf.

»Weine nicht mehr, Klava.«

»Streichle mich, Juzikas … Streichle und streichle … Lange, lange streichle mich!«

Allmählich ging ihr Zittern vorüber.

»Setzen wir uns aufs Bett, Klava, und reden ruhig miteinander«, schlug Gaučys vor, er führte sie hin und sie setzte sich, aber sie schaute Gaučys nicht ins Gesicht, sondern starrte zum Griff des Wandschranks und überlegte etwas für sich allein. Nach ein paar Minuten wandte sie sich ihm wieder zu: »Wir werden uns nie mehr lieben, Juzikas. Du kannst vorbeikommen, wir werden zusammensitzen, uns unterhalten. Vielleicht eine Flasche trinken …«

Gaučys schwieg.

»Sag etwas, Juzikas!« Klava schüttelte ihn an den Schultern.

Gaučys schwieg immer noch.

»Bist du plötzlich aus Holz, was ist? Ist es dir egal? …«

»Nein, es ist mir nicht egal«, sagte er schwerfällig, »und ich habe sogar davon geträumt, dass wir Neujahr zusammen feiern, Klava.«

»Und warum können wir nicht feiern, wenn du nicht zu deiner Mutter fährst?«

»Jetzt werde ich vielleicht fahren …«

»Fahr nicht, Juzikas! Wir werden Maška einladen, du

wirst sehen, ein junges, hübsches Mädel. Es steht doch noch diese Likörflasche bei mir im Schrank.«

Gaučys wich vor ihr zurück.

»Was machst du? Du willst mich jetzt an deine Freundin weitergeben?«

»Juzikas, du kannst doch nach mir gar nicht mehr ohne Frau sein. Es ist besser mit Maška, sonst schleppst du von irgendwoher eine Krankheit an. Ich werde dich an Maška weitergeben. Ich werde dich aus meinem blutenden Herzen reißen. Unser Leben kann anders nicht weitergehen, weder für dich, noch für mich, noch für meine Kinder.«

»Ich brauch deine Maška nicht. Ich brauche dich.«

»Vielleicht brauche ich dich ja auch! … Aber ich habe dir gesagt, anders kann unser Leben nicht weitergehen! Ich will dir dein Leben nicht zerstören. Wenn meins schon zerstört ist, soll ich mich etwa darüber freuen, wenn auch dein Leben noch zerstört wird?« Gaučys schwieg wieder.

»Und jetzt höre: Ich rede jetzt mit dir wie mit einem Freund. Ich habe alles überlegt, nicht erst seit heute habe ich darüber nachgedacht …«

Sie schlang wieder die Arme um seinen Hals, wieder drückte sie ihr Gesicht an seine Schulter, wieder erfasste sie dasselbe leichte Zittern:

»Ich kann nicht! … Ich kann nicht, Juzikas!«

Gaučys erinnerte sich, dass er unten im Schrank, hinter den Schuhen, eine volle Schnapsflasche versteckt hatte, als er das erste Mal zu ihr gegangen war.

»Trink, Klava, dann wirst du nicht mehr so zittern …«

Sie stieß ihn plötzlich von sich fort: »Du Dummer! Ich liebe dich doch, ich liebe dich! Gib deinen Schnaps her! Gib, schneller!« Sie stand vom Bett auf und setzte sich auf das andere, das von Miška.

Gaučys goss ihr ein volles Glas ein, aber Klava nahm es nicht in die Hände. Sie schaute aus dem Fenster, ihre Blicke glitten über die gegenüberliegenden grauen Häuserblöcke. Dann nahm sie Gaučys wieder wahr, der immer noch am Tisch stand: »Setz dich. Nur nicht aufs Bett, nicht neben mich ...«

Gaučys setzte sich auf den Hocker.

Sie zog das Glas näher heran, wollte es hochheben, besann sich aber und schob es zur Seite. »Jetzt höre, Juzikas ... ja, höre ...«, begann sie erneut ruhig und zog dabei die Wörter ein wenig in die Länge. Gaučys wusste, wie viel diese Ruhe sie kostete. »Du hast jetzt die Möglichkeit, dich von diesem verdammten Wohnheim loszureißen, von diesem Leben, verstehst du? Bis sich noch mal eine solche Möglichkeit bietet, wirst du hundert Jahre warten müssen. Nur, wenn du nicht vorhast, in das Dorf zurückzukehren, was für dich das Beste wäre.«

»Nein, Klava, es wäre nicht das Beste für mich.«

»Doch ... Höre ...«

»Ich höre doch, sprich!«

»Ich habe heute von Maška erfahren, dass sie eine Einzimmerwohnung bekommt, noch weiß niemand davon, und du darfst es niemandem sagen. Deswegen werde ich sie dir zu Neujahr vorstellen. Nein! Früher! Du wirst am Montagabend zu mir kommen, ich werde sie einladen, wir werden deinen Likör trinken, du wirst selber sehen, wie sie ist. Bald wissen sowieso alle, dass sie diese Wohnung bekommt, dann werden sich so viele Konkurrenten einfinden und vor ihrer Haustür Schlange stehen, verstehst du?«

»Ich habe noch nichts verstanden. Wenn sie diese Wohnung bekommt, wozu braucht sie mich dann? Vielleicht hat sie schon längst jemanden?«

»Sie hat niemanden. Seit dem Frühling hat sie niemanden mehr, ich weiß das. Du musst dich so verhalten, dass sie sich in dich verliebt, plötzlich, schnell und bis zum Wahnsinn. Ja, wie ich, Wahnsinnige.« Sie zog das Glas wieder heran, trank aber wieder nicht, hielt es nur mit der Hand umklammert. »Gleich das erste Mal bumse sie so, dass ihr alles vom nächsten Tag an wie in einem rosa Licht erscheint. Ich bin selber einst so gebumst worden, vom

Morgen an scheint es dir, dass du ihm ohne nachzudenken folgen musst bis an das Ende der Welt, und einen Besseren wirst du sowieso nie finden. Du musst sofort zu ihr ziehen, heiraten kannst du später. Und wie sie liebt und wie nicht, das werde ich dir später erzählen. Die ganze Woche über, wenn die Kinder im Heim sind, überlasse ich euch mein Bett, ich kann in ihrem Zimmer schlafen, hast du alles verstanden?«

«Aber woher willst du wissen, wie sie liebt und wie nicht? Sie wird sich sowieso nicht mit mir in dein Bett legen.«

»Sie wird viel trinken und dann mit dir ins Bett gehen! Sie mag diese Sache ...«

»Woher weißt du das alles, Klava?«

»Juzikas, die Frauen erzählen sich viel, sie erzählen sich alles, wenn sie getrunken haben, so dass ...! Männer würden sich das nie erzählen. Suche Brot zum Riechen!«

Gaučys fand nur noch ein Stück Brot zum Riechen.

»Wirf mich nicht hinaus, Klava«, bat er. »Du weißt, dass du für mich die erste Frau gewesen bist. Du bist doch die größte Freude in meinem Leben gewesen!«

»Heul nicht, fleh mich nicht an, erniedrige dich nicht. Ich schicke dich auch deshalb fort, weil ich weiß, dass das Leben im Gunde genommen um alle Freuden einen Bogen macht.«

Sie trank im Stehen das Glas aus, roch an dem Brotkanten, warf ihn zurück auf den Tisch, schüttelte sich und wandte sich zur Tür, um zu gehen.

»Wir beide, ich und Maška, erwarten dich am Montag ... Aber denk heute Nacht und den ganzen morgigen Tag darüber nach, was ich dir gesagt habe.« Sie war wieder stark und mutig. Gaučys begleitete sie bis zu seinem Bett, nicht bis zur Tür, er setzte sich auf das Bett, jetzt starrte er auf den abgenutzten Griff des Schranks wie vorher Klava.

Kapitel 8

Seit dem Tag, an dem Maška den Wohnungszuweisungsbescheid vorgelegt hatte, begann Klava alles energisch zu betreiben, so als ob sie die Schwiegermutter wäre oder den Bescheid sogar selbst bekommen hätte. Aber vielleicht wollte sie nur, dass beide schneller aus dem Wohnheim verschwänden und ihr das Herz nicht jeden Tag verletzten. Und was für ein Wort hatte sie sich ausgedacht: »Kinder«.

»Also, Kinder, Maška, du nimmst dir morgen früh für den ganzen Tag frei, und du, Juzikas, wenn du eine Route gefahren hast, dann fährst du zum Wohnheim, Maška, wie viele Schlüssel hast du bekommen?«

»Zwei.«

»Aber es müssen drei sein. Bei wem ist der dritte? Juzikas, du musst morgen das Schloss austauschen!«

»Wie soll ich das wissen? Man hat mir nur zwei gegeben, ich habe nur zwei!«

»Ziehen wir uns an, Kinder, lasst uns fahren!«

Sie fuhren mit dem Bus die Landstraße in Richtung Kretinga bis hinter das Dörfchen Mažojas. Es war ein fünfstöckiger Wohnblock mit sechs Treppenhäusern, der noch nicht einmal völlig fertiggestellt war. Nur die ersten drei Treppenhäuser waren ausgemalt, in den anderen fanden noch die letzten Arbeiten statt. Rundherum gab es weder Bürgersteige noch einen anständigen Zugang! Die Gräben für irgendwelche Kabel waren noch nicht zugeschüttet worden, ein schräg darüber geworfenes Brett war alles. Und ringsherum lagen Bauschutt, mit Kalk befleckte Malerleitern, zerknüllte Pappe, Bretter- und Ziegelstücke. Mit Mühe gelangten sie hindurch bis zu Maškas Treppenhaus.

»Zum Teufel!«, fluchte Klava. »In der ganzen Union ist das so … Wie sollen die Mütter die Kinderwagen über solche Haufen ziehen?«

Vor Maškas Treppenhaus stand ein Lastwagen, auf den Treppen liefen Männer hinauf und hinunter. Gaučys verfolgte mit den Augen die Fahrspur des Lastwagens. Er musste morgen selbst herfahren und fragte sich, von wo man anfahren konnte. Die Wohnung von Maška lag im zweiten Treppenhaus im ersten Stock, erste Tür links, an der mit zwei Nägeln ein ovales Schild »21« befestigt war.

»Eine glückliche Zahl«, freute sich Klava. »Očko, du hast es getroffen. Nun, Gräfin, öffne die Tür, zeige deinen Palast!«

Maškas Hände zitterten, es gelang ihr nicht gleich, die Tür aufzuschließen. Gaučys schaute Klava kurz von der Seite an. Nein, sie freute sich wirklich von ganzem Herzen und ohne Neid über das Glück der Freundin. Wie es die Art bei den Russen ist.

Eine Einzimmerwohnung in einem typischen Wohnblock, ein zwei Meter langer Flur, geradeaus die Tür ins Wohnzimmer, links das Badezimmer und die Küche in Taschengröße, vielleicht sechs Quadratmeter. In einer Ecke war das Waschbecken befestigt, daneben stand ein Gasherd mit zwei Flammen. Er schaute auch in das Badezimmer, ein Klosettbecken ohne Deckel, wieder ein Waschbecken und … eine Badewanne!

»Maška!« Am meisten freute sich Klava über die Badewanne. »Jede Woche werde ich dir die Kinder zum Baden bringen.«

»Wann du willst!« Maška strahlte. «Wann du willst!«

Sie lächelte die ganze Zeit, Gaučys sah, wie glücklich sie war. Zuletzt besichtigten sie das Zimmer zum Wohnen. Es war noch vollkommen leer und erschien größer, als es wirklich war. Aber die ganze Wand entlang, dem Fenster genau gegenüber, war noch ein Schrank mit drei weißgestrichenen Sperrholztüren zur Hälfte in eine Nische eingelassen.

»Das ist sehr gut!«, freute sich Klava wieder und öffnete die Türen. »Siehst du, Maška, eine Abteilung nur mit Regalen für Wäsche und die anderen zwei für Kleidung.«

»Ich sehe es«, Maška lächelte immer noch, »ich muss nur alle Wände überstreichen, weil ich die Farbe nicht ertragen kann.«

»Nun, das ist alles, fahren wir zurück!«

Als Maška hinausging, um ihre Wohnungstür abzuschließen, wollte Gaučys schon vor das Haus gehen.

»Und du, wohin?« Klava hielt ihn zurück. «Schau das Schloss an, ich habe gesagt, du musst morgen sofort das Schloss auswechseln, du hast einen Schraubenzieher im Lastwagen, ein anderes Werkzeug ist dazu nicht nötig.«

Als sie zurückgefahren waren und im Korridor vor der Zimmertür von Gaučys standen, hörte man dahinter schon die Stimmen von Dimka und Miška.

»Morgen nehme ich mir auch frei, ich werde Maška helfen«, sagte Klava und streckte Gaučys die Handfläche entgegen. »Gib mir deinen Schlüssel!«

»Warum?«, wollte Gaučys fragen, aber er erinnerte sich, dass im Schrank eine Schnapsflasche stand, aus der er Klava nur ein einziges Mal kein ganz volles Glas eingeschenkt hatte.

»Diese Nacht lasse ich euch nicht in mein Bett«, sagte sie zu Gaučys, und nahm den Schlüssel. »Maška soll in Ruhe träumen, was sie als erstes kaufen wird, für den Anfang.«

Maška stand ergeben daneben, die Augen niedergeschlagen, mit allem einverstanden, was Klava auch sagte. Sie genierte sich vor Klava wegen Gaučys, so als ob sie es gewesen wäre, die ihn von der besten Freundin fortgelockt hätte und nicht umgekehrt. In Gegenwart von Klava umarmte sie Gaučys nie, schmiegte sich nie an ihn, obwohl Klava, wenn sie morgens an die Tür klopfte und dann öffnete, beide nackt in ihrem eigenen Bett vorfand und nachdem sie beide geweckt hatte, wieder auf den Korridor ging und dort so lange stand, bis sie sich angezogen hatten. Natürlich nicht wegen Gaučys, wegen Maška, denn Gaučys' Körper kannte sie auswendig. Aber Gaučys verstand jetzt noch etwas nicht: warum er mit dem Kipper zum Wohnheim fahren sollte. Klava hatte schließlich seit Neujahr ihren Kipper wieder, mit dem sie im Herbst in der Sandgrube umgekippt war, und sie hatte doch selbst versprochen, freizunehmen. Was werden sie in zwei Maschinen transportieren? Einige von Maškas Kleidungsstücken?

Sie stiegen die Treppen hinauf.

Nachdem Gaučys am nächsten Morgen die erste Ladung Sand ausgefahren hatte, fuhr er in Richtung Stadt, aber am Rand der Straße hielt er an, dort, wo jenseits des Grabens nur Gestrüpp wuchs. Er ließ die Kippmulde ein wenig hinunter, dann brach er von den Büschen Zweige ab, es entstand ein großer Besen. Er stieg in die Kippmulde und fegte den Boden aus, setzte sich wieder in die Fahrerkabine und fuhr zurück, schaute aber immer auf beide Seiten der Straßen, ob nicht ein Schild mit »Haushaltswaren« zu sehen war. Er kaufte ein Schloss mit drei Schlüsseln, den Schraubenzieher aber zog er unter dem Sitz in der Fahrerkabine hervor und steckte ihn in die Anoraktasche. Maška wartete in Klavas Zimmer. Beide setzen sich an den Tisch und tranken Tee, natürlich hatten sie zuvor Gaučys' Schnapsflasche ausgetrunken, die im Schrank geblieben war, er selber hatte doch Klava den Schlüssel zu seinem Zimmer gegeben.

»Nun, Kamel, vorwärts.« Klava stand vom Tisch auf.

In Maškas Zimmer war alles vorbereitet und zusammengeschnürt. Auf dem Bett lagen ein großes Bündel mit Kleidern, zwei Körbe, ein Köfferchen und noch irgendetwas in Zeitung Eingewickeltes, Gaučys legte sich das große Bündel auf die Schultern, warf es über die Bordwand in die Kippermulde und wartete unten, bis sie mit den kleineren Sachen herunterkamen. Gaučys nahm ihnen die Sachen ab, hob sie hoch und warf sie über den Rand in den Kipper, danach ging er um den Lastwagen herum und wollte sich schon ans Steuerrad setzen, und sie sollten sich von der anderen Seite in die Fahrerkabine setzen.

»Wohin, wohin, wohin!« Klavas Stimme hielt ihn zurück. »Marsch, in dein Zimmer!«

Gaučys zuckte verständnislos mit den Schultern. »Vielleicht hatten sie irgendwelche Flaschen und kalte Happen für die Einzugsfeier stehen lassen?« Alle drei stiegen ins vierte Stockwerk hinauf, Klava öffnete persönlich mit Gaučys' Schlüssel die Tür. Gaučys stand der Mund vor Verwunderung offen, seine Kleidungsstücke waren ebenfalls in eine alte Gardine zusammengeschnürt, das Armeeköfferchen lag daneben.

»Klava, zum Teufel!«, ärgerte sich Gaučys. »Was hast du ausgeheckt? Hast du Maška gefragt? Maška, hat sie dich gefragt?«

Maška stand rot geworden direkt an der Tür, sie hatte Angst, ihm in die Augen zu schauen, nur ihre Lippen waren blass, sie bewegte die Lippen, sagte irgendetwas, aber so leise, dass Gaučys es nicht hörte.

»Hat dich Klava gefragt oder nicht?«

Maška war nur fähig, gerade eben mit dem Kopf zu nicken, die ganze Maška war vor Angst erstarrt, dass Juzikas nicht mit ihr zusammen fahren würde …

Gaučys nahm das Bündel, warf es sich mühelos auf den Rücken, mit der anderen Hand drohte er Klava:

»Na, Anka, du Flintenweib, wenn das schief geht … für drei Tage wird dir der Hintern schmerzen, du wirst dich nicht drauf setzen können!«

»Vielleicht wirst du ihn aus Dankbarkeit drei Tage lang streicheln?«, entgegnete sie.

Klava schloss Gaučys' Tür ab, er aber drehte sich zu ihr um: »Steck den Schlüssel in meine Tasche! Hast du mich vielleicht auch noch aus dem Wohnheim abgemeldet?«

»Ich werde dich bald abmelden, keine Angst! Du wirst dort niemanden haben, zu dem du dann gehen kannst!«

Gaučys warf sein ganzes Hab und Gut ebenfalls in den Kipper. Er fühlte sich jetzt Maška gegenüber ebenso unwohl wie Maška wahrscheinlich sich ihm gegenüber.

Gaučys spürte die ganze Zeit, dass Maška sich immer noch genierte, dass sie ihm gegenüber irgendwie eine scheue Ehrfurcht empfand. Vielleicht hielt sie ihn für außergewöhnlich schön oder auch sehr klug, sich selbst für … zu einfach, seiner nicht würdig? Sie hatten kein einziges Mal über ihr gemeinsames Leben gesprochen, genau diese Nacht hatte Gaučys sie danach fragen wollen, aber Klava hatte ihnen eben diese letze Nacht nicht ihr Bett überlassen.

Dieses »ihr Hab und Gut«, das sie hergefahren und in die Mitte des Zimmers geworfen hatten, sah wirklich kläglich aus. Sogar das Gesicht von Maška verdüsterte sich, nur Klava war fröhlich und energisch: »Hast du das Schloss gekauft?«

»Natürlich.«

»Juzikas!« Maškas Gesicht hellte sich auf, und zum ersten Mal, obwohl sie Klava sah, lief sie zu ihm hin, umarmte und küsste ihn: »Du hast es nicht vergessen!«

»Ich habe doch gesagt, Maška, dass er nur so wirkt, als ob du ihn mit dem Finger auf alles stupsen musst, später wird er ein echter Hausherr sein! Du wirst wie hinter einer Mauer leben. Warte nur, wann du auch noch Prügel bekommst!«

»Soll er mich schlagen!«, Maška schaute ihm mutig in die Augen. »Niemals wird es mir wehtun, wenn er mich schlägt!«

»Gib die Schlüssel des Lastwagens!« Klava streckte die Hand aus.

»Maška und ich werden die nötigsten Sachen kaufen, aber du, bring die Tür in Ordnung.«

»Was für Sachen?« Gaučys verstand nicht.

»Worauf wollt ihr diese Nacht liegen? Matratze, Kopfkissen, Teekanne, Tasse, Schöpflöffel!«

Die schreckliche Spannung, die Unbehaglichkeit hatten sich jetzt schon wie von selbst aufgelöst, Gaučys merkte nicht, wie er laut auflachte: »Und in der Kindheit konnte ich immer nicht verstehen, was das bedeutete, wenn die

Mutter ständig sagte: ›Dein Vater und ich haben unser gemeinsames Leben mit dem Schöpflöffel begonnen!‹«

»Auch wir werden so beginnen!«, jetzt schien Maška auch glücklich zu sein, wieder versuchte sie mit den Augen zu Gaučys Kontakt zu bekommen.

Gaučys war ein schwermütiger Mensch, sowohl Klava als auch Maška hatten ihn selten lächeln sehen, niemals aber laut lachen gehört! Als sie abgefahren waren, begann er an der Tür herumzubasteln. Wie lange es dauerte, dieses Schloss auszuwechseln? Danach verschränkte er die Arme auf dem Rücken, lief lange im Kreis um die hingeworfenen Bündel herum und dachte darüber nach, wie er jetzt leben würde. Maška war nicht so hübsch wie Klava, dunkle Haare, schlanker, mit einer kleinen Brust, und ihr Charakter war auch vollkommen anders, still, ruhig, sie redete wenig, aber Gaučys fühlte in seinem Herzen, er konnte es nur nicht selber mit Worten erklären, dass noch etwas sehr tief in Maška verborgen war, etwas wie eine Angst, wie ein vor langer Zeit erlebter Schrecken oder … Ob das wohl jemand weiß? Im Traum hatte sie nicht nur einmal angefangen zu zittern, und Gaučys hatte ihr dann den kalten Schweiß von der Stirn gewischt. Die ersten Male konnte er nicht einmal zu Ende lieben, nur dann, wenn er sich abmühte, die nackte Klava vor sich zu sehen, ihre hohen Brüste, den zu einem begehrlichen Schrei geöffneten Mund. Aber später wurde Maška mutiger, nur wollte sie immer, dass er die Initiative ergriff, er sollte sie zum Bett geleiten, sie langsam ausziehen, lange ihre kleine, geschmeidige Brust streicheln; sie schrie nie, nie biss sie sich wie Klava oder kniff mit den Nägeln in seine Schultern, sie stöhnte nur und bat: »Noch, Juzikas, noch!«

Wegen dieser Angelegenheit, dachte Gaučys, werden für uns niemals Probleme entstehen, und je mehr davon, desto besser wird es für uns sein. Aber warum sollten irgendwelche Probleme entstehen? Aus irgendeinem Grund werden sie entstehen, sagte eine Vorahnung zu Gaučys.

»Juzikas!« Er hörte die Stimme von Maška in der Diele: »Komm, hilf uns die Sachen hochzutragen!«

Als er nach draußen kam, hatte Klava es irgendwie geschafft, ihren Kipper rückwärts ans Treppenhaus zu fahren, und jetzt hob sich die Kippmulde langsam. Klava kletterte aus der Fahrerkabine: »Du steigst dort ein, und wir beide werden hier unten alles abnehmen … als erstes nimm das Schränkchen heraus.«

Die Zwei nahmen das Küchenschränkchen entgegen und stellten es auf den Boden, es war leicht, einfach, weiß, fast ganz aus Sperrholz wie im Wohnheim, nur größer.

»Und jetzt die Hocker!«

»Und jetzt die Matratze und die Kopfkissen!«

»Und jetzt die Körbe! …«

Klava musste gleich als Major auf die Welt gekommen sein. Längst sollte sie eine Panzerdivision kommandieren.

Als sie alles nach oben getragen hatten, gab Klava ihm die Schlüssel des Kippers: »Fahr zurück zur Arbeit, du musst sagen, dass du auf dem Weg eine Panne hattest. Ich muss das nicht, ich habe schon gemeldet, dass mein Kind krank ist. Wir müssen hier noch alles waschen und putzen, siehst du, sogar die elektrische Birne ist mit Kalk bekleckert.«

»Wohin soll ich am Abend zurückkehren, hierher oder in das Wohnheim?«, fragte Gaučys und schaute Maška an.

»Zu mir natürlich!«

»Aber die Einweihungsfeier ist bei mir! Ihr habt noch nicht einmal einen Tisch!«, sagte Klava.

»So geht das nicht!«, protestierte Maška heftig, »die Einweihungsfeier muss in der Wohnung stattfinden, die man bekommen hat! Niemand benötigt einen Tisch, wir setzen uns in die Küche an das Schränkchen!«

»Aber die Hocker, es gibt nur zwei! Sollen zwei sitzen und der dritte den ganzen Abend stehen?«

»Ich kann auf Juzikas' Knie sitzen«, erklärte Maška, und ihr Blick suchte nicht einmal die Augen von Gaučys.

»Aha! ... Natürlich! Du wirst auf seinen Knien sitzen, aber ich auf dem Hocker! Ich muss zuschauen und den ganzen Abend leiden!«

»Du wirst schon nicht leiden ... Wenn Maška gesagt hat hier ... heißt das hier!«, winkte Gaučys ab und ging weg, um sich seinen Anorak zu holen, der im Zimmer auf einem der Bündel lag.

»Habe ich dir nicht gesagt, Maška, er wird dir seinen wahren Charakter noch zeigen!?« Aber Maška erwiderte nichts, begleitete Gaučys zur Tür, dann umarmte sie ihn, zog ihn näher heran und küsste ihn wie eine Ehefrau auf die Wange. Er ließ Maška vollkommen heiter und glücklich zurück.

Als erstes war ein Spiegel im Badezimmer nötig, damit Gaučys sich rasieren konnte, und Vorhänge für die Fenster, weil sie doch im ersten Stock wohnten, sie konnten sich weder morgens anziehen noch abends ausziehen, alles im Innenraum war von draußen wie durch ein Schaufenster zu sehen. Abends, wenn es schon dunkel war, holte Gaučys die mit Kalk bekleckerte Leiter, Maška hatte in der Arbeit Farbe gestohlen, Pinsel mitgebracht, denn sie hatten beide beschlossen, dass sie weder Bett, noch Tisch, noch Stühle kaufen würden, solange Maška diese scheußlichen Wände nicht übermalt hatte; sie wollten später nicht alles noch einmal von einer Wand zur anderen schieben.

»Juzikas, ich werde das Zimmer gelblich anstreichen und ein wenig Braun hinzufügen, dann wird es sogar bei Regen hell und sonnig aussehen, gut? Gefällt es dir?«

»Maška, das hier ist doch deine Wohnung, nicht meine ... Warte!« Plötzlich wurde er ernst. »Warum sprechen wir miteinander Russisch? Ich habe doch gehört, wie du im Korridor des Wohnheimes mit einer Freundin fantastisch Litauisch gesprochen hast!«

»Das kommt daher, das wir beide die ganze Zeit mit deiner Freundin Klava zusammen waren.« Maška empfand sogar Scham. »Aber nenn mich nicht Maryte. An diesen

Namen kann ich mich nicht gewöhnen. Für meine Mutter war ich Maška, und so auch in der Schule und auf der Arbeit. Es käme mir vor, als ob man nicht mich meint.«

»Und ich werde dich langsam daran gewöhnen«, lächelte Gaučys. »Die erste Woche nur einmal und nur im Bett, die nächste Woche auch schon morgens, die dritte ... «

»Ach, nein! Lass mich weiter Maška sein, ich bin einen so schönen Namen nicht wert ... Wollen wir am Samstag losfahren und Gardinen aussuchen?«

»Wir werden fahren, Maška. Wir werden überallhin zusammen fahren.«

»Bin ich für dich hässlich?« Sie schaute schüchtern in seine Augen.

»Maška!« Gaučys drückte sie fest. »Wirf solche dummen Gedanken aus deinem Kopf! Wer hat dir das eingeredet?«

»Ich sehe selber, wie schön die anderen sind ...«

»Lass das! Die einen sind auf die eine Art schön, du auf die andere Art. Die einförmig Schönen sind nur Plastikpuppen.«

Aber er fühlte, dass er Maška diesen Komplex noch lange nicht nehmen würde. ›Ich bin selber ein Gemisch aus vielerlei Komplexen‹, dachte Gaučys bei sich. ›Nur gut, dass Maška das nicht begriffen hat.‹

Am meisten freuten sie sich über die Badewanne. Keiner würde glauben, wenn man erzählen würde, dass Gaučys bis dahin noch nie in einer Badewanne gebadet hatte. Aber wo hätte er das tun können? Während er im Wohnheim gelebt hatte, war er zweimal in das Badehaus der Stadt gegangen, das erste Mal zusammen mit den Zimmerkameraden, die, wenn sie zurückkamen, sich sofort hinsetzten, um ihren schrecklichen »Joršas« zu trinken, das zweite Mal allein. Aber am meisten gefiel ihm, Maška in der Badewanne zu baden. Im warmen Wasser fühlte sie seine Hände am ganzen Körper, sie lag mit geschlossenen Augen da, aber ihr Gesicht verriet eine vollkommene Glückseligkeit!

Später bat sie fast jeden zweiten Abend: »Juzikas, bade mich!«

Mit jedem Tag wurde sie mutiger, genierte sich weniger vor ihm, aber irgendeine feine Schicht von sehr dünnem, sehr brüchigem Eis taute in ihren Augen nicht endgültig auf. ›Was ist mit ihr? Vielleicht hat ihr jemand im Leben ein großes Leid zugefügt‹, überlegte Gaučys. ›Wir beide müssen uns aussprechen, alles erzählen! Es scheint, als ob sie nie jemandem etwas erzählt hat. Aber ich doch auch nicht! ... Wem hätte ich es erzählen können?‹

Aber weder ihm noch ihr kam es in den Sinn, dass diese Tage tatsächlich ihre Flitterwochen waren und kein zweites Mal kommen werden. Alles war neu, ungewohnt, noch nicht erlebt! Sie hatten sich Gardinen gekauft, Gaučys hatte sie nur noch nicht aufgehängt, er musste sich aus der Schlosserwerkstatt in der Garage eine elektrische Bohrmaschine ausleihen, ohne sie ging kein Nagel, keine Schraube in die Eisenbetonwand. Deswegen löschten sie zuerst das Licht im Zimmer, jeder ging dann einzeln ins Bad, Gaučys zog sich dort nackt aus und Maška auch, danach, die Kleidungsstücke in den Armen, suchten sie mit den Füßen nach der Matratze, die an der Wand lag. Und als Gaučys eines Abends schon auf der Matratze lag und auf Maška wartete, war er von dem einen Gedanken sogar entsetzt: »Ich weiß doch nicht einmal ihren Nachnamen!«

Am Anfang hatte er Klava nicht danach gefragt, später hatten sie sich die ganze Woche über wie verrückt geliebt, dann hatte Klava sie schnell aus dem Wohnheim vertrieben, selbst die Miliz hätte es nicht schneller machen können. Jetzt konnte man nicht mehr fragen. Morgen musste er irgendwie unter der Wäsche in ihren Pass schauen, er hatte gesehen, wo sie ihn hingesteckt hatte.

Diesen Abend fragte er sie nur: »Maška, bist du Litauerin, Polin, Weißrussin? ...«

»Ach, Juzikas, das weiß ich selber nicht! In unserem Dorf habe alle verschiedene Sprachen gesprochen, polnisch, litauisch, ihre eigene Mundart. Meine Großeltern waren beide Litauer, aber vor dem Krieg haben die Polen sie nicht als Litauer eingetragen, sondern als Polen, Gudoit. Vater war natürlich auch Litauer, nur der Nachname blieb Gudoit. Und Mutter war eine Ortsansässige, eine ›tuteiše‹.«

»Dann bist du Gudaityte! Das ist einem Dummen klar!«

»Nein, ich bin Gudoit.«

»Aber bist du getauft?«

»Getauft?«

»In der orthodoxen oder in der katholischen Kirche?«

»Wenn die Großeltern getauft haben, dann in der katholischen Kirche.«

Gaučys gefiel es, obgleich es ihm im Grunde genommen egal war, getauft oder nicht getauft, er selbst ging in keine Kirche.

»Gudoit, Gudoit«, wiederholte er. »Dein Nachname ist weder so noch so. Na, macht nichts. Du wirst Gaučiene, und das wird das Ende für dein Gudoit sein.«

»Juzikas!« Maška umarmte ihn, küsste seine Lippen, seine Stirn, seine Augen … »Juzikas!«

Gaučys fühlte, dass sein Gesicht von Maškas Tränen nass wurde. »Weshalb weinst du jetzt? Na, weshalb?«

»Juzikas, vor Glück! Ich habe geglaubt, du bist nur so zu mir gezogen. Um zu vögeln … Einen Monat, zwei, drei … bis ich dich langweilen würde … und dann wirst du wieder in das Wohnheim zurückkehren.«

»Ich werde nicht zurückkehren, Maška, sei beruhigt!«

›Schade‹, dachte Gaučys, ›dass es jetzt dunkel ist und ich nicht sehen kann, ob die Eisschicht in ihren Augen geschmolzen ist oder nicht.‹

Am nächsten Abend erzählte er ihr sein Leben. Er meinte, wenn er als erster erzählte, dann würde auch sie mutiger sein, aber so war es nicht.

Was konnte er Interessantes erzählen? Über den Tod des

Vaters, über die verwitwete Mutter, wie er in der Mittelschule gelernt hatte, wie er Bücher gelesen hatte? Über Vidas? Ja, er hatte vor dem Militärdienst einen einzigen guten Freund gehabt, sein Name war Vidas, sie hatten zusammen gelernt, sie hatten sich auf dem Burgberg am Fluss auf die Examina vorbereitet, beide hatten sich darauf vorbereitet, hier in Klaipeda in die Marineschule einzutreten, aber bevor sie selber zu diesen Examina abgefahren waren, hatten sie beide im Fluss geschwommen, und Gaučys war auf einen abgebrochenen Flaschenboden getreten, hatte sich in den Fuß geschnitten, es hatte schrecklich geeitert und Vidas war allein abgefahren.

»Ist er auf die Hochschule gegangen?«

»Er ist.«

»Wo ist er jetzt?«

»Ich weiß es nicht. Er fährt auf einem Schiff. Vielleicht ist er in Kaliningrad, vielleicht in Leningrad, vielleicht in Murmansk … «

»Und ihr habt euch keine Briefe mehr geschrieben?«

»Ich habe ihm einen geschrieben, »Klaipeda, Marineschule«, aber vielleicht hat er ihn nicht bekommen? Und so ist alles zu Ende gegangen. Lass uns schlafen, Maška. Umarme mich und lass uns schlafen.«

Gaučys drehte sich zur Wand.

»Schmieg dich fester an meinen Rücken«, bat sie. «Mir ist plötzlich irgendwie kalt geworden.«

»Du zitterst ja noch! Vielleicht hast du dich erkältet?«

»Das werden wir morgen sehen. Schmiege dich an und lass uns schlafen.«

Gaučys wartete vielleicht zwei oder drei Abende ab, wann Maška beginnen würde zu erzählen, aber er wartete vergeblich. Schließlich fragte er selbst: »Und willst du mir nicht auch dein Leben erzählen? Wie können wir zusammenleben, wenn der eine von dem anderen nichts weiß?«

»Ich kann nicht, Juzikas!« Sie begann zu weinen.

»Weshalb weinst du jetzt?«

»Ich habe Angst! Ich will dich nicht anlügen, ich werde dich niemals anlügen, aber wenn ich alles erzähle, werde ich für dich scheußlich, ekelhaft sein, du wirst mich nicht einmal mehr anrühren können. Morgen wirst du deine Sachen zusammensammeln und ins Wohnheim gehen!«

»Ich habe dir doch gesagt, ich werde nirgendwo hingehen, Maška.«

»Du hast es gesagt, aber ich habe dir noch nicht alles erzählt. Aber dann würdest du gehen!«

»Hast du vielleicht schon so viele Männer gehabt?«

Sie schwieg, dann allerdings beschloss sie, doch zu sprechen: »Zehn ... ohne diese drei zu zählen.«

»Welche drei?«

»Sie zogen mich damals, als ich noch in der Berufsschule war, in die Büsche und vergewaltigten mich ... Ich habe nie einen einzigen Mann gehabt, sie haben mich gehabt! Sie haben mich einige Male genommen – und mich vergessen. Nicht einer hat mich geliebt. Ich war nur in einen verliebt, noch in der achten Klasse, in meinen Lehrer, aber er war verheiratet, hatte zwei Kinder, er wusste nicht einmal etwas davon! Ich kann dir nicht alles aus meiner Kindheit erzählen, ich kann nicht!« Wieder begann sie zu weinen.

Gaučys drehte sich zur Seite, stützte seinen Kopf mit dem Arm ab: »Machen wir es so, Maška, du erzählst, und ich werde dir den Kopf streicheln und so wirst du mutiger sein.«

»Nein, nicht so, Juzikas«, sie suchte nach seiner Hand und legte sie auf ihre Brust. »Du erregst mich sanft, und ich werde erzählen. Und wenn ich vor Angst schweigen werde, wenn ich mir darüber klarzuwerden beginne, was für eine ich bin, eine ... dass du mich nicht einmal mehr berühren kannst, dann ... dann wende dich entweder fort oder nimm mich. Ich werde verstehen, wenn du Abscheu empfindest.«

Gaučys küsste sie auf die Lippen.

»Erzähle, Maška, und hab keine Angst.«

Aber bevor sie begann, schwieg sie lange. Sie sprach nicht zusammenhängend, sie sprang in der Rede weit nach vorn, kehrte wieder zurück, schwieg lange, sammelte Mut für die Fortsetzung der Erzählung. Gaučys jedoch nahm alles der Reihe nach wahr und zwar so deutlich wie in irgendeinem Kino.

Kapitel 9

Hinter Pabrade, irgendwo in den Wäldern von Labanoras, lag der Geburtsort von Maška, klein, vielleicht mit zwanzig Häuschen, die verstreut auf einer weiten sandigen Lichtung standen und rundherum waren nur Wälder und Wälder, aber Žeimena und die großen Seen und die Landstraße lagen hinter diesen Wäldern, am Rand der Lichtung floss ein kleiner Bach, und genau dort standen das Haus von Maškas Großvater und daneben das von ihm gebaute einzige Badehaus im ganzen Dorf.

Aber Maška erinnerte sich weder an ihren Großvater noch an die Großmutter, und ihr Bruder Vacka, der zweieinhalb Jahre älter war, erinnerte sich nicht an sie. In dem Jahr, als Maška geboren wurde, starben beide Großeltern, die Großmutter unmittelbar nach dem Großvater. Die Mutter sagte immer, dass damals, als die Großmutter beerdigt wurde, die Erde auf dem Grab des Großvaters sich noch nicht einmal gesenkt hatte. Aus irgendeinem Grund erreichte niemand im Dorf ein hohes Alter, vielleicht weil alle durch Generationen hindurch tranken. Nahezu jeder Zweite hatte im Wald eine Schnapsbrennerei, eine »bravora«, sie brannten Kannen um Kannen von diesem Fusel, brachten ihn zu den alten Weibern in die Städte, nach Zarasai, nach Pabrede, nach Ingalina. Und sie lebten von diesem Hausgebrannten, viel besser als diejenigen, die nicht brannten, aber selbst tranken und im Wald für den Staat arbeiteten, mehr schlecht als recht. Für die Frauen war der Wald auch die Haupteinnahmequelle, sie pflanzten dort Bäumchen, und im Sommer gab es Walderdbeeren, Blaubeeren, Preiselbeeren, Pfifferlinge und Steinpilze, die getrocknet wurden! Als es im Dorf noch eine kleine Grundschule gab, kauften sie von den Einnahmen ihren Kindern Schuhe und Mäntel und gaben ihnen Geld für Hefte und Federhalter.

Die »bravora« des Großvaters erbte der Vater. Am Anfang ging er noch zum Arbeiten in den Wald und brannte nachts Schnaps. Aber nach einigen Jahren war er dem Trinken völlig verfallen und verkaufte die »bravora« weiter, das ganze Dorf wunderte sich lange darüber:

»Na, Nachbar, sag mir, wenn du so klug bist, wie kann man, wenn man die Schnapsbrennerei so sehr braucht, genau die versaufen?«

Die ganze Mühsal lag dann allein auf den Schultern der Mutter. Manchmal ging der Vater mit dem Spaten in den Garten, aber meist hielt er sich mehr daran fest, um nicht zu fallen, als damit im Garten zu arbeiten.

»Was zum Teufel, willst du noch von mir?!«, schrie er die Mutter an. »Habe ich nicht schon im Frühling den Garten für dich umgegraben? Willst du, dass Vacka und ich ihn auch noch jäten sollen?!«

»Du willst ihn umgegraben haben?! Ich kann alles, was du umgegraben hast, mit meinem Rockschoß bedecken!«

»Wie solltest du das nicht können! Du hast einen breiten Hintern, dein weiter Rock kann gleich zwei Gärten, unseren und den des Nachbarn, bedecken! Vacka, hast du das gehört, was die Hure gesagt hat? Dass ich, verstehst du, ihr den Garten nicht umgegraben habe!«

Vacka ist natürlich sofort, schwups, auf seiner Seite. Und der Vater holt vom Fensterbrett die Flasche, gießt das Glas ein Drittel voll und schiebt es Vacka hin, und der, mit einem Schluck, gluck, verzieht nicht einmal das Gesicht.

»Was machst du da?! Was wirst du aus dem Kind machen?!«

»Ich werde einen Mann aus ihm machen!«

»Dann gieß mir auch ein!«

»Mama!« Maška stürzte schreiend zu ihr. »Trink doch wenigstens du nicht!«

»Ich werde trinken«, die Mutter streichelte ihr den Kopf, »jetzt werde auch ich trinken. Nüchtern kann ich nicht mehr zuschauen, es zerreißt mein Herz.«

Damals besaßen sie noch eine Kuh. Bis zum Tod der Mutter. Sie kümmerte sich um ihr einziges Tier, obwohl sie mit dem Vater trank und sie sich dann schlugen. Sie ging manchmal sogar schwankend zu der Kuh, molk sie, tränkte sie. Maška hatte schon sehr jung melken gelernt, als sie in der letzten Klasse der Grundschule war. Im folgenden Jahr aber wurde ihre Grundschule abgeschafft.

Und im Jahr darauf war die Mutter gestorben. Der Vater gab sie und den Bruder wie die allerletzten Waisenkinder in das Internat der Stadt. Er blieb zurück und lebte allein, ein Jahr noch arbeitete er im Wald, aber ein umstürzender Baum fiel auf den betrunkenen Vater, brach ihm die Beine an den Oberschenkeln, er konnte kaum noch laufen, nur an einem Stock, und bekam schließlich irgendeine Invalidenrente. Das war alles. Maška hatte keinen Vater und keine Mutter mehr. Genau seit der fünften Klasse.

Die Kuh verkaufte der Vater noch am Tag der Beerdigung, wie hätte er sie bezahlen sollen? Ihre Muhme war eine gute Kuh gewesen, sie hatte viel Milch gegeben. Als sie beide ins Internat abfuhren, steckte der Vater Maška nur drei Rubel zu, vielleicht gab er Vacka mehr, aber Vacka sagte nichts. Er hatte ein Jahr früher als Maška die Schule begonnen, aber war sitzen geblieben und sie hatte ihn eingeholt. Er konnte sich nichts merken und wuchs offensichtlich auch nicht. Er war so mager, schwach, mit blauen Ringen unter den Augen, alle, die daran Spaß hatten, fügten ihm Leid zu. Schon im Internat war Maška einen halben Kopf größer als Vacka. Er schaffte dort nicht einmal die fünfte Klasse, obwohl er es zwei, drei Jahre versuchte.

Alle zwei bis drei Wochen, das ist wahr, floh er aus dem Internat. Per Anhalter fuhr er bis zum Wald und dann auf der Landstraße zum Vater. Dort blieb er so lange, bis der Direktor oder der Sportlehrer mit dem Auto kam, um ihn abzuholen. Manchmal brachten sie ihn halbbetrunken zurück. Maška schämte sich ihres Bruders, sie versuchte, ihn weder im Korridor noch im Speisesaal zu treffen. So war ihr bereits in der fünften Klasse klar, dass sie einsam war, sie musste vollkommen allein leben, sie hatte keine Mutter mehr, keinen Vater und nicht einmal einen Bruder. Die beiden kümmerten sich nicht mehr um sie, deshalb kümmerte sie sich von nun an auch nicht mehr um die beiden.

Am meisten Angst hatte sie vor den Sommerferien, wenn sie zum Vater musste. Obwohl rundherum ausschließlich Wälder wuchsen, kümmerte er sich nicht um Brennholz für den Winter, im ersten Winter hatte er den halben Stall verbrannt, im zweiten Winter die andere Hälfte. Während des dritten und vierten blieb gar nichts mehr vom Stall übrig. Nur das Badehäuschen gab es noch, weil es weiter weg stand und der Vater zu faul war, durch den tiefen Schnee zu stapfen. Ihr Dorf versank jeden Winter im Schnee, und die Wälder ringsum verhinderten, dass der Wind ihn fortblies.

In der Mitte des Hofes nicht weit vom Brunnen stand ein Apfelbaum, knorrig von Baumkrebs zerfressen, noch vom Großvater gepflanzt. Ein Gefühl der Verlassenheit presste Maška die Kehle zu und ließ lange nicht nach, sie hatte keine Heimat mehr! Sie hatte keine Ecke für sich, nirgends einen Zufluchtsort, nirgends ein Versteck. Aber sie schluckte die Tränen hinunter, vielleicht würde sie nicht sterben, sondern für sich allein irgendwie weiterleben, so weit war es ja nicht mehr bis zum Erwachsensein.

Wenn ungefähr noch ein Monat bis zu den Sommerferien verblieb, begann Maška sich ernsthafte Sorgen zu machen, was sie zu Hause bei dem Vater essen sollte, gab es doch im Wald noch keine Beeren, keine Pilze, und die Kartoffeln werden gerade gepflanzt worden sein, tagelang wird man nicht einmal einen vertrockneten Kanten Brot finden können. Zu den Mittagessen im Internat gab es jeden Tag ein kaum gesüßtes Kompott aus getrockneten Äpfeln und dazu entweder je ein Honigplätzchen oder zwei Kekse. Maška aß die Plätzchen nie, trug sie in ihr Zimmer, legte sie in eine Tüte und verwahrte diese im Schränkchen. Außerdem nahm sie jedes Mal noch einige dünn geschnittene Scheiben Brot mit, die sie auf einer Zeitung im Schränkchen trocknete, nur musste sie die Brotscheiben jeden Tag umdrehen, damit sie nicht von unten zu schimmeln anfingen. Das getrocknete Brot bewahrte sie ebenfalls unten im Schrank auf, nur in einer anderen Papiertüte. Einmal kontrollierte die Erzieherin die Sauberkeit ihres Zimmers und sah die beiden Tüten und die auf Zeitungspapier gelegten Brotscheiben. Sie wurde vor Zorn ganz rot, begann sofort zu schimpfen, auch die anderen Mädchen hörten es.

»Was machst du, Gudoit? Willst du hier Kakerlaken züchten? Du wirfst sofort dieses Brot weg und wischst das Schränkchen aus! Nicht das kleinste Krümelchen darf zurückbleiben! Aber warum trocknest du dir Brot?«

»Ich werde es nach Hause mitnehmen.«

»Aber wem willst du das Brot geben? Den Tieren zum Fraß? Der Kuh, dem Schwein?«

»Wir haben keine Tiere. Ich werde es selber essen! Ich weiche es in Wasser auf und esse es!« Sie blickte auf zu der Erzieherin, noch nicht wissend, dass Scham und Angst sich im Herzen überraschend in Mut verwandeln können.

Das Schränkchen von Maška stand gleich neben der Tür, aber die Erzieherin kontrollierte nicht weiter, sagte nichts mehr zu Maška, ging rot geworden nach draußen, nicht nur rot geworden, sondern auch mit Tränen in den Augen. An dem Tag jedoch, an dem Maška in die Sommerferien fahren musste, kam sie zu ihr und gab ihr zehn Rubel.

»Nimm! Du brauchst sie für den Autobus.«

Diesmal schienen sie die Rollen gewechselt zu haben, jetzt stand Maška rotgesichtig und mit Tränen in den Augen vor ihr, und die Erzieherin richtete den Blick auf den Boden. Vacka war schon seit vorgestern nicht mehr da, und Maška fuhr natürlich nicht mit dem Autobus. Ein vorbeifahrendes Auto nahm sie bis in den Wald mit, der Fahrer war ein vierzigjähriger Mann mit Schnurrbart, und Maška hielt ihr Bündel auf den Knien, das Bündel schob immer ihren Rock hoch, entblößte die Knie und noch mehr als die Knie. Der Mann schaute die ganze Fahrt auf die Knie und überlegte vermutlich, ob er sich für sie entscheiden sollte, Maška jedoch hatte weder Angst noch Scham, sie freute sich eher über den Gedanken, der ihr das erste Mal in den Sinn kam: »Jetzt bin ich schon erwachsen! Fast, denn wenn ich schon völlig erwachsen wäre, würde er das Auto anhalten und mich in den Wald schleppen. Im nächsten Sommer wird es sicherlich so sein.«

»Onkel, halte hier an!«, bat Maška.

Der als »Onkel« Angesprochene geriet etwas in Verlegenheit, da er sich gerade zur Annäherung entschlossen hatte. Hätte Maška große Angst gehabt? Hätte sie sich sehr gewehrt? Vielleicht nicht. Die Mädchen im Internat gaben sich diesen Onkeln hin, nicht nur einmal, nein, öfter, und wenn die Männer gutmütig waren, gaben sie auch Geld. Sie gaben von allein, die Mädchen baten nicht darum. Sie verabredeten sich – wann und wo – sogar für ein nächstes Mal.

Als Maška durch den Wald ging, fand sie an einer Stelle schon reife Walderdbeeren. Sie beugte sich nieder und aß sie, später aber wird sie nicht eine einzige mehr essen.

Als Maška noch ganz klein war, nahm die Mutter sie zum Beeren- und Pilzesammeln mit. Maška kannte die Stellen gut, wo viele Blaubeeren, Preiselbeeren und Moosbeeren wuchsen, sie kannte alle Pilzsorten, die essbaren und die giftigen, nur manchmal war sie so tief in das Gestrüpp der Brombeeren hineingeraten, dass sie sich nicht mehr allein daraus befreien konnte, dann begann sie zu weinen und die Mutter zu rufen. Die Mutter kam herbei und hob sie ganz zerkratzt hoch, dann sammelten sie weiter Blaubeeren. Maškas dünne Fingerchen waren flink und geschickt, sie waren geeignet zum Sammeln dieser kleinen Blaubeeren. Wenn die Sonne fast im Zenit stand, schleppte die Mutter zwei gefüllte Eimer zur Landstrasse, und die Vorbeifahrenden kauften fast immer, die am Straßenrand gekauften Beeren waren sehr viel billiger als auf dem Markt. Von klein an war Maška an den Wald gewöhnt, sie hatte keine Angst vor ihm, sie fürchtete nicht sich zu verirren, sogar im dunkelsten Dickicht fühlte sie sich so wohl wie auf dem Hof, wenn nicht sogar wohler. Nach dem Tod der Mutter verkaufte sie die Blaubeeren und Pfifferlinge schon allein an der Landstrasse. Obwohl fast alle zehn Meter Frauen aus ihrem und aus anderen Dörfern mit ebensolchen Eimern und Körben standen, hatte Maška meist als erste alles verkauft. Das dünne Mädchen mit dem abgetragenen, ausgewaschenen Kleid, Hände und Lippen blau vor Kälte … Diejenigen, die in Autos vorbeifuhren, hatten Mitleid, obwohl doch die Lippen von Maška nicht von der Kälte, sondern von den Blaubeeren blau gefärbt waren, aber es erschien ihnen so.

Als Maška sich dem Holzbrückchen über den Bach näherte, knabberte sie an zwei Honigplätzchen. Sie hatte die ganze Zeit überlegt, wo sie ihre mitgebrachte Nahrung verstecken könnte. Haus und Dachboden kamen nicht in Frage – im Haus würde der Vater sie finden und auf dem Dachboden Vacka, auch draußen gab es keinen einzigen Platz, die Mäuse würden die Nahrung aufknabbern, auch die Füchse oder Marderhunde würden sie wittern. Sie hatte jedoch eine Idee. Sie überquerte die Brücke, bog ab in Richtung Badehäuschen und ging den Bach entlang. Der Hof war leer, es war niemand dort, das Haus hatte auf der Seite zum Badehäuschen kein Fenster, niemand konnte gesehen haben, dass sie gekommen war. Im Badehäuschen kroch sie so weit sie konnte unter den Ofen, vergrub die Kekse und das Brot in der kalten Asche. Aus ihr wehte Maška ein merkwürdiger, schrecklicher Geruch entgegen, dass sie, auch als sie aufgestanden war, weder fortgehen noch bleiben konnte. Licht fiel durch das kleine Fenster, das kein Glas mehr hatte, vielleicht war es herausgeschlagen worden, vielleicht war es wegen seines Alters von allein herausgefallen. Maška aber schaute zu den beiden

Bänken an den Wänden, auf die sie sich immer bäuchlings gelegt hatte, damit die Mutter ihr den Rücken wusch und trockenrieb.

Sie ging zum Wasser, klopfte den mit Asche beschmutzten Saum des Kleides aus und wusch sich die Hände. Mit ihrem kleiner gewordenen Bündel, in dem nur noch wenige, dürftige Wäschestücke lagen, trat sie in die Haustür. Vacka war schon zu Hause, und zur Feier der Rückkehr des geliebten Sohnes stand natürlich eine angetrunkene Flasche auf dem Tisch, daneben lagen zwei abgeschnittene Scheiben Brot, und auf ein Zeitungspapier war eine Prise grobes Salz gestreut.

»Oh!«, der Vater drehte sich auf dem Hocker um. »Unsere Schöne ist erschienen! Was hast du dem Vater als Geschenk mitgebracht?«

»Das was du mir mitgegeben hast, als ich abgefahren bin?«, entgegnete Maška.

»Pala ... Pala«, der Vater versuchte sich an irgendetwas zu erinnern. »Und was habe ich dir mitgegeben? Habe ich dir vielleicht irgendetwas mitgegeben?«

»Einen Dreck hast du mir gegeben, einen Dreck habe ich dir mitgebracht!

»Vackaaa!«, blökte der Vater und drehte den Kopf in seine Richtung. »Zeig ihr, zum Teufel, wie man mit seinem Vater redet!«

Doch Vacka bewegte sich nicht vom Tisch. Er wollte sich mit Maška besser nicht anlegen, sie konnte ihn mit einer Hand fertigmachen, so geschwächt wie er war. Und der Vater mit seinem gebrochenen Bein machte Maška auch keine Angst mehr, sie konnte ihm immer ausweichen und entfliehen. Maška musste sich wirklich nur in Acht nehmen, dass der Vater nicht von hinten angeschlichen kam, sie bei den Haaren packte und mit dem Stock zu schlagen begann, um das Geld für die verkauften Beeren zu verlangen.

»Jetzt versucht ja nicht, an mein Bett heranzuschleichen!« sagte Maška, »ich habe immer ein Holzscheit oder eine Axt zur Hand!«

Es war gut, dass sie im Bett der Mutter im anderen Zimmer schlief und dass man die Tür von innen mit einem langen Haken verschließen konnte. Die Mutter hatte diesen Haken angebracht, damit der betrunkene Vater nachts nicht zu ihr kroch oder anfangen würde, sie zu schlagen, wenn sie ihn nicht zu sich ließ. Wenn er betrunken war, war es ihm egal, dass Maška in einem an der anderen Wand stehenden Bett lag und sich vor Entsetzen zu einem Knäuel zusammenrollte. Später war ihm alles egal, auch wenn er nicht getrunken hatte.

Nachdem Maška ihr Bündel unter die Matratze geschoben hatte, ging sie in den Hof und schaute sich um. Nur in zwei Häusern war noch Leben, in ihrem und in noch einem, andere hatten vernagelte Fenster, aber einige schönere und neuere hatte man wohl abmontiert und ins Wohnzentrum der Kolchose hinter dem anderen Wald transportiert. Nirgends sah man ein Tier: weder Ziegen noch Kühe oder eine Schar von pickenden Hühnern. Wahrscheinlich war ihre Muhme, die der Vater verkauft hatte, die letzte Kuh des ganzen Dorfes gewesen. Sicherlich, das nur wenig entfernt stehende Haus sah wie neu aus, vor kurzem war es mit Brettern neu verkleidet und grün angestrichen worden, es hatte jetzt ein neues Schieferdach und leuchtend weiße Fensterrahmen. Und am Ende des Stalles leuchtete rot ein kleines Auto. Dort wohnten auch Gudoits, ihre Verwandten, denn Maškas Großvater und der von den Gudoits waren richtige Brüder. Und so waren also jener Gudoit und Maškas Vater Vettern, aber jener Vetter ließ den Vater von Maška nicht einmal in die Diele eintreten, er jagte ihn davon wie einen Hund. Auch Maška ging nicht dorthin, obwohl sie in der Grundschule mit beiden Söhnen des Onkels, Bronka und Šyška, gelernt hatte. Natürlich hieß Šyška nicht Šyška, sondern Ksystofu, aber niemand benutzte diesen Namen im Dorf, und niemand konnte ihn aussprechen.

Der Onkel hatte sich irgendeine Krankenbescheinigung beschafft, deswegen arbeitete er weder im Wald noch in der Kolchose. Er war nicht gesund. Aber er war gesund genug, die ganze Woche über im Wald Schnaps zu brennen und ihn mit seinem kleinen Auto in die Stadt zu fahren. Wahrscheinlich hatte er Seen über Seen gebrannt, so dass er jetzt gut lebte. Weder Bronka noch Šyška wohnten hier, sie lernten in Vilnius und lebten dort bei ihrer Tante, einer Schwester der Mutter. Sie waren Zwillinge, geboren im selben Jahr wie Vacka. Von hier, von ihrem Hof aus, konnte Maška sehen, dass sie für die Ferien hergefahren waren, sie gingen halbnackt über den Hof und um das rote Auto herum. Schon das letzte Jahr waren sie hoch gewachsen und muskulös gewesen, man sollte sie sofort in die Armee stecken. Was war Vacka dagegen! Ein vertrockneter Käfer! Sicher, manchmal durfte Vacka zum Angeln mitkommen, hinter dem dritten Wald war ein großer See, aber sie nahmen ihn nur zum Würmerausbuddeln, Larvensammeln mit, und damit er das Wasser aus dem Boot schöpfte. Wohin waren die Mädchen verschwunden, mit denen Maška die Grundschule besucht hatte, sie wusste es nicht. Den Sommer war Maška das einzige junge Mädchen im ganzen Dorf.

Wenn der Vater und Vacka mit Schuhen noch in den Betten lagen, ging Maška früh am Morgen in die Walderdbeeren. Im Badehäuschen nahm sie sich drei getrocknete Brotscheiben und noch zwei Honigplätzchen, den Durst aber konnte sie mit Sauerklee stillen. In dem Eimer, den sie an den Arm hängte, schepperte ein Aluminiumbecher, den die Mutter noch gekauft hatte und in den genau ein halber Liter passte. Bis zum Mittag hatte sie an der Landstraße alles verkauft, die Walderdbeeren waren klein, im Schatten waren sie noch ganz weiß. Der Vater und Vacka würden während ihrer Abwesenheit ihr ganzes Gepäck durchwühlen, aber sie würden nichts Brauchbares für sich finden, nur Unterhosen, Büstenhalter, Bluse, Rock, kleine Dinge wie Spiegel, Kamm, so etwas. Nicht für einen halben Liter, nicht einmal umsonst wird man jemandem ihre armseligen Dinge anbieten können.

Am nächsten Tag regnete es schon am frühen Morgen, und bald ging der Regen in Sprühregen über. Die Walderdbeeren versteckten sich unter den Blättern, Maška setzte sich auf ihr Bett, sie verschloss die Tür, und dann schlief sie, bis Vacka versuchte die Tür aufzubrechen.

»Maška, mach auf!«

»Was willst du?«

»Bronka, Šyška und ich haben einen kleinen Hasen gefangen, jetzt wollen wir im Badehäuschen seine Augen mit Zigaretten ausbrennen und sehen, wo er hinrennt. Willst du das nicht sehen?«

»Nein!«, schrie Maška und rannte los zum Badehäuschen. Vacka schnaufte ein gutes Stück hinter ihr her. Die Tür des Badehäuschens war geöffnet, und im Umziehraum stand Bronka.

»Wo ist der kleine Hase? Wo?«

»Dort«, Bronka zeigte in den Umziehraum des Badehäuschens. Als sie dort hineinlief, sah sie in der Dunkelheit nicht sofort Šyška auf der Bank sitzen.

»Gib ihn her! Lass ihn los!«, fast hysterisch schrie Maška. »Wo ist dieser Hase? Wo?«

»Hier!«, sagte Šyška von der Bank her und ballte die Hand zwischen seinen Beinen. »Du wirst gleich sehen!«

Bronka stand in Maškas Rücken, er versperrte den Rückweg, weil er sich mit ausgebreiteten Armen an den beiden Türpfosten abstützte. Außer Atem kam Vacka angelaufen.

»Du, stell dich draußen hin, damit dein Vater nicht angewackelt kommen kann.«

»Er wird nicht angewackelt kommen, ich will auch sehen, wie ihr das macht!« Vacka schlüpfte schnell hinein.

Šyška stand von der Bank auf und Bronka kam von hinten heran, verdrehte Maška heftig den Arm. Sie merkte erst gar nicht, wie sie wegen der Schmerzen vor Šyška auf die Knie fiel. In der einen Hand hielt er schon sein Ding, und mit der anderen griff er in ihre Haare und zog den Kopf näher.

»Mach den Mund auf!«

»Nein!«, kreischte sie.

»Bronka, dreh den Arm so, dass er mehr schmerzt! Noch mehr!«

Durch die Tränen hindurch sah sie dieses Ding von Šyška in der Dunkelheit nicht, sie spürte es nur im Mund. Sie sah nicht den auf der anderen Bank sitzenden Vacka, nicht sein breites, zufriedenes Grinsen.

»Brich ihr nicht den Arm, lass nur«, sagte Šyška mit zufriedener Stimme. »Es geht schon von allein. Ohhh!«

Tief in ihren Schlund spritzte etwas Scheußliches, sie drehte sich um und spuckte alles auf die Erde, und sofort spürte sie einen Schlag von Šyška ins Gesicht.

»Wenn du das nächste Mal ausspuckst, werde ich dich wie eine Hündin mit den Füßen treten.«

Ohne die Haare loszulassen ging er um sie herum, sie kniete noch immer, und stellte sich in ihren Rücken.

»Und jetzt Bronka!«

Als sie schließlich gingen, fiel Maška bäuchlings genau auf die Bank, auf der die Mutter ihr den Rücken gewaschen hatte, als sie noch klein war. Jetzt werden sie Maška nicht mehr in Ruhe lassen, sie werden sie den ganzen Sommer quälen, und sie wird sich nirgends verstecken können, weder der Vater noch Vacka werden sie verteidigen. Er, nur er hatte sich diese List mit dem Häschen ausgedacht, er hatte die Zwillinge beeindrucken wollen und Maška ins Badehäuschen gelockt. Sie musste sich allein gegen die Zwillinge verteidigen, die ganze Zeit, denn sie konnte nicht wissen, wann, von wo sie ihr wieder auflauern würden. Sind alle Lebewesen deswegen so ängstlich und vorsichtig, weil sie den Stärkeren mit Nichts Widerstand leisten können, die kleinen Kaninchen, die Rehlein, die Spatzen?

Vom Hof der Zwillinge aus konnte man das Badehäuschen der Gudoits gut sehen, Maška konnte es nicht oft aufsuchen, ging sie hinein, würde schon Bronka mit Šyška am Ofen stehen. Maška warf sich ein Handtuch über und tat so, als ob sie sich im Bach waschen gehen wollte, mit dem rechten Auge schaute sie immer auf den Hof der Zwillinge, vielleicht schleichen sie schon näher, sogar ans Ufer des Bächleins, vielleicht verdecken die Büsche sie? Dann huschte sie schnell ins Badehäuschen, buddelte das trockene Gebäck aus der Asche und eilte wieder nach draußen. Sie ging weiter bis zur Brücke, hockte sich in das hohe Gras am Wasser, so dass sie von keiner Seite gesehen werden konnte, weichte ihr Brot im Bach auf, und eilig wie ein Tierchen knabberte sie alles weg. Wenn sie morgens bei Sonnenaufgang in die Beeren ging, fürchtete sie die Zwillinge nicht, zu dieser Zeit schliefen sie noch fest, wie der Bruder und der Vater, und wie sollten sie Maška tagsüber im Wald bei den entfernten Stellen finden, wo die Beeren wuchsen. Das getrocknete Gebäck würde aber bald zu Ende gehen, Maška wurde schwach, vom vielen Bücken schwindelte ihr der Kopf, plötzlich wurde ihr schwarz vor den Augen; für einige Zeit konnte sie keine Beeren, auch keine Blätter sehen, sie musste nur irgendetwas machen, sie musste sich nur etwas ausdenken.

Unter dem Fußboden in der Küche war ein Keller. Maška hob die Falltür hoch und stieg die kurze Leiter hinunter. In einer Ecke lag noch ein Häufchen Kartoffeln, aus denen lange Keimlinge zu einem Knäuel zusammenwuchsen. Sie drückte einige Kartoffeln, sie waren weich wie Gummi, aber immerhin waren es Kartoffeln! Auf dem Fensterbrett hinter den schmutzigen Gardinen stand eine halbvolle Flasche mit ranzigem Sonnenblumenöl. Sie sortierte die Kartoffeln aus, brach die langen Keimlinge ab. Mochte sie ihren Vater und ihren Bruder hassen oder nicht hassen, sie musste kochen, sonst wird sie einfach vor Hunger sterben.

In diesen Tagen sollte dem Vater seine Invalidenrente gebracht werden. Er zog die Gardine zur Seite und setzte sich ans Fenster. Bis zum Abend saß er dort und wartete auf die Briefträgerin mit ihrem Fahrrad. Schon lange lieh ihm niemand mehr Geld oder gab ihm Schnaps auf Pump. Vacka war unterwegs, vielleicht mit den Zwillingen am See angeln, vielleicht baden. Eine eigene Angel besaß er ja nicht, er ruderte nur von einem Ort zum anderen, wie sie befahlen.

Maška hatte beschlossen, ernsthaft mit dem Vater zu reden, aber sie sprach mit ihm sicherheitshalber nur aus gewisser Entfernung quer durch das Zimmer, und vor allem in der Nähe der Tür stehend: »Wir machen es jetzt so, Vater, du bekommst eine Rente, die Hälfte gibst du mir, und ich werde euch beiden jeden Tag den ganzen Monat irgendein Gericht kochen. Die andere Hälfte vertrink, das ist mir egal! Ich werde Seife kaufen, die Betten abziehen, sie waschen. Ihr liegt auf euren Lagern wie Schweine, der Gestank ist schrecklich, wenn du betrunken bist, pinkelst du dich voll, du beginnst am lebendigen Leib zu faulen.«

Sie erwartete, dass der Vater zu fluchen begänne, sie zum Teufel jagen und zu ihr Hure sagen würde! Hure! Aber er dachte schweigend über etwas nach.

»Es ist so, dass noch niemand die Rente gebracht hat.«

»Aber wenn sie gebracht wird, dann sofort eine Hälfte zu mir, sofort, bevor Vacka eine Flasche gebracht hat, gut?«

»Und so wirst du der Chef von uns allen sein?«

»Ich werde es sein! Es gibt sonst niemanden, der es sein kann! Vacka wird durch den Wald in das Lebensmittelgeschäft gehen, um Brot und Makkaroni zu besorgen, ich werde jeden Tag in die Beeren gehen, wenn ich gegen Abend nach Hause komme, werde ich müde sein.«

»Er wird es vertrinken. Ich kenne ihn!«

»Er wird es nicht vertrinken! Ich werde ihm nur so viel geben, dass das Geld für eine Flasche Schnaps nicht ausreicht. Und wenn er doch trinkt, werdet ihr ohne Essen dasitzen, dann musst du selber mit ihm reden.«

»Gut!«, stimmte der Vater zu. »Sei du jetzt der Chef hier. Und wasch mir die Hemden, sie haben keinen einzigen Knopf mehr.«

»Gib mir Geld für Seife, ich werde sie waschen!«

»Zum Teufel! Genau wie die Mutter! Maška, endlich kommt diese Schwätzerin!«, und er griff nach seinem Stock. Maška hatte gar nicht gedacht, dass sie sich so leicht mit dem Vater verständigen würde, aber vielleicht trieb ihn der Hunger dazu.

Für Maška gab es keinen anderen Ausweg, sie musste sich selbst an das Leben klammern, mit Nägeln, mit Zähnen, aber sich anklammern.

Jetzt war sie hier die Hausfrau. Bevor sie in die Beeren ging, musste sie Vacka lange wachrütteln, er brabbelte, maunzte, drehte den Kopf zur Seite. Sie verlor die Geduld, fasste ihn am Genick und setzte ihn im Bett auf. Wenn er versuchte sich wieder hinzulegen, drehte sie schmerzhaft sein Ohr um.

»Zum Teufel!«, Vacka wurde vom Schmerz wütend. »Warum ziehst du mich an den Ohren?!« Er öffnete die Augen, setzte die Füße auf den Boden, hob die Faust, aber wagte nicht zu schlagen.

»Aber jetzt schau her: hier – für zwei Laib Schwarzbrot, hier – für ein Paket Mehl, hier – für eine Flasche Öl, hier – für drei Dosen Sprotten in Tomatensoße. Hast du alles verstanden? … Da noch – für ein Päckchen Zucker.«

»Gib mir wenigstens etwas für eine Flasche Bier! Solange durch den Wald gehen – es ist heiß, die Körbe schleppen, ich kann das nicht!«

«Frag Vater wegen des Biers!«

Aber der Vater sparte auch. Für den Hausgebrannten.

»Vacka, wozu brauchst du Bier? Es kommt sowieso unten wieder raus – und Schluss, es steigt nicht einmal sehr in den Kopf.«

Schon begannen die ersten Blaubeeren zu reifen, schon konnte man den einen oder anderen Pfifferling finden. Auf dem Heimweg sammelte sie noch Sauerampfer, obwohl er nicht mehr jung und frisch war. Die holzigen Stiele zwickte sie ab, auch wegen der runden, von den Würmern ausgenagten Löcher ... Die Würmer selbst waren nicht mehr da. Sie schnitt einige dieser gummiartigen Kartoffeln, tat eine gute Handvoll Pfifferlinge und Sauerampfer hinzu, zum Schluss kratzte sie eine ganze Konservendose Sprotten aus, kochte einen Topf voll mit Suppe, die für den ganzen Tag reichen sollte. Und wie schmackhaft war sie mit Schwarzbrot! Sie musste jetzt nichts mehr im Badehaus verstecken. Sie hatte auch nichts mehr.

Als sie eines Tages die große Wäsche vorbereitete, zog sie das Bett der Mutter ab und erfühlte etwas mit den Fingern, eingenäht in die Ecke des Kopfkisseninletts. Sie tastete und schaute nach – wirklich, etwas war eingenäht! In ein kleines Leinenläppchen war, viele Male mit schwarzem Faden umwickelt, der Hochzeitsring der Mutter eingeschlagen. Sie legte ihn auf ihre Handfläche, küsste ihn, wickelte ihn wieder ein und steckte ihn unter ihren Büstenhalter. Jetzt würde er ständig bei ihr sein, wohin sie auch ging.

Eines Tages, als Vacka vom Dorfladen zurückkam, brachte er noch ein weißes Huhn im Korb mit.

»Woher hast du es?«, wunderte sich Maška.

»Ich habe es auf der Straße gefunden, vielleicht hat ein Auto es angefahren.«

»Ich koche keinen Kadaver!«, angeekelt wandte sie sich ab.

»Du bist selber einer! Als ich es fand, hat es noch mit den Flügeln geschlagen. Ich habe ihm den Hals umgedreht – das ist alles!«

Als Maška das Huhn rupfte, sah sie weder blaue Flecken noch Schlagstellen. Dann erst verstand sie. Aber der Vater hatte sofort verstanden. Ungefähr einmal die Woche befahl er Vacka: »Vacka, auf die Jagd! Das Herz ist von ihrem Sauerampfer völlig weggespült! Aber nur eines! Sie sollen denken, der Fuchs oder der Habicht hat es geholt!«

Und Maška rupfte und kochte diese Hühner von Vacka.

Eines Tages war es sehr heiß, kein Windchen wehte, atemverschlagende Hitze lag über dem Wald, und Maška, die lange an der Landstraße gestanden hatte, konnte sich kaum nach Hause schleppen. Sie watete im Bächlein, wusch sich den herunterrinnenden Schweiß ab, aber das Wasser erfrischte nicht ein bisschen. Sie aß nicht einmal von der gestrigen Sauerampfersuppe, von der man ihr auf dem Topfboden einige Löffel übrig gelassen hatte. Als es dunkelte, klatschte ein Sturzregen gegen die Fensterscheiben. ›Wie gut!‹, konnte sie gerade noch vor dem Einschlafen denken. ›Jetzt wird es haufenweise Pfifferlinge geben!‹

Am nächsten Morgen verschlief sie. Der nächtliche Sturzregen war vorüber, aber draußen tröpfelte es immer noch. Vacka hatte schon den Hausgebrannten geholt, und nur der Boden der Flasche war noch bedeckt. Er saß mit dem Vater am Tisch. Sie brauchten nur noch eines: die Flasche. Meistens schliefen sie am Tisch ein oder warfen sich mit den Schuhen aufs Bett. Manchmal, schon gegen Abend, schlich Vacka davon, um ein zweite Flasche zu holen. Und von dieser zweiten blieb für den nächsten Morgen für jeden höchstens fünfzig Gramm übrig.

Heute kann sie Vacka nicht in den Dorfladen schicken, sie muss selbst gehen. Maška nahm einen Korb, und ohne böse Gedanken ging sie los. In der Mitte des Waldes holten die Zwillinge sie mit dem Auto ihres Vaters ein. Bronka sprang heraus und wieder, wie damals, verrenkte er ihr den Arm, bis Šyška hinzukam.

»Verdreh mir nicht den Arm!«, bat Maška jammernd, »ich werde nicht weglaufen.«

Šyška, der dazugekommen war, bog den anderen Arm nach hinten. Hatte es einen Sinn, sich zu widersetzen, man wird sie doch sowieso nur zwingen, ihr die Arme nur verrenken, sie an den Haaren ziehen, ins Gesicht schlagen … Gut, wenn sie es so wollen? Aber wenn die beiden sie vergewaltigen, die Kleider runterreißen, werden sie dann zwischen ihren Brüsten den Ring der Mutter sehen? … Sie ging gehorsam mit ihnen hinter einen kleinen Busch, kniete sich im hohen, nassen Gras nieder …

»Schade, dass wir morgen abreisen,« sagte Šyška, »jetzt würdest du von selber ins Badehäuschen kommen.«

Sie kniete so lange im nassen Gras, bis die beiden die Autotür zugeschlagen und auf dem Kiesweg gewendet hatten, bis sie schließlich nur noch das sich entfernende Brummen des Motors vernehmen konnte.

Kapitel 10

Als Maška schwieg, konnte Gaučys nicht sehen, ob sie mit geschlossenen Augen dalag oder ob sie schweigend wie er in die Dunkelheit schaute. Er spürte unter seiner Handfläche ihr schnell und unregelmäßig klopfendes Herz, er hörte, wie sie atmete. Maška schob seine Hand von ihrer Brust nach unten auf den Bauch. Sie hielt sogar den Atem an, mehr erwartend, aber Gaučys konnte jetzt nicht. Das Mitleid schnürte ihm die Kehle zu, ein Mitleid, das er noch nie und für niemanden gefühlt hatte. Und – Scham. Während sie gesprochen hatte, war kurz das Bild von ihm selbst aufgetaucht, wie er am Ufer der Venta das nackte, stumme Mädchen mit den verschiedenfarbigen Augen rücklings ins Gras geworfen und sein Bein zwischen ihre nassen Oberschenkel zu schieben versucht hatte. Hatte er nur eine Sekunde über sie nachgedacht? Sich dafür interessiert, was sie fühlte und was sie später fühlen würde …? Wenn er mutiger gewesen wäre, dann hätte er …

Maška begann stoßweise zu atmen.

»Warum habe ich dir das erzählt?! Du hättest es niemals erfahren! Jetzt bin ich abscheulich für dich, abscheulich ..! Jetzt werde ich für dich immer so sein, du wirst morgen deine Sachen nehmen und ins Wohnheim zurückziehen!«

»Maška, hör auf! Wenn du es nicht erzählt hättest, würde ich vielleicht das ganze Leben lang nicht wissen, dass ich dich liebe.«

»Du liebst mich, Juzikas? Juzikas? Wieso weißt du das?«

»Deswegen, weil ich Mitleid mit dir hatte, so ein Mitleid. Wenn ich Dich nicht lieben würde, wären dann Schmerz und Mitleid in meinem Herzen? Mein armes Mädchen!«, er legte den Arm um ihre Taille und drehte sie zu sich, den anderen Arm schob er unter ihren Kopf, küsste ihre Stirn und blieb so liegen ohne die Lippen fortzuziehen und an den Lippen fühlte er die heftig pulsierende Ader.

Maška spürte zwei warme Luftströme, die er aus seinen Nasenlöchern blies, und das beruhigte sie sehr, sie schluchzte noch einige Male auf und schlief ein. Sie zuckte im Schlaf nicht zusammen, begann regelmäßig zu atmen, kaum hörbar, und ihre Stirn war trocken, kühl, kein kalter Schweiß.

Er wachte früher auf als sie, drehte sie langsam auf den Rücken; konnte er sie jetzt schon nehmen? Anfangs noch halb im Schlaf, wurde ihre Begierde immer heftiger, wie bemühte sie sich unter ihm, wie bemühte sie sich …!

Danach tranken sie Tee zum Frühstück. Endgültig war jetzt Schluss mit diesem verhassten Kefir, mit Weißbrot und Sprotten in Tomatensoße. Gaučys war anfangs gar nicht aufgefallen, dass in seiner Anoraktasche ein dickes, mit Fleischwurst und Käse belegtes Brot und eine kleine chinesische Thermosflasche mit Kaffee lagen. An diesem Morgen fing er immer wieder Blicke auf, die Maška ihm heimlich zuwarf: Hatte sich nichts geändert, war alles so, wie er es ihr gestern in der Dunkelheit gesagt hatte?

»Musst du mich jetzt so ängstlich anschauen, wie eine Ziege den Wald?! Trödel nicht nach der Arbeit, wir wollen zu Mama fahren. Vergiss nicht – der Zug geht sechs Uhr zwanzig.«

»Jesus! Ich habe für sie doch kein Geschenk!« Sie war mehr erschreckt als erfreut.

»Ein Geschenk? …«

Gaučys war nicht ein einziges Mal mit Geschenken zu seiner Mutter gefahren, er hatte ihr immer nur sein Köfferchen mit schmutzigen Hemden mitgebracht. Was konnte er ihr schenken? Bonbons? Sie war doch kein kleines Kind! Ehrlich gesagt, hatte er nicht einmal daran gedacht, dass er seiner Mutter irgendetwas hätte mitbringen sollen …

»Juzikas, wird ein schöner Schal gut sein?«

»Für sie wird alles gut sein!«

»Und wenn ich ihr nicht gefalle?«

»Musst du ihr oder mir gefallen?«

»Aber ich wollte …«

»Du wirst gefallen, hab keine Angst!«

»Aber ich habe sowieso Angst, ja, ich habe Angst. Sie wird doch denken: »Er hat sich so eine gewöhnliche Person genommen …«

»Ich sage dir doch, sie wird es nicht denken!«, und plötzlich fragte er: »Lebt dein Vater noch?«

»Irgendjemand hat gesagt, dass er gestorben ist.«

»Und Vacka?«

»Um ihn mache ich mir keine Gedanken! Vielleicht ist er wie ein Hund krepiert an der Hausschwelle, vielleicht lebt er noch … Er wird in jedem Fall niemals seinen Fuß hier herein setzen!«

»Wir werden also nicht in dein Dorf fahren?«

»Nein, Juzikas, niemals! …«

»Beeilen wir uns zur Arbeit, Maška.«

Später, hinter dem Steuerrad, konnte Gaučys ruhig über alles nachdenken, was sie ihm erzählt hatte. Aber es war nicht viel zum Nachdenken. Wäre er an ihrer Stelle gewesen, hätte er es anders gemacht? Er wäre eher gestorben, aber er hätte es nicht gemacht …«

Im Zug döste Maška die ganze Nacht, sie hatte ihren Kopf an seine Schulter gelegt. ›Was für eine gutes Gefühl‹, dachte Gaučys, ›dass du eine Frau hast, sie verstehst, dass du so viele Male am Tag an sie denkst und denkst.‹

Das erste lang andauernde Tauwetter des Märzanfangs begleitete sie von Klaipeda an, das gleiche Tauwetter empfing sie, als sie im Morgengrauen aus dem Zug stiegen. Es war noch dichter Nebel, den das fahle Licht auf dem Bahnsteig kaum durchdrang. An den Bahngleisen hinter der Stadt stieg der Nebel wegen des schmelzenden Schnees aus den Feldern, alles schien wie mit Mull umhüllt. Es war gut, dass Gaučys eine flache Taschenlampe mitgenommen hatte, Maška ging auf dem Weg vor ihm und er mit seinem leichten Köfferchen immer ermahnend hinter ihr.

»Dreh dich nicht nach mir um, schau lieber auf die Füße, du siehst, was das für eine Glätte ist! Ich bin diesen Weg tausend Mal gegangen, jede kleine Unebenheit kenne ich auswendig.«

Als sie zu der Stelle kamen, wo man von den Bahngleisen zu dem Häuschen der Mutter abbiegen muss, deutete Gaučys auf ein gelblich schimmerndes Licht in der Ferne.

»Siehst du? Die Mutter ist schon aufgestanden!«

»Jetzt geh du als Erster!« Maška erschreckte sich.

»Bei uns gehen nur die Zigeuner und Russen vor der Frau, unsere Frauen würden niemals hinter dem Mann hertrotten!«

»Jetzt sieht es doch keiner.«

»Geh nur!« Gaučys tippte sie leicht an die Schulter. »Du hast doch Licht unter den Füßen.«

Aber vor der Tür der Hütte stand sie wie angenagelt:

»Als Erste kann ich wirklich nicht hineingehen!«

Gaučys drückte die Tür zur Diele auf, dann die von der Diele zur Küche, die Mutter stand in der Mitte der Küche und band sich die Schürze um.

»Nun, guten Tag, Mama!« Er stellte das Köfferchen auf den Boden, ging zu ihr und küsste sie auf die Wange. »Warum bist du so früh aufgestanden?«

»Warum lässt du dieses Mädchen in der Diele stehen?«

Gaučys drehte sich um. Die Küchentür war offen. Maška stand im Halbdunkel, sie wagte nicht, die Schwelle zu übertreten. Gaučys nahm sie bei der Hand, führte sie hinein, machte die Tür zu. Sie ging zur Mutter und küsste sie auch auf die Wange.

»Das ist Maška, Mama.«

»Warum nennst du ein so schönes Mädchen bei einem so wenig schönen Namen? Warum sagst du nicht Maryte?«

»Weil meine Eltern mich von klein auf so gerufen haben und jetzt alle …« Maška fühlte sich überhaupt nicht wohl.

»Nein, doch, nein, ich werde Maryte sagen. Leg ab, Marytele, ich zünde gleich den Ofen an.«

»Ich werde ihn anzünden«, Gaučys hatte schon seinen halblangen Mantel an den Nagel gehängt.

»Sind deine Füße nass geworden?«, erkundigte sich die Mutter bei Maška. »Ich werde sofort etwas zum Umziehen finden«, und sie brachte aus der Diele Galoschen herbei.

»Ich werde Rührei mit Schinken braten, ist das gut?«

Sie bereitete das Rührei in einer bis zum Rand gefüllten Pfanne und setzte sich selbst auch an den Tisch, aß aber nicht, sondern goss sich nur Tee ein und bestrich sich eine Scheibe Schwarzbrot mit Margarine. Als Gaučys ihr fragend in die Augen sah, erklärte sie: »Ich bin bei den Ärzten gewesen, sie haben schrecklich hohen Blutdruck und Gehirnverkalkung festgestellt. Sie sagen: Iss kein Fett mehr und nimm nichts Geräuchertes in den Mund! … Ach so, du weißt ja nicht, nach dem Dreikönigstag habe ich Wasser aus dem Brunnen geschöpft, und wie ich es in die Hütte tragen will, bin ich umgefallen! … Und danach bin ich zu den Ärzten gegangen. Und sie haben noch gesagt: Heb nichts Schweres mehr und beuge dich bei der Arbeit nicht nach unten, aber sie verstehen nicht, dass es für einen Menschen im Dorf keine Arbeiten gibt, bei denen er arbeiten könnte, ohne schwer zu heben und ohne sich zu bücken …«

»Wie wird es jetzt also weitergehen?«, fragte Gaučys.

»Dieses Frühjahr werde ich kein Ferkel kaufen und aufziehen. Ewig das Schweinefutter schleppen, diese Rübenblätter in der Hocke rauszupfen … Ich kann euch beiden dann weder Fleisch noch Speck mitgeben. Jetzt habe ich noch ein Speckseite und zwei Keulen, die ihr mitnehmen könnt. Und die Kuh werde ich im Herbst verkaufen. Kommenden Sommer kann ich noch Milch in die Stadt bringen, und im Herbst wird man sich dann von allem verabschieden müssen. Ich habe vier Hühner, das wird reichen.«

»Im Herbst wirst du weniger für die Kuh bekommen.«

»Soll ich sie jetzt verkaufen, wo sie doch in drei Wochen kalbt? Es gibt doch gerade so viel Gras! Warum verstehst du das nicht, Jouzapas?«

Die Mutter hatte ihn zum ersten Mal, wie einen verheirateten Mann, Juozapas genannt. Sie deckte den Tisch ab und setzte sich wieder. Da die Kuh doch keine Milch gab, musste die Mutter mit ihrem Schulterjoch nicht in die Stadt gehen.

»Ach!« Maška sprang auf. »Ich habe ihnen etwas mitgebracht!« Sie gab der Mutter das Kopftuch und erläuterte: »Ich hatte Sie ja noch nicht gesehen, ich konnte nicht wissen, ob es zu Ihrem Gesicht passt oder nicht.«

»Danke, Marytele, danke! Und er«, sie winkte in Gaučys' Richtung, »hat noch nicht einmal einen in der Hosentasche aufgeweichten Bonbon mitgebracht ... Sonst hat dieser Mensch ein gutes Herz, er ist wortkarg, manchmal gibt es viel, an das man ihn erinnern muss, unvernünftig, wie ein kleines Kind.

»Ich werde ihn erinnern!«, versprach Maška.

»Ich sehe, du bist gewandt, verständnisvoll, selbst ein Kind des Elends ... Ihr werdet bestens leben, wenn er nicht zu trinken anfängt. Wenn er anfängt, dann ist alles aus! Für das ganze Leben! ...«

»Jetzt fängt er vielleicht nicht mehr an, aber in diesem Wohnheim hätte er wirklich angefangen. Jesus, wie sie dort alle trinken, oh!«

»Lebt ihr jetzt schon zusammen?«

Maška wurde rot: »Ich habe vor kurzem eine Wohnung bekommen, wir leben jetzt zusammen. Man musste ihn möglichst schnell aus diesem Wohnheim herausholen.«

»Habt ihr schon den Antrag auf Eheschließung eingereicht?«

»Noch nicht. Juzikas wollte mich Ihnen zuerst vorstellen.«

Diese Antwort von Maška stellte die Mutter sehr zufrieden, mehr als das mitgebrachte Kopftuch. »Dann reicht ihn schnellstens ein, so ist das nicht anständig vor den Menschen!«

Gaučys ärgerte sich, warum am Tisch über ihn so gesprochen wurde, als ob er selbst nicht anwesend wäre. Er ging in den Hof. Es tagte schon seit langem, die Wand des Waldes jedoch schimmerte schwach durch den Nebel, und die Dächer vom Hof des Lankauskas waren nicht einmal zu sehen. Er stand und stand im Hof, er fühlte, dass seine Schuhe durchnässt und aufgeweicht wie Frösche waren. Sie saßen noch am Tisch, offensichtlich hatte Maška der Mutter vorgeschlagen, die Bettwäsche zu waschen.

»Danke, Marytele, aber das Bett von Juozapas ist sauber, und ich habe noch Bettwäsche, um meines zu beziehen. Es ist doch noch kalt, das Wasser im Brunnen ist eiskalt, wenn du die Wäsche ausspülen willst, was für eine Menge Wasser ist dann nötig. Ihr solltet vor Ostern kommen. Dann wird es schon wärmer und trockner sein.«

»Mama, meine Füße sind durchnässt, hast du Schuhe für mich, die ich anziehen kann?«

Die Mutter brachte ihm aus der Diele Schuhe ohne Schnürsenkel, ganz alt, noch aus der Schulzeit, sie brachte auch gestopfte Wollsocken, und alles, was er ausgezogen hatte, hängte sie zum Trocknen an den Herd. Vorher drückte sie die Sachen noch mit der Hand aus:

»Vollkommen nass! Setzt euch und redet nicht! Willst du etwa krank werden? …«, sie drehte sich zu Maška um: »Ich habe dir gesagt, Marytele, du musst ihn an alles erinnern!«

»Vielleicht wird er krank?« Maška war besorgt.

»Schnupfen wirst du schon bekommen, Juozapas, wenn du dich umgezogen hast, gehen wir in den Stall, ich werde ein Huhn fangen, und du musst den Kopf abschlagen.«

»Warum?«, fragte Gaučys, »du hast doch nur vier.«

»Aus was soll ich euch ein Mittagessen kochen. Da die Kuh keine Milch gibt, habe ich nicht einmal Milch.«

Maška fand als erste einen Ausweg:

»Lass uns eine Keule kochen! Wir werden sie nicht mit nach Klaipeda nehmen.«

»Richtig!«, freute sich Gaučys. «Heute Sauerkraut, morgen Beetenkraut! Und Pellkartoffeln! ... Jesus, wie lange habe ich keine mehr gegessen!«

»Das letzte Mal habe ich sie doch gekocht.«

»Im vorigen Jahr!«

»Ist es meine Schuld, dass du nur einmal in zwei Monaten herkommst? Jetzt sind es sogar mehr als zwei Monate! ... Wenn es mal nicht mehr nötig sein wird, die Hemden zu waschen, ist dann einmal im Jahr ausreichend? Oder nicht?«

»Nein!«, stritt Maška ab. »Immer einmal im Monat! Ich werde alles waschen, aufräumen und herfahren.«

»Jouzapas, nimm die Axt in der Diele, bau den Verschlag des Ferkels ab, leg alles neben die Holzscheite, aber bieg die Enden der Nägel um, damit sie den Fuß nicht durchstechen, wenn ich drauftrete ... Wir zwei werden jetzt die Keule aufsetzen, sie wird lange kochen, das erste Wasser muss man abgießen, sonst ist die Suppe eine Salzbrühe.«

Gaučys riss die Bretter heraus, die Kuh drehte den Kopf um und schaute zu ihm. Gaučys kannte nicht einmal den Namen der Kuh. Aber ja, Maška, Maška! ... Ebenso hatte Maška in der Diele gestanden und Angst gehabt wie ein Hühnchen, die Schwelle zu überschreiten, aber jetzt, wie mutig war sie geworden! Sie verstand sowohl Niederlitauisch als auch alles andere! ... ›Oh!‹, plötzlich schoss Gaučys ein Gedanke in den Kopf. ›Die Mutter könnte ihr von Vidas erzählen! Ich muss die ganze Zeit bei ihnen sein! ...‹ Er riss jetzt eilig die Bretter heraus, die Nägel knirschten sogar, und kehrte ins Haus zurück, Maška war ruhig, die Mutter hatte nicht genug Zeit gehabt, ihr davon zu erzählen. Wenn sie wieder zurück waren, würde er Maška alles von neuem erzählen müssen, nicht nur über Vidas, sondern auch über das stumme Mädchen, wegen Maškas Offenheit damals nachts konnte er ihr gegenüber nicht mehr unaufrichtig sein.

Am Abend war Maška sehr schüchtern, da sie sich in Gegenwart von Gaučys' Mutter mit ihm ins Bett legen musste. Sie drehte sich lange von einer Seite auf die andere, vielleicht aus Schüchternheit, vielleicht weil sie an einem neuen Ort schlafen musste.

Am nächsten Morgen war es schon nicht mehr so kalt und neblig. In der Nacht hatte es noch Frost gegeben. Gaučys wachte mit Kopfschmerzen auf, er ging auf das Häuschen hinter dem Stall, im Hof atmete er durch, sog die frisch nach Wald duftende Luft tief in die Lungen ein. Es schien, als entspannte sich so sein Kopf. »Ich habe gestern zu viel vom Sauerkraut gegessen. Beim Mittagessen zwei Teller und vor dem Schlafengehen noch einen.« Den Frauen aber erzählte er nichts von den Kopfschmerzen.

Sie waren auch aufgestanden, hatten schon die Betten gemacht. Er zog die Schuhe aus und legte sich auf die Decke.

»Da du mir keine Arbeit gibst, lege ich mich hin.«

»Woher soll ich für dich Arbeit nehmen im Winter? Kommt im Sommer, dann werde ich Arbeit finden, dass sie euch beiden bis zum Hals steht!«

Die Mutter rührte am Tisch den Teig für Blinis.

»Mama, ist Lankauskas noch am Leben?«, aus irgendeinem Grund erinnerte Gaučys sich an ihn.

»Er ruht in der Ewigkeit.«

»Und Lankauskiene?«

»Sie geht nur noch langsam am Stock, aber sie hält sich keine Kuh und kein Ferkel mehr.«

Warum Gaučys sich an die beiden erinnerte, verstand er selbst nicht.

»Marytele, du, brate die Blinis, aber wir, Juozapas und ich, werden die Kuh füttern und tränken, den Hühnern müssen wir Körner hinstreuen.«

»Große oder Kleine braten?«

»Solche, wie in den Holzlöffel hineinpassen.«

Maška nahm ohne zu fragen die andere Schürze der Mutter vom Nagel. Die Mutter goss aus dem großen Kessel den Eimer mit warmem Wasser halb voll, die andere Hälfte würde Gaučys am Brunnen auffüllen, einer trächtigen Kuh gibt man kein eiskaltes Wasser zum Trinken. Nachdem er den Verschlag des Ferkels abgebaut hatte, wirkte der Stall so groß! An der Decke war ein viereckiges Türchen, das man öffnen konnte, er stieg die Leiter hinauf, zuerst musste er das Heu nach unten werfen und dann für die Kuh in den Trog füllen. Alle vier Hühner hockten auf den Sprossen dieser Leiter.

»Husch, ihr Abscheulichen!«, verscheuchte die Mutter sie. »Sie hocken nicht auf ihrer Hühnerstange, du kannst machen, was du willst! Sie machen diese Leiter voller Hühnerdreck, und wenn ich hinaufsteige, rutsche ich aus und falle mit dem Kopf nach unten. Schon auf dem Boden schwindelt mir der Kopf, aber wenn ich für das Heu hinaufsteige … Trag den Futternapf nach draußen!«

Aus der Schürze streute sie den Hühnern Gerstenkörner hin und zerdrückte die gekochten Kartoffeln vom Vorabend. Als sie fertig war, fragte sie Gaučys: »Warum rufst du deine Maryte bei einem so schrecklichen Namen?«

»Sie hat es dir doch gesagt.«

»Ich rufe meine Kuh so. Viele haben nach dem Krieg begonnen, ihre Kühe so zu rufen. Auch die Mutter von dieser hieß Maška und die davor auch. Erinnerst du dich?«

»Nein«, gab Guacys zu. »Ich erinnere mich, dass ich viel bei ihr gespielt habe, als ich klein war, aber wie sie hieß, nein.«

»Nur rufe Maryte nicht mit dem Namen einer Kuh!«

»Bin ich dumm?« Gaučys blickte im Stall umher. »Weißt du, Mama, wir haben es nicht gut gemacht. Wir hätten nicht den Verhau des Ferkels abbauen sollen, sondern ihn nur mit Stroh dick auslegen, ich würde das Heu von oben herunterwerfen, Maryte könnte es dann bis zur Decke aufhäufen. Du müsstest die Hühnerleiter nicht mehr hinaufsteigen.«

»Du hast Recht! Aber ihr könnt das ja jetzt noch machen, Maryte soll das Heu fest zusammenstampfen, es gibt nicht mehr so viel davon, vielleicht passt alles hin. Und wirf das Stroh für die Streu in die Ecke.«

Aus irgendeinem Grund wurde sie traurig. »Du bist ein erwachsener Mann geworden, Juozapas ... Dein Vater hat auch alles besser verstanden als ich.«

»Und warum hast du gestern Abend gesagt, dass ich nicht erwachsen bin? Und noch dazu hat Maška es gehört!«

»Das Wort ist mir nur so rausgerutscht, wenn du aber deine eigene Familie gründest, wird alles anders sein. Du musst an dich denken und an Maška und an ...«

»Werde ich!« Gaučys unterbrach sie mitten im Satz.

Als sie zurückgekommen waren und sich die Hände gewaschen hatten, setzten sich alle an den Tisch, die Mutter brachte ein Glas mit eingemachten Beeren, sie verschlangen die Blinis und tranken Kümmeltee, weil die Mutter ihr ganzes Leben gekauften Tee nicht gelten ließ. Aber Gaučys fühlte nichts Süßes im Mund. Und selbst die Blinis schmeckten nicht.

Die Mutter blieb, um abzuwaschen, und er ging zusammen mit Maška das Heu aufhäufen. Nachdem er einige Gabeln Heu nach unten geworfen hatte, spürte Gaučys, dass er vor Schweiß ganz nass war, aber er sagte nichts.

Als sie zurückkamen, bemerkte die Mutter es jedoch sofort: »Du bist krank, Juozapas! Ich habe gestern gesagt, dass es so sein wird! Leg dich sofort hin und bleib im Bett! Wie willst du krank nach Hause fahren? Maryte soll Lindenblütentee aufgießen, ich gebe Honig dazu und du, Maryte, bestreu ein kleines Stückchen Brot mit Salz und gib ihm ungefähr zwei Knoblauchzehen zu essen. Seit seiner Kindheit hasst er Knoblauch, seit seiner Kinderzeit habe ich damit die Würmer bei ihm verjagt.«

Maška setzte sich aufs Bett, sie wischte immer wieder

den Schweiß von der Stirn, streichelte seine Wange und gab ihm sogar drei Knoblauchzehen zu essen. Gaučys schlummerte, und Maška legte sich in Kleidern neben ihn, aber die Mutter befahl: »Er soll sich ganz ausziehen und sich unters warme Federbett legen, er wird im Schweiß schwimmen und ich habe nichts, was ich ihm zum Wechseln geben kann.«

Als er eingeschlafen war, setzten sie sich in die Nähe an den Ofen, unterhielten sich leise, während die Keule, die Kartoffeln und das Beetenkraut kochten.

»Ah!«, nach einigen Stunden erst wachte Gaučys auf.

»Nun, wie geht es? Besser?«, beide gingen zum Bett.

»Besser. Und der Kopf schmerzt kaum noch.«

»Willst du aufstehen und an den Tisch kommen oder sollen wir dir die Suppe ans Bett bringen?«

»Warum seht ihr mich schon im Sterben?«, er richtete sich im Bett auf. Er aß, aber die Keule schmeckte nicht, er schlürfte von oben das Flüssige der Suppe aus dem Teller. Maška räumte den Tisch auf und wollte abwaschen.

»Wir setzen uns noch an den Tisch«, sagte die Mutter. »Ich muss etwas sagen.«

Sie legte eine Blechschachtel auf den Tisch. An den Ecken konnte man noch aufgemalte rote Rosen erkennen und in der Mitte eine kaum noch lesbare deutsche Aufschrift. Diese Schachtel war Gaučys' Kindheitstraum gewesen, in ihrem Innern hatten hölzerne Spulen mit verschiedenfarbigen Garnen geklappert, auf einem kleinen Nadelkissen steckten Nadeln, und das Wichtigste: die Knöpfe, besonders diese Uniformknöpfe, sowohl von der Militäruniform des Vaters als auch von einer russischen und einer deutschen, und es gab noch verschiedene andere Knöpfe! … Aber die Mutter hatte die Schachtel so hoch oben auf dem Regal verwahrt, dass Gaučys sie nicht einmal vom Stuhl aus erreichen konnte. Jetzt war irgendetwas darinnen, eingewickelt in ein Stück Plastikfolie, das die Mutter sich wahrscheinlich von den Treibhäusern mitgebracht hatte.

Sie wickelte es langsam aus, und es kam ein sehr ordentlich zusammengelegtes Häufchen Geld zum Vorschein.

»Das ist alles, was ich habe, was ich in meinem Leben verdient habe. Und ich habe von Dunkelheit zu Dunkelheit gearbeitet, immer in Hetze, immer musste ich rennen, ich habe Kopeke auf Kopeke gelegt, habe das Geld nicht für Unnötiges verschleudert, mir nie etwas gekauft, ohne das ich auskommen konnte ... Ich habe immer gedacht: Nur der Herrgott weiß, wann für den Menschen ein schwarzer Tag kommen kann ... Ich habe alles in drei Teile geteilt, schaut her Kinder: Dieser für die Beerdigung, ich werde es in mein Kopfkissen einnähen, ihr werdet es unter meinem Kopf finden ...«

»Mama, was redest du, na, was redest du!«

»Schweig und sieh, was ich zeige! Diesen Teil lasse ich für die Ärzte und Medikamente, und alles Übrige ist für euch, Kinder. Werft es nicht zum Fenster heraus, verschwendet es nicht ohne Notwendigkeit, erinnert euch, wie schwer jede Kopeke verdient worden ist. Auch für euch kann ein schwarzer Tag kommen, ein kluger Mensch muss das wissen und nicht denken, dass er zu allen anderen kommt, nur nicht zu ihm ... Zuallererst, Marytele, kauft euch ein gutes Bett, legt euch nicht wie Tiere auf den Boden.«

Gaučys wurde jetzt klar, worüber die beiden am Ofen leise gesprochen hatten, als er schlief.

»Wann werdet ihr den Antrag einreichen?«

»Am kommenden Samstag, wenn wir zurück sind,« sagte Gaučys.

»Dann aber schon ...«, die Mutter nahm aus der Schachtel ein Glasfläschchen, vielleicht war mal irgendeine Medizin darin, vielleicht etwas anderes; jetzt war die Flasche bis an den Rand mit Watte vollgestopft. Sie steckte einen Finger in ihren weiten Hals und pulte den Wattebausch heraus. Sie machte das sehr langsam, so langsam, wie sie niemals irgendetwas gemacht hatte. Sie wickelte zwei goldene Ringe aus der Watte, legte sie sich auf die

Handfläche, sah sie an, nahm einen, schob ihn über den Tisch zu Gaučys hin.

»Hier, von deinem Vater. Jetzt wirst du ihn tragen ... Und hier«, den anderen schob sie in Richtung Maška, »mein Ehering ... Du sollst dich an mich erinnern, wenn du ihn trägst.«

»Mama, warum beerdigst du dich, du lebst doch noch!«, rief Gaučys aus. «Sie braucht deinen Ring nicht, sie hat den ihrer Mutter!«, und erst jetzt sah er zu Maška hin, sie saß auf dem Stuhl und war so blass geworden, dass es schien, als würde sie sofort auf den Fußboden sinken.

Plötzlich verdeckte sie ihr Gesicht mit den Händen.

»Ich habe den Ring meiner Mutter nicht mehr! Schon lange habe ich ihn nicht mehr! ... Ich habe ihn verkaufen müssen! ...«, sie zog die Hände vom Gesicht weg und kümmerte sich nicht um die Tränen, die die Wangen hinunterrannen; sie schaute Gaučys an: »Seit diesen Sommerferien bin ich doch nie mehr in das Dorf zurückgekehrt! Das nächste Frühjahr, als ich die achte Klasse beendet hatte, wollte ich nach Vilnius in die Berufsschule fahren, wo der Staat das Essen und die Kleidung bezahlte. Ich hatte für die Reise keine Schuhe, keine Kleidung, kein Geld, und bis zum Herbst musste ich doch irgendetwas essen, im Internat bekam ich nichts mehr! Verstehst du?«

»Er versteht nichts, Maryte, er hat doch im Leben kein wirkliches Elend gesehen. Deswegen nimm!«, sie schob den Ring bis genau an die Tischkante, wo Maška saß.

Aber Maška nahm den Ring nicht, sondern ergriff die Hand der Mutter, führte sie schnell an ihre Lippen und küsste sie.

»Oh!«, die Mutter erschrak vor Überraschung und wurde sogar rot.

Vielleicht fühlte Maška sich selbst auch nicht sehr wohl, und deswegen beeilte sie sich zu erklären: »Ich habe sie nicht wegen des Ringes geküsst, sondern wegen ...wegen, wie konnte ich den Ring meiner Mutter verkaufen ...«

»Probier ihn lieber an, Marytele, ob er passt!«

Gaučys sah über den Tisch hinweg, dass er passen würde: Die Hände von Maška waren ebenso abgearbeitet, so dörflich wie die der Mutter.

Die Mutter packte alles zurück in die Schachtel. Drückte den Deckel zu und legte ihre Handflächen darauf: »Ich denke so, Kinder: Wartet nicht auf den Zug, der erst gegen zwölf Uhr in der Nacht abfährt … Schau!«, sie machte Maryte mit den Augen Zeichen. »Wieder sitzt er ganz in Schweiß gebadet! Wie soll er nachts zum Bahnhof kommen? Fahrt am Tag mit dem Autobus, solange Gaučys nicht völlig krank ist. Ich weiß nicht, was mit ihm ist: Hat er eine Grippe oder eine Lungenentzündung? …«

»Juzikas, deine Mutter hat Recht! Fahren wir mit dem Bus. Lass uns ohne Hetze losgehen. Wirst du es schaffen?«

»Ich werde es schaffen!« Gaučys stand vom Tisch auf. »Ich werde dich auch noch hintragen!«

»Übernimm dich nicht zu sehr«, warnte die Mutter. »Du weißt, dass es mit den Klugschnackern immer schlecht ausgeht … Die Schuhe werden schon trocken sein, zieh sie an!«, sie brachte die Socken und stellte die Schuhe neben das Bett.

Es gab überall noch Schnee, nur hier und da schimmerte schwarz der eine oder andere Flecken, aber man kann sagen, dass in Klaipeda der Schnee überall weggetaut war: vom Asphalt, von den Dächern, von den Bürgersteigen. Obwohl sie sich bei der Arbeit verspäten würde, fasste Maška am nächsten Morgen Gaučys unter den Arm und begleitete ihn bis zur Poliklinik für die Bauarbeiter. Sie wartete auf dem Korridor, bis er zurückkam. Er erschien mit einem blauen Krankenblatt in den Händen.

»Hab keine Angst. Es ist Grippe. Man sagt, sie wütet in der ganzen Stadt. Ich bin für drei Tage krankgeschrieben, danach muss ich wieder herkommen. Sie haben mir gesagt, dass ich im Bett bleiben muss und vorher unten in der

Apotheke ein Rezept einlösen soll. Lauf du zur Arbeit, ich kaufe die Medikamente und fahre nach Hause.«

»Gib das Rezept, ich kann sie kaufen! Haben sie die Temperatur gemessen?«

»Nur achtunddreißig.«

Sie besaßen noch kein Thermometer. Als Gaučys nach Hause gefahren war, zog er sich aus und legte sich gehorsam auf die Matratze, nachdem er zuvor noch zwei Tabletten geschluckt hatte. Aus der Teekanne goss er sich ein Glas voll Wasser, stellte es neben das Bett und schlummerte sofort ein. Er fühlte sich sehr schwach.

Es war ihm nicht einmal bewusst, wie lange er geschlafen hatte, als Maška unerwartet von der Arbeit kam.

»Warum du?«, wunderte sich Gaučys. »Ich benötige keine Pflege!«

Maška stand in der Mitte des Zimmers und schaute ihn merkwürdig an. »Juzikas, Klava ist nicht mehr .... Sie hat sich mit dem Auto überschlagen, von der Brücke in die Dane. Mit den Rädern nach oben.«

»Woher weißt du das?«

»Dimka hat uns Mörtel gebracht, er hat es erzählt.«

Gaučys fühlte nichts, als er sich aufrichtete.

»Klava! ... Mit diesem Dienstalter! ... Sie hat ganz Russland, ganz Sibirien durchquert! Wie konnte sie nicht daran denken, dass in der Nacht die Kälte wieder zunehmen und die Brücke mit Reif bedeckt sein würde! ... Klava, Klava! Und was wird mit ihren Kindern?«

Erst jetzt begann Maška zu weinen:

»Sie werden ins Internat gegeben! In dieses verdammte Internat! Hätte ich noch ein Zimmer, ich würde die Kinder selbst aufziehen!«

»Zieh zuerst deine eigenen auf!«, sagte Gaučys, weil ihm irgendetwas tief innen am Herzen riss, vielleicht war es, dass er wieder deutlich in seinen Händen die Wärme der kleinen, zutraulichen Händchen von Tschingizas und Jermakas spürte.

Kapitel 11

Der Vorstand der Baugewerkschaft beerdigte Klava. Maška hatte ein Thermometer gekauft und Gaučys befohlen, morgens und abends die Temperatur zu messen, aber dadurch änderte die sich auch nicht, am Morgen waren es achtunddreißig, am Abend achtunddreißigeinhalb. Gaučys versuchte Maška zu erklären, dass ihm nichts wehtat, er wollte wenigstens bei der Beerdigung danebenstehen und irgendein Blümchen hinlegen.

»Ich weiß!«, sagte Maška. »Ich weiß, dass sie für dich die erste Frau gewesen ist, die du gehabt hast, ich weiß, dass du dich dein ganzes Leben an sie erinnern wirst … Wenn du willst, kann ich nur von dir einen Kranz kaufen, auch noch mit einer Inschrift ›Für die heiß geliebte Klava‹.«

»Maška, hör auf!«, ärgerte sich Gaučys. »So geht es nicht!«

»Ich habe nichts Böses über Klava gesagt! Wenn ich zurück bin, werde ich alles berichten, bleib du liegen und erinnere dich, was und wie es zwischen euch gewesen ist, ich kann dir das nicht verbieten …«

»Und wenn du könntest, würdest du es verbieten?«

»Nein, Juzikas! Vielleicht, nein … Obwohl, ich weiß nicht … Ich würde es verbieten! Für das ganze Leben würde ich es verbieten!«

Auf der Beerdigung von Klava waren lauter Männer, alle waren Fahrer, wenn man den Vorgesetzten nicht zählte, der am Grab kurz redete. Dazu kamen noch zwei Frauen, Maška und Verute. Schon seit Jahren gingen sie meist zu zweit schwarzarbeiten, spachteln, verputzen, malen … Wenn es im Frühjahr wärmer wurde, begannen die Menschen doch zu renovieren, bauten sich Häuschen; und die beiden Frauen arbeiteten gewissenhaft, schnell, man musste ihnen nicht täglich einen halben Liter Schnaps hinstellen, sie räumten alles auf, bevor sie fortgingen und säuberten sogar den Fußboden. Und so jedes Jahr, ungefähr von Mai bis Oktober. Mit der »Kalturka« (Schwarzarbeit) verdienten sie nicht wenig, sehr viel mehr als in ihrer Arbeitsstelle, wo sie Farbe stahlen, Kitt, Maurerschippen, Pinsel, alles, was nötig war. Deswegen hatte Maška auch Geld angespart für das Ausziehsofa, die Mutter hätte von ihrem nichts geben müssen, und es hätte noch für einen kleinen weißrussischen Kühlschrank gereicht. Maška hatte die Wohnung nach ihrem Geschmack ausgemalt, die Gardinenstangen waren angebracht und auch die Gardinen schon aufgehängt, auf einmal wirkte nichts so trist wie die vor die Wand hingeworfene Matratze.

Gaučys war also nicht auf die Beerdigung von Klava gegangen, aber am Samstagmorgen, als er aufgestanden war und im Zimmer umherging, sagte er: »Was willst du machen? Ich habe mich nicht von Klava verabschieden können, ich kann heute auch nicht den Antrag wegbringen.«

Maška presste die Lippen aufeinander, aber sie antwortete ihm darauf mit keinem Wort.

In der Poliklinik erlaubten sie ihm, Gott sei gedankt, schon am Montag zur Arbeit zurückzukehren, das lange Liegen auf der Matratze hatte Gaučys tödlich gelangweilt. Aber heute war ja erst Samstag, sie aßen beide in der Küche an dem Schränkchen zu Mittag und Maška sagte: »Ich werde essen und dann waschen gehen. Ich wollte von deinen Unterhosen alle Taschen abtrennen, ich kann sie nicht mehr sehen, aber ich werde es doch nicht machen, sollen sie bleiben …«

Gaučys antwortete darauf nichts, er verstand schon: Maška wollte sich für die Worte rächen, die er am Morgen gesagt hatte. Sie hatte also die ganze Zeit nur darüber nachgedacht. Diese kleinen Racheaktionen braucht es nicht, aus ihnen entsteht später alles, sie sind wirklich nicht nötig …

Die ganze nächste Woche bemühten sie sich, von der

Arbeit so früh wie möglich nach Hause zu kommen oder sich im Zentrum zu treffen, um noch Zeit zu haben, in das eine oder andere Geschäft zu laufen, solange es noch nicht geschlossen war. Maška hatte schon das Ausziehsofa, den Kühlschrank besorgt und zwei Garnituren Bettbezüge von einem Spekulanten auf dem Markt gekauft, offiziell konnte man so etwas nirgends kaufen, es war nicht einmal in den Regalen zu sehen.

Am Freitagmorgen sagte Maška: »Heute werde ich dir, koste es, was es wolle, einen Anzug, weiße Hemden und eine Krawatte kaufen! Und schwarze Schuhe.«

»Dafür ist am Samstag noch genug Zeit. Wir werden doch nicht den ersten nehmen, der passt.«

»Nein, Juzikas, heute!« Maška versteifte sich darauf, obwohl sie sonst nicht eigensinnig war. »Ich habe schon einen gesehen, er ist schön und auch nicht so teuer, er wird dir sehr gut passen.«

Gaučys verstand ihren Eigensinn: Deswegen am Freitag, weil sie am Samstag den Antrag einreichen werden. Aber das folgende Wochenende fuhren sie wieder zu Gaučys' Mutter, nur diesmal nahmen sie auch etwas zu essen mit. Sie kauften gefrorenen Fisch, den Kopf eines Schweins, aus dem Maška eine Sülze kochen wollte für die Mutter. Die große Wäsche wartete dort auch noch auf sie, denn Ostern fiel dieses Jahr auf ein frühes Datum.

Der März ging schon dem Ende zu, alle Vögel, die immer im März herflogen, sollten schon da sein, aber März ist März, es kann noch schneien und stürmen, und die Kälte kann so steigen, dass nur wenige Zugvögel überleben. Aber sie sahen natürlich nachts während der Zugfahrt keinen einzigen Zugvogel. Die Reise zur Mutter war jetzt viel angenehmer, hin im Zug, Ankunft bei Sonnenaufgang, zurück am Sonntagabend im Autobus wie das letzte Mal. Sie würden gegen zwölf Uhr nachts ankommen und auf dem neuen Ausziehsofa wie Menschen schlafen, und am nächsten Tag musste Gaučys sich nicht hinterm Steuer durchschütteln lassen, ohne die ganze Nacht geschlafen zu haben.

Die Kuh der Mutter hatte gekalbt, sie gingen alle drei in den Stall, freuten sich, streichelten das Dummerchen, das kaum stehen konnte, und die Mutter briet Biestmilch, Maška verrichtete alle Arbeiten. Die Mutter begleitete sie, streichelte, liebkoste Maška, Gaučys küsste sie schmatzend auf die Wange. Sie unterhielt sich die zwei Tage über fast ausschließlich mit Maška, denn Gaučys schöpfte und schöpfte Wasser aus dem Brunnen, brachte Brennholz, zündete den Ofen an, spannte quer über den Hof eine Leine zum Trocknen für die Wäsche. Als sie wieder im Autobus saßen und er darüber nachdachte, wie die Mutter sie verabschiedet hatte, zuckte Gaučys sogar bei dem Gedanken zusammen, der ihm das erste Mal in seinem Leben in den Kopf kam: »Hat sich die Mutter während der Schwangerschaft die ganze Zeit so sehr ein Mädchen gewünscht, dass sie deswegen Maška immer so liebkoste, und als ich geboren wurde, was sollte sie mit mir machen?« Und er wusste nicht, was er mit diesen Gedanken anfangen sollte.

Die Mutter zog die Wattejacke an und begleitete sie diesmal bis zu den Bahngleisen. Sie umarmte Maška ein letztes Mal: »Es ist das erste Mal, dass mir bei meiner Arbeit jemand geholfen hat, jetzt könnt ihr erst einmal nicht kommen, ihr seid doch müde, ihr sitzt ja beide nicht im Büro. Es muss, jetzt nicht für Maryte, nur für dich, Juozapas, Schwerstarbeit sein, Erde umzugraben und Furchen für die Beete auszuheben. Die Medikamente helfen überhaupt nicht, man hat mich schon in den Gemüseanbau versetzt, aber selbst das ist zu schwer für mich: die Setzlinge tief niedergebeugt in die Erde stecken, die Kiste mit der Erde und den Setzlingen schleppen. Bevor die Arbeiten in den Gemüsegärten beginnen, kommt nicht her, Juozapas, du musst jetzt Hausherr in zwei Häusern sein, von deinem und von meinem.«

»Wie viel von dieser Hausarbeit mache ich schon in der Stadt! Die Stangen für die Gardinen anbringen, das ist alles. Nach der Arbeit, plumps ins Bett, und dann höre ich, wie Maška in der Küche scheppert.«

»Warum lügst du?«, fragte Maška und wandte sich wieder an die Mutter.

»Er kauft alles für mich ein, fährt damit nach Hause, Kartoffeln, Brot, Kohl, Mohrrüben, Zucker … Ich schreibe nur auf, was. Er steht für mich in der Schlange! Ich muss mich fast nie mit den schweren Körben abschleppen. Bei ihm gibt es kein Plumps ins Bett!«

»Es ist gut, Kinder, dass ihr euch gegenseitig helft. Wenn ihr euch helft und unterstützt, dann werdet ihr lange und glücklich zusammenleben. Aber zur Hochzeit werde ich nicht kommen, ladet mich nicht ein, wem kann ich mein Tier anvertrauen? Lankauskiene ist ganz alt geworden, die Gimbutas sind verstorben, ihr Haus hat die Kolchose gekauft von dem Sohn, der in Vilnius lebt, der Vorsitzende hat von irgendwoher, vielleicht aus Lettland, diese russischen Landstreicher mit sechs Kindern geholt … Im vergangenen Jahr haben sie mir alle Erdbeeren aufgefressen, kaum bin ich mit der Milch in der Stadt, schon sind sie in den Erdbeeren! Von zwei Beeten habe ich einen Liter Konfitüre gekocht. Wenn ich im Herbst die Kuh verkauft habe, falls ich noch kann, dann werde ich zu euch reisen und sehen, wie ihr euch eingerichtet, was ihr gekauft habt …«

Gaučys erinnerte sich an die Worte der Mutter, als er im Autobus saß. Es war nicht bequem, viele Stunden durchgeschüttelt zu werden, weder konnte man wie ein Mensch die Beine ausstrecken noch den Rücken anlehnen. Zu Hause angekommen tranken sie warmen Tee und legten sich auf ihr neues Ausziehsofa, Maška schmiegte ihre Wange an die Schulter von Gaučys und schlief sofort ein. Und er auch. Obwohl er sich vorgenommen hatte, über irgendetwas nachzudenken, schaffte er es nicht.

Und am nächsten Abend legten sie sich beide früher hin.

Maška hängte sich ganz nah an seinen Hals. »Mach das Licht aus!«, bat sie.

»Willst du schlafen?«, wunderte sich Gaučys.

»Nein.«

Gaučys hatte den Eindruck, dass Maška ihn lieben wollte, aber sie wollte ihn sonst immer nur bei Licht lieben, wie Klava. Deswegen hatte Gaučys über dem Ausziehsofa eine milchweiße Birne angebracht, man streckt die Hand aus und konnte das Licht an- und ausschalten; wenn sie sich lieben wollten, musste er nicht mehr aus dem Bett steigen, über Maška klettern, dann durch das ganze Zimmer bis zur Tür schlurfen, wo der Schalter neben dem Türrahmen im Dunkeln zu sehen war.

Gaučys löschte das Licht, Maška lag währenddessen weiter angeschmiegt, sagte aber nichts.

»Nun, sag, was du versprochen hast«, ermahnte er.

»Juzikas, ich bin schon schwanger!«

»Woher weißt du das? Wirklich? ...« Gaučys glaubte es nicht sofort, dann umarmte er sie so, dass in ihrem Genick irgendetwas knackte und er sich so erschreckte, dass er sie losließ: »Ich darf so etwas jetzt bei ihr nicht machen!«

»Maška!«, rief Gaučys mit gedämpfter Stimme in der Dunkelheit. »Du mein Gold! ... Aber wirklich, wirklich?«

»Wie soll es noch wirklicher sein? Ich habe meine Tage schon seit drei Monaten nicht bekommen. Hast du von dir aus darüber nicht nachgedacht, weshalb ich nicht nur einmal diese ganze Zeit über gesagt habe: »Juzikas, diese Woche ist es nicht möglich.« Hast du nicht darüber nachgedacht?«

»Nein.«

»Nun, siehst du! Wir haben uns vom ersten Mal an nie geschützt, was kann da sicherer sein?«

Gaučys wollte Maška wieder fest an sich drücken, aber er beherrschte sich rechtzeitig. Stattdessen sagte er gebieterisch: »Da ich jetzt Vater sein werde, wird mein Wort überall das letzte sein!«

»Gut, so wird es sein«, stimmte sie zu.

»Und jetzt hör auf mein Kommando! Morgen gehst du nicht zur Arbeit, sondern zur Schwangerschaftsuntersuchung! Genau von morgen an! Hast du verstanden?«

»Gut, Juzikas«, antwortete sie gehorsam.

Jetzt schwiegen beide, sie lagen in der Dunkelheit nebeneinander, und jeder träumte seinen Traum. Vielleicht nach einer halben Stunde sagte er unvermittelt: »Weißt du, als ich durch die Stadt gefahren bin, habe ich irgendwo ein Schild ›Salon für Brautleute‹ gesehen und auf die Fensterscheibe war ein Zettel ›Verleih von Hochzeitskleidung‹ geklebt. Ich werde mich sofort an die Straße erinnern.«

»Ich werde nichts ausleihen!« Maška befreite sich von ihm, drehte sich auf die Seite, stützte den Ellenbogen auf, und plötzlich verschwand aller Gehorsam aus ihrer Stimme. »Irgendwann wird meine Tochter diesen Brautschleier aus dem Schrank nehmen, und ihren Töchtern sagen: »Mädchen dies ist der Brautschleier eurer Großmutter!« Ich werde dann vielleicht schon lange nicht mehr auf dieser Welt sein!«

»Dass es ein Mädchen sein wird, weißt du doch wirklich noch nicht!«

»Nein, zuerst werde ich für dich einen Sohn auf die Welt bringen!«

»Warum mir?«

»Bei uns im Dorf pflegt man so zu sagen: Der Sohn für den Vater, die Tochter für die Mutter.«

»Du meinst, dass wir auch noch mehr …«

»Ich meine es! Und noch mehr!«

Etwas hatte sich in dem Kopf von Gaučys seit dieser Nacht tief, unwiederbringlich geändert! Er begann wieder vor sich hin zu träumen! Die Nacht hindurch, wenn Maška schon lange schlief, manchmal direkt bis zum Morgen. Er hatte sich seit jenem Sommer damals keinen Träumereien mehr hingegeben, gar keinen! Er hatte vielleicht einen Tag, eine Woche im Voraus gedacht …. Er spürte selber nicht, wie irgendwo das schmerzhafte Mitleid über die unglücklichen Buben von Klava aus seinem Herzen verschwand. Er erinnerte sich natürlich, wie man sich erinnern muss, aber seltener und immer weniger schmerzhaft.

Als er von der Arbeit zurückfuhr und an der Haltestelle auf den Bus wartete, kaufte er für Maška drei Zeitschriften, die »Sowjetische Frau«, die »Arbeiterin« auf Russisch und die »Sowjetische Frau« auf Litauisch. Er blätterte alle drei auf die Schnelle durch, um sich zu vergewissern, ob in ihnen Artikel »Ratschläge für werdende Mütter« standen. Er befahl Maška, alle sorgfältig durchzulesen, und las sie auch selbst. Ein anderes Mal hielt er vor einem anderen Kiosk fast im Stadtzentrum an, er sah eine ziemlich dicke Broschüre »Säuglingspflege und Ernährung«.

»Bereitest du dich darauf vor, das Kind auch noch selber zu nähren?«, amüsierte sich Maška.

Gaučys sah darin keinen Witz:

»Nein, natürlich nicht. Aber ich muss alles wissen.«

Der letzte Samstag vor dem Maifest war für sie als Hochzeitstag festgesetzt worden. Es waren zwei Zeugen nötig. Maška wollte Verute einladen, aber Gaučys? Wen konnte Gaučys einladen? Außer Dimka. Sie würden mit dem Taxi hinfahren und mit demselben Auto nach Hause zurück. Sie würden zu viert am Tisch sitzen, schließlich hatten sie doch schon einen Tisch und vier Stühle gekauft. Natürlich würden sie trinken, aber diese Hochzeit wird ihnen keine großen Unkosten bereiten. Die Ringe hatte er doch, und Maška würde sich um das Brautkleid und den Schleier selbst kümmern, Gaučys hatte hier nichts zu sagen. Aber davor mussten sie noch zur Mutter fahren. Vielleicht war es noch zu früh, etwas zu pflanzen, aber der Bodenfrost war schon vorbei, und man konnte den Gemüsegarten schon umgraben. Maryte würde die Beete auflockern und Gaučys die Furchen aufwerfen, die Mutter aber würde für sich selbst Mohrrüben säen, auch irgendwelche Zwiebeln und Knoblauch würde sie später, wenn die Zeit dafür gekommen war, selbst in die Erde stecken, und das würde leicht sein, wenn die Erde vorbereitet, umgegraben und gelockert war.

Als sie ankamen, sagte die Mutter, die am Ende des Gemüsegartens stand, als erstes: »Ich werde dieses Jahr draußen alle Erdbeeren vernichten. Ich pflanze lieber Frühkartoffeln, die Kinder von diesen Landstreichern essen mir sowieso immer alle Erdbeeren weg.«

»Da du das Ferkel nicht mehr hältst, wie viele Kartoffeln benötigst du für dich allein? Zwei, drei Säcke für den Winter, na, einen vierten für die Saat? Aber das übrige Land gib irgendjemandem, soll er Gerste säen, und im Herbst soll er dir als Miete zwei Säcke mit Gerste vollschütten für das Hühnerfutter.«

»Ich habe nur noch drei Hühner! Als der erste Schnee geschmolzen war, habe ich sie gleich am ersten Tag aus dem Stall ins Freie gelassen, damit sie Kies picken können, sofort war der Habicht da, und schwupp war ein Huhn weg! Sogar das Beste! Es hatte schon angefangen zu legen. Wenn sich der Habicht aber daran gewöhnt, dann wird er mir bis zum Herbst keines mehr übrig lassen!«

Alle drei arbeiteten die zwei Tage. Mit einem Auge folgte Gaučys immer Maška, dass sie nicht ermüden, dass der Wind sie nicht verkühlen möge, sie solle sich auf das Bänkchen bei dem Brunnen setzen und nicht zu viel schuften.

»Ist es schon?«, fragte die Mutter. »Wenn ich dich von der Seite anschaue, würde ich noch nichts verstehen. Aber, wenn ich Juozapas anschaue, habe ich verstanden. Die ganze Zeit über hockt er um dich herum, wie irgend so eine Glucke.«

»Schon!«, die ganze Maška strahlte.

»Und wann?«

Und sie steckten die Köpfe zusammen und begannen zu tuscheln. Gaučys konnte nicht mehr nach seiner Maška schauen, jetzt schaute die Mutter nach ihr. Sie schickte sie ins Haus, Feuer zu schüren und die Suppe zu rühren.

»Jetzt werde ich selber das Ende des Beetes aufhacken, Marytele! Wenn ich mich nicht bücken muss, kann ich alles bestens allein. Mir ist weder schwindlig im Kopf, noch rauscht es in den Ohren. Wenn du hineingehst, schneide etwas Zwiebellauch, brate es an und lege es in die Kohlsuppe. Vielleicht muss man die Kartoffeln noch abgießen? Schneide das Brot! Siehst du, wir, Juozapas und ich, machen gleich dieses Stückchen zusammen fertig, waschen uns die Hände und kommen essen.«

Eines Abends, sie waren von der Mutter heimgekehrt, lief Gaučys ständig im Zimmer hin und her, später ging er zu Maška in die Küche. »Weißt du, was ich mir überlege? Wie soll das Kind auf diesem kalten, nackten Boden kriechen? Bis es gehen lernt, fällt es hundert Mal hin. Es kann sich das Köpfchen stoßen. Wir benötigen dringend irgendeinen Teppich, die Schrankwand kann warten.«

»Aber wie willst du ohne einen Gutschein der Gewerkschaft einen Teppich kaufen?«

»Vielleicht gehst du zu deinem Gewerkschaftsvorsitzenden und bittest um den Gutschein? Vielleicht gibt er ihn dir?«

»Ich werde meine Füße niemals zu diesem dicken Kahlköpfigen hinbewegen!« Maška wurde plötzlich rot.

»Was hast du jetzt?« Gaučys machte große Augen.

»Bis ich die Wohnung bekommen habe, hat er mich sowohl auf dem Tisch, als auch auf dem Boden … Was meinst du denn, wer den dritten Schlüssel von der Tür genommen hat? Klava hatte alles sofort verstanden!«

»Erzähle mir niemals von deinen Hurereien!« Gaučys wurde wütend. »Habe ich dich gebeten, mir von diesen zehn Männern zu erzählen, die du vor mir hattest? Wann hätte ich es dir aus der Nase gezogen?«

»Das war keine Hurerei, Juzikas! Und er hatte nicht nur mich allein … alle, die jünger waren … Er, genauso der Verwaltungschef, der Parteisekretär …«

»Hure!«, wollte Gaučys ihr ins Gesicht schreien, er beherrschte sich, schrie nicht, er ging nur aus dem Zimmer, legte sich aufs Sofa und ließ Maška in der Küche allein, und sie hörte plötzlich, wie er mit den Zähnen knirschte.

Nachdem er das Licht ausgeschaltet hatte, sprachen sie an diesem Abend vor dem Einschlafen das erste Mal kein einziges Wort miteinander. Gaučys drehte sich zur Wand und tat so, als ob er schliefe, aber er spürte, dass Maška auf dem Rücken lag, kaum atmete und völlig erstarrt darauf wartete, dass er tatsächlich einschlief. Als es ihr so vorkam, kroch sie leise, zaghaft näher und schmiegte sich an ihn. Ohne Anschmiegen konnte sie nicht einschlafen, aber als sie eingeschlafen war, zuckte sie zusammen, da sie irgendwelche bösen Träume träumte.

»Schmieg dich an, schmieg dich an,« murmelte Gaučys in der Dunkelheit. »Du wirst sowieso nur so einschlafen.«

Und sie schmiegte sich an.

»Nenn mich nicht mehr Hure«, bat sie. »Ich bin nie eine gewesen.«

»Habe ich dich so genannt?«

»Ich habe es deutlich gehört, als du dieses Wort in dir geschrien hast!«

»Nun, du weißt es!«, murmelte Gaučys und sagte nichts mehr.

Es war ihm immer so vorgekommen, als ob schwangere Frauen hässlich würden, sogar irgendwelche bräunlichen Flecken erscheinen in ihren Gesichtern, deswegen schaute er jeden Morgen, ob seine Maška nicht auch begann, hässlicher zu werden. Aber Maška blühte im Gegenteil auf! Es leuchtete geradezu in ihren Augen. Ihre ganze Magerkeit war verschwunden, fraulich schön geschwungene, rundlichere Formen des Körpers kamen zum Vorschein, sogar ihr Hintern erschien Gaučys größer und auch elastischer, wenn er ihn streichelte.

Sogar bei genauem Hinschauen erblickte er in ihren Augen nicht mehr diese irgendwo tief versteckte Angst, auch nichts Ähnliches, Gaučys konnte es nicht mit einem treffenden Wort bezeichnen, früher hatte es aber die ganze Zeit dort gehockt, sogar dann, wenn Maška lachte. Ihre Augen schienen jetzt in zwei Richtungen zu blicken. Sie blickte auf Gaučys und gleichzeitig auf sich selbst, tief nach innen. Dieses Zweite ängstigte Gaučys sogar ein bisschen.

»Nimm mich nicht mehr am Morgen, wenn ich noch schlafe«, bat Maška.

»Aber du magst es doch am Morgen am liebsten!«

»Was macht das schon? Siehst du, er schläft vor allem am Morgen am süßesten, dann wächst er auch und du weckst ihn! Dreh mich auf die Seite.«

»Aber woher weißt du so genau, dass es ein Er ist? Haben sie dir das bei der Schwangerschaftsuntersuchung gesagt?«

»Dort hat mir niemand etwas gesagt, ich weiß es selbst!«

»Aber woher kannst du es wissen?«

»Ich weiß es, und das ist es!«

»Dann ...« Gaučys drehte sich auf den Rücken, streckte die Arme unter den Kopf und träumte vor sich hin. Er träumte lange vor sich hin.

»Was ... dann?« Maška wurde hellhörig.

»Dann wird er Vidas heißen!«, und einige Male wiederholte er für sich flüsternd, »Vidas Gaučys, Vidas Gaučys.«

»Ich finde den Namen ganz schön«, stimmte sie zu. »Neuartig ... Wegen deines besten Freundes, von dem du mir erzählt hast?«

»Ich habe dir nicht alles erzählt über ihn. Wenn du das Kind geboren hast, werde ich dir alles erzählen.«

»Gab es dort irgendetwas Schlechtes?«, fragte sie.

»Nein ... Alles ist gut! Ich bin nur nicht dazu gekommen, dir alles über ihn zu erzählen.«

»Gut«, stimmte sie zu. »Ich habe ihn sowieso nicht gekannt. Aber wenn du ihn in der Stadt treffen solltest, dann lade ihn unbedingt ein! Unser Sohn wird doch seinen Namen tragen!«

»Wo sollte ich ihn treffen?«

»Du fährst im Auto, siehst ihn unerwartet, er geht auf dem Bürgersteig!«

Gaučys schwieg. Jetzt drehte sich Maška auch auf den Rücken, und wie zuerst Gaučys wiederholte sie für sich: «Vidas Gaučys ... Vidutis ... Vidutis ... didutis ...«

Sie schmiegte sich an ihn und schlief sofort ein.

Als Gaučys am nächsten Abend zärtlich ihre Brust streichelte, machte er sich Sorgen: »Deine Brüste sind klein, wirst du genug Milch haben?«

»Meine Mutter hat auch solche Brüste gehabt, aber sie hat erzählt, dass sie einfach nicht wusste, wohin mit der Milch, als Vacka geboren wurde und später ich. Bei mir wird das auch so sein!«

Wie glücklich war Gaučys an diesen Tagen! Alles was er jetzt machte, über was er nachdachte, bekam wieder einen Sinn, nur jetzt einen anderen, für Gaučys unerwarteten, unbekannten, nicht in einem einzigen Traum geträumten. Als ob er wieder mit allen Träumen und Hoffnungen zu jenem Sommer zurückgekehrt wäre. Und er spürte nun kein einziges Mal mehr dieses Gefühl der Leere, der Hoffnungslosigkeit, das ihn dort im Wohnheim befallen hatte, als er allein in dem staatseigenen Eisenbett gelegen und auf die gelblich verrauchte Decke und die schmutzig grün angemalte Wand geschaut hatte.

»Ich kann dieses Mal nicht mit dir zur Mutter fahren«, sagte Maška am Donnerstagabend zu Gaučys. »Du wirst die Kartoffeln allein pflanzen müssen. Am Samstag muss ich losgehen, das Braukleid anprobieren, und du weißt, wir haben noch nicht einmal vier Teller, Messer, Gabeln gekauft, nicht einmal ein Schnapsglas haben wir. Und ich kann von niemandem etwas ausleihen, die Mädels im Wohnheim haben nichts. Ach, ich habe noch nicht einmal eine Tischdecke! Soll ich Zeitungen ausbreiten?«

»Mit der Tischdecke beeile dich nicht! Die Mutter hat einige. Zwei, das weiß ich, die sind noch von meiner Großmutter. Weiß, aus Leinen und in die Ecken der einen sind sogar blaue Stiefmütterchen gestickt. Um eine kann ich wirklich bitten.«

»Deine Mutter ist gut, du brauchst sie nicht zu bitten, nur erinnere dich daran!«

»Ich werde mich erinnern, aber was wirst du ihr mitgeben? Irgendetwas zu essen bräuchte sie, da sie das Ferkel nicht mehr hat, irgendein frisches Stück Fleisch, damit sich ihr Herz freut ...«

»Ich werde mir irgendetwas ausdenken«, versprach Maška, »mit leeren Händen lass ich dich nicht gehen.«

Gaučys fuhr ab, pflanzte mit der Mutter zusammen Kartoffeln, aber als sie sich beide gewaschen und gegessen hatten, begann Gaučys auf die Uhr zu schielen.

»Es zieht dich schon zurück, ich sehe, dort ist jetzt dein Zuhause und hier, wo du aufgewachsen bist, sitzt du nur noch wie ein Gast. Was kann man machen«, seufzte sie, »so ist das Leben, und so muss es sein. Alter ist Einsamkeit.«

Ordentlich faltete sie die schönste Leinentischdecke zusammen und legte sie in das Köfferchen. Lange schaute sie traurig auf die Decke und klappte den Deckel des Köfferchens nicht zu.

»Auch bei meiner Hochzeit lag sie auf dem Tisch ... Nun, lauf, lauf zu deinem Autobus. Ich sehe sowieso, dass du wie auf einem Igel sitzt.«

Wie wunderbar war doch dieses Gefühl, sein Zuhause zu haben! Man kann es kaum erwarten, die ungefähr hundert Kilometer zu fahren und schon beginnt man wieder daran zu denken, schon steigt eine Sehnsucht hoch, schon beginnt so etwas wie eine warme, gute Unruhe, die zunächst leicht, dann immer mehr im Herzen zu kribbeln anfängt.

»Juzikas«, kaum war er zu Hause angekommen, stürzte Maška auf ihn zu und hängte sich an seinen Hals. »Ich habe dich diesen Abend nicht erwartet, ich habe gemeint, erst morgen früh! … Ich hatte Angst, dass ich auch diese ganze Nacht nicht schlafen kann!«

Aber das Allerbeste an dieser Sehnsucht nach dem Zuhause ist, zu wissen, dass irgendjemand sehr, sehr auf deine Rückkehr wartet.

Es wurde ihnen erlaubt, drei Tage vor der Hochzeit nicht mehr zur Arbeit zu gehen. Maška besorgte sich die Einkaufsbescheinigung für den »Salon für Brautleute«, die Gaučys schon erwähnt hatte. Sie fuhren mit zwei großen Körben hin. Man konnte dort – ausschließlich für Hochzeiten – kaufen, was in den Regalen der Geschäfte nie zu sehen war: grüne Erbsen, Mayonnaise, bestes frisches Fleisch, Champagner, alle Getränke, sogar tschechisches Bier. Dort konnte man auch eine Torte bestellen, was Maška auch tat. Gaučys stopfte in seinen Korb eine Flasche Champagner, nahm vier Flaschen Schnaps, Mineralwasser, Maška brachte einen fast ganzen, frischen Schweineschinken und legte ihn oben auf und nahm noch einen geräucherten Wurstring.

»Warum so viel für uns?«, wunderte sich Gaučys.

»Lass nur! Wir haben doch einen Kühlschrank, hast du das vergessen?«

Sie stopfte in ihren Korb grüne Erbsen, Mayonnaise, Hering, ein Glas mit kleinen, marinierten Gurken … Sie hätte sich von allem noch und noch genommen, aber sowohl sie als auch Gaučys wussten, dass ihr Geld einfach so dahinschmolz, obwohl es am Anfang schien, als ob es für alles reichen würde. Gaučys schaffte es kaum, die zwei Körbe nach Hause zu schleppen.

Das war am Mittwoch gewesen, am Donnerstag früh befahl Maška ihm, zum Friseur zu gehen, danach auf den Markt zu fahren und sich dort umzuschauen, ob es schon Morcheln gab.

»Ich werde Frikadellen braten und mit Pilzen schmoren, ihr werdet euch die Finger danach abschlecken.«

»Diese Morcheln sollen Pilze sein?«, wunderte sich

Gaučys. »Vielleicht solche giftigen Pilze? Bei uns habe ich nie etwas davon gehört! Und dass man sie auch noch essen soll! … Und wie soll ich sie kaufen, wenn ich nicht einmal weiß, wie sie aussehen!?«

»Sie sehen wie Pilze aus! Mit bräunlichem Kopf, nur sehr runzelig. Sie wurden bei uns mit dem russischen Wort benannt. Kauf Kartoffeln, rote Beete, schau nur, dass sie nicht zu groß sind. Ich werde leckere Salate machen!«

Gaučys sah auf dem Markt das eine und das andere Häufchen von diesen Morcheln … Er wird sie kaufen, weil Maška es so wollte, aber er selber wird sie wirklich nicht essen! Wo wachsen solche Pilze? Vielleicht in den Kiefernwäldern von Neringa?

Am Freitagabend bat Maška ihn:

»Juzikas, komm, bade mich! Morgen ganz früh muss ich losgehen und mir eine Frisur machen lassen!«

Gaučys badete sie lange und zärtlich. Er selber badete auch. Kaum war er aus der Badewanne gestiegen, kamen Dimka und Verute direkt von der Arbeit zu ihnen. Verute ging in die Küche, Dimka aber zog aus jeder Tasche eine Flasche Bier.

»Juzikas, bring ein Glas!«

»Geh zum Teufel mit deinem Bier! Ich kann es nicht einmal mehr sehen!«

»Dann brauche ich auch kein Glas!«, er legte die beiden Flaschen mit den Kronenkorken aneinander und drückte, die Kronenkorken flogen gleichzeitig von den Flaschen weg.

»Ich habe Konserven mit Sprotten zum Mittag gegessen, jetzt muss ich einfach trinken! …« und er nahm eine Flasche hoch.

Aus der Küche kam Maška mit Verute. Jetzt fragte auch die noch: »Und kann ich ein Glas trinken. Den ganzen Tag mit dem Kalk … Hast du das Kleid, den Brautschleier geholt?«

»Gestern.«

»Zieh dich an! Du zieh dich auch an!« befahl sie Gaučys. »Anzug, Hemd, Schuhe! Wir wollen sehen, wie ihr am Samstag aussehen werdet.«

›Eine zweite Klava‹, dachte Gaučys. ›Selbst nicht verheiratet, aber sie weiß alles und schon kommandiert sie!‹ Verute schickte Dimka mit der ausgetrunkenen Flasche zum Rauchen in die Toilette.

Als die beiden sich angezogen hatten, stellte Verute sie nebeneinander, sie trat einige Schritte zurück und betrachtete sie aufmerksam. »Ein Paar nach dem Willen Gottes!«, verkündete sie zufrieden.

»Ist es schon sehr zu sehen?«, beunruhigte sich Maška.

»Kaum, kaum ... Aber wenn du den Blumenstrauß so in den Händen hältst, wird man nichts sehen! ... Dimka, komm heraus! ... Nun, wie ist es?«, fragte sie.

»Verpiss dich!«, rief Dimka, als er sie sah.

»Aber warum hast du dir die Krawatte nicht umgebunden?!«, erst jetzt bemerkte Verute die Krawatte von Gaučys, die in seiner zusammengeballten Hand fast bis auf den Boden hinunter hing.

»Weil ich es nicht kann ...«, bekannte Gaučys. »Ich habe im Leben noch keine getragen. Dimka, kannst du das vielleicht?«

»Ich auch nicht! Man hat sie mir einmal geknotet, aber ich knote sie nicht mehr auf. Ich ziehe sie über den Kopf, dann schiebe ich den Knoten höher ...«

»Morgen musst du dir eine neue kaufen! Sonst wirst du mir nur Schande bereiten, wie soll ich neben einem solchen Typen stehen? Ich habe deine Krawatte gesehen, zerknittert, zu einem Strick gedreht, mit Bier bekleckert. Reinige damit die Karosserie deines Kippers, aber geh damit nicht zur Hochzeit! Welche Farbe hat dein Anzug?« Verute ließ ihn nicht in Ruhe.

»Nun ... Dunkelblau ... Warum erinnerst du dich an die Krawatte, aber nicht an den Anzug?«

»Ich erinnere mich an die Krawatte, auch an diese

Schlampe erinnere ich mich, die du ins Wohnheim geschleppt hast! Sag ihr, dass sie Hose und Jacke gut bügeln soll! Kauf dir eine dunkelgelbe Krawatte, mit großem Muster, so eine wird passen …«

»Na, Scheiße!«, Dimka drehte den Kopf um. »Latj budu, wenn du nicht eine alte Jungfer bleiben wirst!«

»Ich?!« Verute blieb der Mund offen stehen. »Ich werde eine … bleiben?! Wenn ich eine Wohnung bekomme, wirst du deine Mütze nicht bis zu mir werfen können!«

»Vielleicht wirst du auch keine bleiben?«, überlegte Dimka. »Vielleicht werde ich persönlich um deine Hand anhalten, wenn ich stockbetrunken bin?«

Verute widmete seinem Geschwätz keine weitere Aufmerksamkeit.

»Gebt die Ausweise und die Ringe. Und dieses Papier, wo die Trauzeit festgelegt ist. Die Ausweise und die Ringe müssen beim Bräutigam sein. Jetzt steck alles für den Samstagmorgen in die Jackentasche, es wird noch genug zu beachten bleiben. Für welche Stunde ist sie festgelegt?«

»Elf Uhr fünfundvierzig.«

»Blumen und Raute werde ich mitbringen«, sagte Verute.

»Und was ich?« fragte Dimka.

»Um neun Uhr holst du mich mit dem Taxi vom Wohnheim ab, nach fünfzehn Minuten sind wir hier. Du musst dem Taxifahrer sagen, dass du ihn für eine Hochzeit mietest. Er soll überall warten, solange es nötig ist. Wir fahren nach zehn Uhr ab, dort müssen wir uns noch kämmen und die Kleidung in Ordnung bringen. Gib mir deine Krawatte, ich werde sie dir umbinden!«

»Woher weißt du das alles?«, fragte Gaučys.

»Meine beiden Brüder haben doch geheiratet, und ich war Brautjungfer bei der Hochzeit von drei Freundinnen! Habt einfach vor nichts Angst, wenn ihr nicht wisst, was zu tun ist, wer auf welcher Seite steht, werde ich es euch ins Ohr flüstern … Dimka, fahren wir! Ich komme morgen wieder angerauscht«, versprach sie Maška. »Ich werde dir beim Essen helfen. Wir können viel schon im Voraus machen. Hering, Salat … Sogar die Frikadellen kann man am Vorabend braten. Wenn du zurückkommst, kannst du sie in die Soße legen, aufwärmen und zum Tisch bringen.«

»Oh, Verute, was würde ich ohne dich tun?! Ich verstehe nichts mehr, ich finde mich nicht mehr zurecht, ich weiß nicht wo mir der Kopf steht!«

»Wenn ich heiraten werde, wirst du mir helfen!«

»Wann?«, fragte Maška ganz ernst.

»Wenn Dimka um meine Hand anhalten wird!«, sie lachte schallend auf. »Dimka, fahren wir!«

Nachdem Gaučys die Tür abgeschlossen hatte, kam er in die Küche zurück. »Maška, ist Verute vielleicht wirklich? Mit Dimka? Was? …«

»Geh, du!«, sie winkte mit der Hand ab. »Nie verstehst du Scherze! Sie ist Niederlitauerin, soll sie sich mit etwa einem Russen verheiraten?! Der versteht doch nicht einmal Litauisch!«

»Ich bin auch Niederlitauer und ich nehme ja auch eine ›tuteiše‹ …«

»Sag mir bloß noch einmal, dass ich eine ›tuteiše‹ bin! Du hast selber gesagt, dass ich Litauerin bin!«

»Gut, ist schon gut, litauisches Mädchen mit blonden Zöpfen.«

Er streckte die Hand aus, er wollte ihr die Haare streicheln. Sie schüttelte sich.

»Deine Klava hatte blonde Zöpfe, aber ich nicht! Du hättest sie satt streicheln können!«

»Maška! Über eine verstorbene Freundin …«

Maška schwieg beschämt, aber Gaučys spürte irgendetwas, er beschloss, dass sie über Klava nie mehr sprechen sollten. Wozu? Man kann sich an vieles erinnern und schweigen. Wenn man will.

Ohne Grund waren sowohl Maška als auch Gaučys vor der Hochzeit aufgeregt und nervös, die Zeremonie selber dauerte nicht länger als zehn Minuten. Einige Minuten bevor sie in den Saal des Standesamtes gingen, kam irgendein männlicher Ordnungshüter, nahm Gaučys die Ausweise und Ringe ab, nahm sie mit, später öffnete er die hohen Türflügel, sie gingen zu viert auf dem roten Teppich zu dem großen Tisch: voraus Maška und Gaučys, nach ihnen Verute mit Dimka. Eine große, grauhaarige Frau in einem dunkelgrünen Kostüm stand hinter dem Tisch, derselbe Ordnungshüter brachte auf einem schönen Tablett die Ringe, Gaučys steckte Maška den Ring der Mutter an und sie ihm den seines Vaters, danach unterschrieben sie irgendein Papier, auch Dimka und Verute unterschrieben, auf demselben Tablett wurden ihnen die Ausweise zurückgebracht, irgendwo spielte genau in dem Moment Musik, in dem sie in den Saal schritten, nur Gaučys hörte sie sofort vor lauter Aufregung nicht, er schaute sich nicht einmal um, wo das Magnetophon oder der Plattenspieler aufgestellt waren. Dann zog die stattliche Frau eine in rotes Leder gebundene Mappe mit einem geprägten Wappen zu sich heran, sie stand aufrecht, gerade, lehnte sich sogar weit zurück, dass es noch feierlicher erscheinen möge, und begann vorzulesen. Nur wenige ihrer Worte prägten sich Gaučys ein, zumindest die, dass sie jetzt Mann und Frau sein würden und Kinder zu ehrlichen Sowjetbürgern erziehen sollten, die des großen Vaterlandes – der Union der Sowjetischen Sozialistischen Republik – würdig seien. Dann gingen sie auf dem roten Teppich zurück ins Foyer, wo fünf oder sechs Fotografen sie umringten, die ihre Dienste anboten. Verute konnte sie kaum abwehren. »Es ist nicht nötig ... Es ist nicht nötig ... Wir fahren in ein Fotoatelier!«

Als sie zu dem wartenden Taxi kamen, legte sich die Aufregung bei Gaučys, er öffnete weit die Autotüren, damit Maška bequemer mit ihrem langen, weißen Kleid und dem Blumenstrauß in den Händen einsteigen konnte.

»Bitte, Frau Marija Gaučiene!«

Aber Frau Marija Gaučiene war immer noch sehr aufgeregt, mit geröteten Wangen, die Blumen zitterten in den Händen.

Fotografiert wurden sie so, am Anfang alle vier, dann nur Gaučys mit Maška, dann Maška allein, dann Gaučys allein, zuallerletzt Verute mit Dimka.

Als sie zu Hause angekommen waren, schubste Verute Dimka ins Treppenhaus.

»Komm, rauch, so lange, bis Maška sich umgezogen hat. Und erinnere dich daran, stinke nicht mit deinen ›Prima‹! Es ist besser, dass hier niemand raucht!«

»Scheiße!«, fluchte Dimka. »Wenn du nicht verheiratet bist, kann dich jede wie einen Hund ins Treppenhaus jagen!«

Verute half Maška beim Ausziehen, sie zog sich ein einfaches Kleid an, beide eilten in die Küche.

»Eine Vase. Wo ist eine Vase?«, sorgte sich Verute. »Wo kann ich deine Blumen ins Wasser stellen?«

Sie hatten keine Vase, an so etwas hatten sie überhaupt nicht gedacht. Verute fand auch hier einen Ausweg, sie steckte den Strauß in ein Literglas für eingelegte Gurken, stellte das Glas aufs Fensterbrett und drehte das Etikett nach außen.

»Verute«, bat Gaučys, »kann ich diese verdammte Krawatte abnehmen, sie schnürt mich ein, ich bin nicht daran gewöhnt?«

»Am Hochzeitstisch ohne Krawatte?«, wunderte sie sich. »Komm her, ich werde dir den Knoten etwas lockern!«

Der Hochzeitstisch sah eigentlich nicht wie einer aus. Die Blumen: auf dem Fensterbrett; der Teller mit Brotscheiben: auf dem Fensterbrett; auf dem anderen: Plätzchen, Bonbons. Gaučys ging zu Dimka ins Treppenhaus.

»Gehen jetzt deine Junggesellentage zu Ende?«, fragte Dimka.

»Die hat es nicht gegeben.«

»Und wer ist von Klava wochelang nicht herunter gestiegen?«

»Na ja, nur von Klava.«

»Aber zu der Freiheit kannst du schon »geh mit Gott« sagen!«

»Was ist schon diese Junggesellenfreiheit? Es gibt kein eigenes Heim, man isst nicht wie ein Mensch, man wird nicht versorgt ...«

»Aber wenn dir irgendein Mädel gefällt – und schon kannst du die Nacht nicht bei ihr verbringen! Es sei denn, irgendwo stehend, auf die Schnelle, in eine Ecke gezwängt ... Schau, nach der, die Verka im Wohnheim gesehen hat, vögele ich vielleicht schon die vierte oder fünfte. Aber du deine Maška – das ist, wie für uns diese Flasche Kefir war, jeden Tag dieselbe und dieselbe! Dieser Kefir wird dich schnell langweilen!«

Gaučys wollte noch sagen: »Maška wird mich niemals langweilen!«, aber schaffte es nicht. Verute steckte den Kopf in das Treppenhaus: »Bitte, zu Tisch, Männer!«

In der Mitte des Tisches war die Torte noch nicht zu sehen, an ihrer Stelle standen Champagnerflaschen, Schnapsflaschen und Mineralwasserflaschen. Und wegen Dimka mussten sie alle Russisch sprechen.

»Bier hast du nicht?«, war die erste Frage von Dimka. »Zu Beginn sollten wir ein paar »Joršas« machen!«

»Keine »Joršas«!«, protestierte Verute. »Wir müssen mit Champagner beginnen!«

Dimka nahm sich den Champagner, drückte ihn zwischen die Knie und machte sich am Draht des Korkens zu schaffen.

»Gib her!«, Verute nahm sich die Flasche. »Wenn du die Flasche so öffnest, werden wir alle nass sein, auch die Wand und die Decke!«

Auch Gaučys hätte die Flasche nicht öffnen können, er hatte noch nie Champagner getrunken und auch nicht gesehen, wie man eine solche Flasche öffnet. Auf dem Tisch gab es keine großen Weingläser. Verute goss ihn in vier einfache Gläser und als der Schaum gesunken war, blieb in den Gläsern ungefähr ein Drittel. Verute stand auf, erhob ihr Glas, die anderen standen auch auf.

»Auf Maška, auf Juzikas! Von ganzem Herzen lasst uns euch große Liebe, großes Glück, Gesundheit, ein gutes Zusammenleben bis ins hohe Alter wünschen, na, natürlich gesunde Kin…«

»Aber das kannst du nicht mehr wünschen!« unterbrach sie Dimka. »Es ist schon da.«

Er wandte sich zu ihnen und trank den Champagner mit einem Schluck aus, die anderen drei stießen über dem Tisch mit ihren Gläsern an. Verstehend klopfte Dimka an sein schon leeres Glas.

Gaučys und Maška küssten sich. Bevor sie sich setzten, sagte Maška: »Bitte, bedient euch mit dem, was wir haben!«

Nachdem sie von diesem und von jenem gegessen hatten, füllte Gaučys in vier kleine Gläschen Schnaps.

«Juzikas!« Dimka hielt ihm sein Glas hin, aus dem er vor kurzem den Champagner getrunken hatte. »Hast du vergessen, dass ich eine ruskaja duša, eine russische Seele, brauche? … Wir können nicht wie ihr Litauer den ganzen Abend aus solch kleinen Gläsern nippen!« Er goss den Inhalt des Schnapsgläschens in ein Wasserglas um, wieder streckte er es Gaučys hin: »Mach es voll! Wir trinken auf dein Glück!«

»Dimka!« Verute warnte ihn böse. »Ich werde dich nicht wie einen Sack ins Wohnheim schleppen! Ich werde dich am Zaun liegen lassen, sollen sie dich in der Nacht nackt bis auf die Unterhose ausziehen! Und vielleicht wird nichts übrig bleiben? Wenn der Frost dich nicht erledigt, dann wird der Teufel dich holen!«

»Ich lasse später einige Runden aus, ich werde immer ins Treppenhaus rauchen gehen«, versprach Dimka. »Außerdem kann ich nicht bis zum Umfallen trinken – du bist mir die erste Nacht schuldig!«

»Die S… in der Hose gehört dir. Es hat noch gefehlt, dass ich mit so einem Trinker schlafe.«

Gaučys schaute Maška in die Augen und mit den Augen fragte er: »Habe ich nicht gesagt, dass zwischen ihnen schon etwas ist?« Maška schüttelte unmerklich den Kopf, jetzt las Gaučys in ihren Augen: »Nichts dergleichen! Verute kümmert sich nur aus Gutmütigkeit um ihn.«

Dimka trank sein Glas aus, biss in die Gurke und ging ins Treppenhaus rauchen. Den ganzen weiteren Abend wiederholte sich alles in ähnlicher Weise. Gaučys sagte irgendwann zu Maška: »Du bekommst keinen Schnaps mehr. Trink deinen Champagner. Du weißt selber.«

Eine glückliche Maška drehte sich zu Verute um: »Hörst du? Die Tinte der Unterschrift ist noch nicht trocken, aber schon kommandiert er! Was wird noch daraus werden?«

Aber Verute wurde traurig: »Wenn mich doch jemand das ganze Leben lang kommandieren würde …«

Maška brachte die Torte und schnitt für sie ein großes Stück ab, Dimka und Gaučys wollte sie auch ein Stück geben, aber beide winkten mit den Händen ab: »Nein, nein, nein! … Das passt überhaupt nicht zum Schnaps!«

»Ich will auch nichts Süßes.« Maška setzte sich. »Ich mag nur Salziges und Scharfes.«

Noch vor Mitternacht, als Dimka schon sehr torkelte, schob Maška die Torte in den Karton, band ihn mit der Schnur wieder schön zu. »Verute, den Hochzeitskuchen nimmst du für die Zimmerkameradinnen mit.«

Für Dimka aber legte sie kalte Frikadellen in eine Tüte, eine halbes, geräuchertes Würstchen, Gaučys steckte ihm eine Flasche Schnaps in die Tasche: »Hier für Miška und Kolia. Verute, wirst du ihn bis zum Wohnheim schleifen?«

»Er kann doch mit dem Autobus fahren! Der hält direkt am Wohnheim. Er kann irgendwie hinaufgehen.«

»Nein!«, bockte Dimka. »Du wirst mich auf den Händen in mein Bett tragen!«

»Geh nur, russische Seele! ...«, Verute stieß ihn kräftig in den Rücken.

Nachdem Gaučys die Tür abgeschlossen hatte, kehrte er in das Zimmer zurück. Maška hatte sich wieder zurück an den Hochzeitstisch gesetzt, sie saß jetzt für sich allein, das Gesicht mit den Händen bedeckt. Gaučys zog die Hände weg, die Wangen von Maška waren jedoch nass von Tränen. »Was hast du jetzt?«

»Mein ganzes Leben bin ich gehasst und nicht geliebt worden, warum ist es für mich jetzt so, Juzikas? Warum?«

Kapitel 12

Nicht einmal eine Woche nach der Hochzeit sagte Maška eines Abends: »Ab morgen werden Verute und ich wieder eine »kalturka« (Schwarzarbeit) übernehmen.«

»Maška, du kannst diese »kalturka« nicht mehr übernehmen! Du weißt selber, im wievielten Monat du bist! Reicht es dir nicht, dass du dich tagsüber kaputtschuftest? Du schleppst diese vollen Eimer mit Mörtel.«

»Verute schleppt sie jetzt für mich, ich nehme nur noch die Maurerkelle ... Und bei dieser »kalturka« werden wir nur Boden und Decke malen, die Wände werden mit Tapete beklebt, haben sie gesagt.«

»Aber trotzdem, du musst auf die Leiter steigen, den ganzen Tag die Arme über den Kopf heben ... Nein, Maška!«

»Und muss ich nicht auch auf der Arbeit die Malerleiter hochsteigen und die Arme hochheben, ist es nicht so?«

»Nein, Maška, nein!« Gaučys schüttelte den Kopf.

»Gut, Juzikas, dann sagen wir es so: Weißt du, wie viel Geld wir noch haben?«

»Ich habe in meiner Geldbörse noch neunzehn Rubel.«

»Ich dreißig. Das ist alles! Und was können wir vom Lohn noch sparen? Ich spare so viel, wie ich nur sparen kann; wenn wir einkaufen, nur das, ohne das wir nicht auskommen können!«

»Wegen dieser Schrankwand ...«, murmelte Gaučys. »Wir können hundert Jahre ohne sie auskommen, es gibt einen Wandschrank und das reicht für uns.«

»Schrankwand ...!, du verstehst nicht! Brauchen wir für das Kind ein Bettchen? Wir brauchen eines!«

»Einen Kinderwagen«, fügte Gaučys schon selbst hinzu. »Später noch diese ... wie sie auch heißen ...«

»Ich habe noch nicht begonnen, die Babyausstattung

vorzubereiten. Windeln, Matratze, Kopfkissen, Decke. Du kannst dir nicht vorstellen, wie viel von allem er braucht! Du hast keine Sandalen für den Sommer, kein Hemd mit kurzen Ärmeln. Wie soll ich nicht zur ›kalturka‹ gehen? Ich verdiene dort doch noch zwei Monatsgehälter dazu!«

»Ich mit meinem Kipper … Sand, Kies kann ich auf einer Fahrt zur Seite schaffen, wenn mich jemand bittet. Aber was bekomme ich dafür? Fünf Rubel, na, zehn. Bei meiner »kalturka« kommt wenig heraus, und sie ist nur ab und zu …«

»Siehst du jetzt selber?«

»Ich sehe, aber dass du auf der Arbeit und in der »kalturka« … Wie viele Stunden wirst du arbeiten? Am Abend wirst du doch erst gegen zehn, elf Uhr nach Hause kommen. Und bis zum Morgen hast du dich nicht wieder ausgeruht. Auch am Samstag und Sonntag?«

»Was schlägst du vor? Deine Mutter hat kein Geld mehr, und ich habe nicht einmal mehr eine eigene Mutter.«

»Warum fragst du mich? Ihr werdet sowieso für diesen Menschen arbeiten … Maška, schone dich nur, irgendwie schone dich sehr! Wenn der kleine Vidas in irgendeiner Art nicht gesund geboren wird, werden wir beide an demselben Tag ergrauen! Bring mir nur das Waschen bei, ich werde dir auch immer ein warmes Abendessen vorbereiten.«

Waschen lernte Gaučys schnell, es reichte, dass Maška es ihm einmal zeigte und kurz erklärte, wie, was. Er lernte auch zu bügeln, alles ordentlich zusammen und in Stapeln in die Regale in den Schrank zu legen. Oder ordentlich auf die Bügel zu hängen. Es gefiel ihm, wenn Maška sich über die von ihm erledigten Arbeiten freute. Morgens bemühte er sich früher aufzustehen, stieg leise über sie, setzte Teewasser auf und solange es kochte, hatte er Zeit, Margarine aufs Brot zu streichen, sogar den Zucker füllte er schon in die beiden Gläser, dann setzte er sich und wartete, bis sie aufstand, in die Toilette ging und sich zum Essen setzte.

»Juzikas«, pflegte sie zu sagen, »bemühe dich nicht, alles so leise zu machen. Du bewegst dich nicht einmal im Bett, aus Angst, dass ich wach werden könnte!«

Aber jetzt blühte Maška nicht mehr so wie in den ersten Monaten. Sie kam spät in der Dunkelheit von ihrer »kalturka« nach Hause und nachdem sie sich gewaschen hatte, stocherte sie nur in dem von Gaučys zubereiteten Essen herum und schlürfte wenig in sich hinein, und wenn sie sich auf die Bettkante setzte, schien es, als ob sie nicht einmal mehr Kraft hätte, sich auszuziehen. Wenn sie sich hinlegte, befürchtete Gaučys, dass sie wieder sagen würde: »Morgen übernehme ich mit Verute eine andere ›kalturka‹.«

Wenn es diese verfluchte »kalturka« nicht gäbe, würde Gaučys mit ihr an den Abenden spazieren gehen, sie unterhaken, damit sie nicht stolperte und sich nicht verletzte. An den Sonntagen würden sie aus der Stadt fahren, vielleicht in Richtung Tauralaukias, da müssten sie sich nicht lange durchschütteln lassen; oder sie würden in den Stadtpark gehen, denn sie braucht unbedingt saubere Luft, wenn sie den ganzen Tag in Staub, Kalkwolken und Farbdämpfen verbrachte.

An einem Sonntag, als Maška nicht zu der »kalturka« gehen musste, wurde das Wetter schön und sonnig.

»Juzikas, lass uns an das Meer fahren!«

»Nur nicht an das Meer!« Gaučys wurde mürrisch. »In den Wald, an den Fluss, an den See … Ich brauche dieses Meer überhaupt nicht.«

»Was? Du hast Angst vor dem Meer? Du wolltest doch Seemann werden!«

»Was ich nicht alles gewollt habe. Außerdem brutzele ich den ganzen Tag wie ein Braten in dieser heißen Fahrerkabine, und dann soll ich noch am Sonntag am Meer braten? Für dich ist das auch nicht gut! Hast du nicht in der Zeitschrift gelesen, dass es nicht gesund ist für werdende Mütter, in der Sonne zu liegen?«

»Ich kann doch auch nicht in der Sonne liegen. Ich werde mich in den Schatten, unter irgendeinen Busch setzen, dort ist gute frische Luft!«

»Neben einen Scheißhaufen ... Wir gehen besser im Stadtpark spazieren.«

»Ich brauche deinen Park nicht. Dann sitzen wir drei eben den ganzen Tag im Zimmer!«

»Wir drei werden auf keinen Fall ans Meer fahren!«

Maška legte sich verärgert ins Bett.

»Nun dann!«, sagte Gaučys. »Bleib den ganzen Tag liegen, erhole dich, das ist noch besser. Ich werde das Mittagessen kochen! Und von dir ragt nur die Nase und der Bauch hervor ...«

Er setzte sich an den Rand des Bettes und wollte ihre kurz geschnittenen Haare streicheln.

»Lass mich in Ruhe! Lass uns beide in Ruhe!«

Gaučys ging waschen. »Für die Beiden«! Er hatte in der Badewanne von gestern noch irgendetwas eingeweicht. Während des Mittagessens fragte er: »Maška, reicht es nicht schon für das Bettchen und den Kinderwagen?«

»Noch nicht, Juzikas. Noch ungefähr zwei Wochen.«

Als der Freitag kam, sagte Gaučys am Abend streng zu ihr: »Schluss, Maška! Morgen Abend fahren wir zur Mutter. Wie wird ihr Gemüsegarten, wie wird dort alles aussehen. Wann können wir danach noch hinfahren?«

»Juzikas, morgen kann ich ganz sicher nicht! Das letzte Mal, dass ich nicht kann, ich verspreche es! Ich muss mit Verute ein Gartenhäuschen von außen anstreichen. Seit drei Wochen hat es nicht geregnet, die Bretter sind trocken, wir haben fest zugesagt. Und die Farbe ist schon dort!«

»Aber dann musst du ja auf die Leiter steigen!«

»Wo muss ich dort hochsteigen? Das Häuschen ist klein, einstöckig, das Dach kann man von der Erde aus mit der Hand erreichen. Nur an den beiden Schmalseiten gibt es Giebel. Aber die kann ich erreichen, wenn ich mich auf eine kurze Leiter stelle. Wie viele solcher Häuschen habe ich gestrichen! Weißt du, die Menschen fahren schon in die Gärten, um Tomatensetzlinge zu pflanzen. Kauf der Mutter ein paar Pflanzen, nimm sie mit und setze sie ein! Die Mutter hat in ihrem Garten noch nie Tomaten gezüchtet. Was kannst du ihr sonst mitbringen?«

»Die Kinder dieser Landstreicher werden sie wie die Erdbeeren stehlen.«

»Sie soll sie noch grün pflücken, sie reifen im Zimmer auf dem Fensterbrett.«

»Vielleicht ist das so.« Gaučys nickte mit dem Kopf, aber sein Herz war weder einverstanden mit dem Kauf der Setzlinge, noch damit, dass er allein fahren sollte.

Er fuhr allein, was kann man da machen? Es würde für das Kinderbett nicht reichen. Gaučys müsste aus dem Keller eine Matratze hochholen, wieder darauf schlafen, und Maška muss dann nicht mehr zu dieser »kalturka« gehen?

Die Mutter freute sich überhaupt nicht über die mitgebrachten Tomatenpflanzen: »Ich habe euch beiden das letzte Mal gesagt, dass ich jetzt im Gemüseanbau arbeite! Ich esse dort jeden Tag Tomaten, Gurken und nehme sie auch mit nach Hause. Ich schneide sie in eine kleine Schüsseln, gieße saure Milch darüber, eine Prise Salz, und esse mich mit Brot satt daran. Ich habe gar kein Verlangen nach Fleisch. Aber was werde ich dir zu essen geben. Ich habe nur noch zwei Hühner, das eine hat wieder der Habicht geholt, aber dieser Habicht ist irgendwie merkwürdig, nicht ein einziges Federchen ist auf dem Hof geblieben!«

»Mir scheint, dein Habicht hatte keine Flügel.«

»Was für Zeiten sind gekommen, was für Zeiten! ... Dass jemand etwas Fremdes nehmen würde! Niemand hat die Häuser abgeschlossen, wenn er weggegangen ist, nur mit einem Hölzchen verriegelt, und das war alles. Und jetzt, wenn ich aufwache, renne ich barfuß in den Hof und schaue nach, ob die Kuh noch auf der Weide ist. Vielleicht hat jemand sie nachts in den Wald geführt und geschlachtet!«

»Was willst du machen? In der Nähe der Stadt ...«

»Befand sich diese Stadt in jenen Zeiten irgendwo weiter weg? Wo sie war, da ist sie noch. Aber als sie diese zwei riesigen Fabriken errichtet haben, wie viele Russen, wie viele von allen diesen Schlitzäugigen sind angereist! Wer weiß, ob es von denen jetzt nicht mehr gibt als von unseren eigenen Leuten? Für sie an erster Stelle Wohnungen, für sie alles zuerst! Fragt man irgendetwas in dem Laden, da sagt man dir, sprechen sie russisch, ich verstehe nichts!«

»Denkst du, in Klaipeda ist das anders? Dort gibt es noch mehr Russen!«

Gaučys verschlang einen ganzen Teller voll frischer Gurken und Tomaten in Sauermilch. Gut, dass Maška ein Stück Schinken mitgegeben hatte, er war noch tief gefroren und hart wie ein Knochen. Die Mutter wird ihn für das Mittagessen auskochen.

»Da du die Tomatenpflanzen mitgebracht hast, müssen sie auch eingepflanzt werden. Man kann sie doch nicht einfach wegwerfen. Wenn ich aus der Stadt heimkomme, machen wir das. Leg dich hin, schlaf ein wenig, in diesem Zug kannst du doch nicht richtig schlafen.«

Als die Mutter mit ihrem Schulterjoch in die Stadt wankte, legte sich Gaučys in das Bett seiner Kindheit. Er wollte wirklich schlafen, aber konnte nicht. Er wird die niemandem nützlichen Tomatenpflanzen setzen und denselben Abend noch zurückfahren.

Noch vor Mitternacht kam er nach Hause, schloss die Tür auf, aber Maška war nicht da. ›Muss sie dort auch in der Nacht malen?‹, überlegte er beunruhigt. Danach sah er auf dem Tisch den Zettel: »Man hat Maška in das Krankenhaus gebracht. Verute«.

»Diese Dumme!« Gaučys war am Anfang weniger erschreckt, sondern vielmehr wütend. »Warum hat sie nicht geschrieben, in welches?«

Erst als er auf die Straße gerannt ist und sich umgeschaut

hat, ob er nicht das grüne Licht eines Taxis sieht, erst in diesem Moment fühlt er, wie eine Angst, eine schreckliche Vorahnung, fast ein Entsetzen in ihm hochstieg. Es war gut, dass er auf den Gedanken gekommen war, unter dem Stapel der gewaschenen Wäsche etwas Geld herauszuziehen. Es fuhr kein Taxi. Das Wohnheim von Verute war am anderen Ende der Stadt. Aber im Wohnheim unten saß eine Pförtnerin, dort gab es ein Telefon. Er würde Verute wecken und alles erfahren, oder bei ihr anrufen, vielleicht war doch nichts Schlimmes passiert? Es gab immer noch kein Taxi, weder ein rotes, noch ein grünes; Gaučys beschloss, auf den leeren Straßen bis zum Friedensprospekt zu laufen, aber endlich sah er ein grünes Lichtlein, er sah es!

Die Tür zum Wohnheim war schon verschlossen, Gaučys schlug lange mit der Faust dagegen, er begann mit dem Fuß zu treten, so lange, bis die verschlafene Pförtnerin erschien. Sie sagte böse irgendetwas zu Gaučys, er aber hörte nicht hin und stieg nach oben bis ins fünfte Stockwerk, drei Stufen auf einmal nehmend. An die Tür von Verute musste er nicht lange klopfen, nur mit einem Nachthemd bekleidet kam sie auf den Korridor.

»Wo ist Maška?«

»Maška ist im Krankenhaus.«

»In welchem?«

»Nun, in dem, das als erstes kommt, wenn man von Priekule in die Stadt fährt, du weißt?«

»Ich weiß ... was ist mit ihr?«

»Du musst verstehen, wir hatten schon das ganze Häuschen gemalt, nur eine Giebelwand war noch übrig. Wir stellten uns auf die Leitern und begannen zu malen ...«

»Ist Maška heruntergefallen?«

»Ich habe gesehen, wie die Leiter zur Seite weggerutscht ist. Sie ist auf den Rücken gefallen, nicht sehr tief, aber mit dem Kreuz genau auf die Farbdose ... Sie stöhnte nur und schwieg. Ich habe ihr die Malerkombination ausgezogen und gesehen, dass sie sehr blutete.«

»Von … von dort?«

»Ja. Aber es gab kein Telefon, man konnte keinen Unfallwagen anrufen. Ich bin auf der Landstraße einen Kilometer gelaufen, aber es war doch Sonntag, es gab keine Autos, und wenn irgend so ein Auto vorbeifuhr, dann war es voll besetzt. Und sie blutete dort allein … Ich bin auf die Mitte der Straße gestürzt, habe die Arme ausgestreckt, wenn sie mich auch überfahren, so müssen sie doch anhalten. Irgendein Rentner mit seinem ›Pobeda‹ hat angehalten ,und wir haben Maška ins Krankenhaus gebracht. Und dort ist ein Arzt gekommen, hat sie untersucht, sofort haben zwei Schwestern sie auf einer Krankenbahre weggefahren, und zu mir haben sie gesagt, dass ich dort nicht mehr warten kann … Sie hat mir noch den Schlüssel gegeben, fahr nur und schreib Juzikas, dass er sich nicht aufregen soll! …«

Verute begann zu weinen. Er nahm den Schlüssel und lief nach unten, wieder drei Stufen auf einmal nehmend. Auf dem Tisch der Pförtnerin war ein Telefon und in der Schublade ein Telefonbuch. Er rief die Krankenhausauskunft an, und sie bestätigten ihm, dass heute eine Gaučiene aufgenommen wurde, sie ist in der chirurgischen Abteilung, dort solle man sich erkundigen. Dort nahm lange keiner ab.

»Nein, sie ist nicht bei uns, sie ist auf der Intensivstation.«

»Wird man mich in die Intensivstation hineinlassen?«

»Wo? … In die Intensivstation?! Man sollte weniger trinken!«, sie legte den Hörer auf.

Gaučys stieg die Treppe wieder hinauf, er hatte noch den Schlüssel zum Zimmer des Wohnheims, er trug ihn zusammen mit den Schlüsseln der Wohnung. Leise schloss er die Tür auf, machte das Licht nicht an. Ein schlechter Geruch nach Rauch, »Joršas«, nach verschwitzten Strümpfen schlug ihm entgegen. Sowohl Dimka als auch Miška schliefen wie erschlagen. Gaučys streifte die Schuhe ab, legte sich rücklings in sein Bett, steckte die Arme unter den Kopf und lag die ganze Nacht so, nach oben in die Dunkelheit schauend. Als das Fenster hell zu werden begann, setzte er sich auf, zog die Schuhe an, schloss die Tür leise von draußen. So erfuhren Dimka und Miška auch nicht, dass er diese Nacht in seinem Bett gelegen hatte. Er beschloss, im Dämmerlicht zu Fuß bis zu diesem Krankenhaus durch die ganze Stadt zu gehen, vom Meer her blies ein schwacher Wind. Falls ihn dort noch niemand hereinließe, könnte er sich draußen auf ein Bänkchen setzen, er würde dann näher bei Maška sein. Die Glastür des Krankenhauses war noch nicht geöffnet, so setzte er sich in den Hof, um sie die ganze Zeit sehen zu können. Wenn irgendjemand durch die Tür gehen würde, könnte auch er irgendwie in diese chirurgische Abteilung gelangen.

Die Abteilung lag im dritten Stock. Er steckte den Kopf durch die Tür, im Korridor näherte sich eine in einen weißen Kittel gekleidete Frau, offensichtlich keine Schwester, um den Hals hing ein Stereoskop, sie trug einen Apparat, um den Blutdruck zu messen.

»Entschuldigung. Ich möchte nur fragen, wie geht es Gaučiene?«

»Sie ist noch in der Reanimation.«

»Was hat man mit ihr gemacht?«

»Ich glaube, man hat sie ausgeschabt, vielleicht noch irgendetwas, ich kann es nicht sagen. Wenn sie in die Abteilung kommt, werden wir es wissen.«

»Wann wird sie kommen?«

»Vielleicht morgen, vielleicht übermorgen … Rufen Sie zuerst an und fragen, Besuchszeit ist bei uns von siebzehn bis neunzehn Uhr. Setzen Sie sich nicht von Sonnenaufgang an draußen vor die Tür. Ich meine, alles wird gut. Es wird keine Komplikationen geben.«

»Sie hat Nachtdienst gehabt und mich vom Fenster aus gesehen!«

»Danke, Frau Doktor.«

»Nichts für ungut.«

Gaučys fuhr vom Krankenhaus zur Arbeit. Aber dort war er auch zu früh. Er stieg in seinen Kipper, legte die Ellenbogen aufs Lenkrad und seinen Kopf darauf. Vielleicht ist er ein wenig eingeschlafen.

Sowohl auf Gaučys' Arbeit als auch im Wohnheim wussten natürlich alle, was Maška zugestoßen war. Am Abend telefonierte er wieder mit der chirurgischen Abteilung, Maška war noch nicht zurückgekommen. Trotzdem fuhr er hin, setzte sich in den Hof des Krankenhauses auf das Bänkchen, so lange, bis es dunkel wurde. Sie wurde erst am nächsten Tag ins Krankenzimmer zurückgebracht. Gaučys wusste nicht, was er ihr zu essen und zu trinken mitbringen sollte, er wusste nur, dass man ins Krankenhaus immer Blumen bringen musste. Aber zunächst musste er nach Hause gehen, sich rasieren, baden, sich umziehen, zu dem kleinen Markt gehen und Blumen besorgen, deswegen konnte er sie in keinem Fall früher als halb sieben besuchen. Vielleicht würde Maška sagen, du machst mir Schande, unrasiert, schmutzig herzukommen! Er hatte Angst, daran zu denken, dass sie irgendetwas anderes sagen könnte. Es war das Wichtigste, sie zu sehen.

Am selben Morgen kam Kolia mit einer großen Papiertüte in den Händen zum Kipper von Gaučys, er gab sie ihm: »Hier für Maška.«

»Kolia! ...Woher hast du diese vielen Apfelsinen?!«

»Ich habe dir doch gesagt, dass meine Alte in einem Geschäft arbeitet.«

»Du hast gesagt, Haushaltsartikel!«

»Aber ihre Bekannte arbeitet in irgendeinem Restaurant für die Nomenklatur. Du weißt, wie die Händler sind, du mir heute dies, ich dir morgen jenes ... Aber gib Geld, sonst wird meine Alte wütend: Du hast sie wohl wieder zu irgendeiner Hure gebracht.«

Gaučys bezahlte. Maška war wirklich nie die Geliebte von Kolia gewesen, sie kannten sich nur vom Sehen, wie alle Bewohner des Wohnheims, aber trotzdem hatte er Apfelsinen gebracht.

»Sag nur, was du brauchst, Bananen, Mandarinen …«

»Ich danke dir, Kolia. Ich werde sagen, wenn etwas nötig ist.«

»Übermittle meine Grüße!«, sagte er noch im Weggehen.

Als Gaučys mit den Apfelsinen ins Krankenzimmer trat, sah er zunächst nur vier weiße Betten. An einem stand ein hohes Tropfgerät. In diesem Bett lag Maška, bleich wie der Kopfkissenbezug, mit eingefallenen Wangen und tief eingesunkenen Augen, die sich sofort mit Tränen füllten, als Gaučys sich auf den Hocker daneben setzte. Er fragte nichts, er sagte nichts, die mitgebrachten Blumen hatte er auf das Nachtschränkchen gelegt, und dort lagen sie, die Papiertüte stand auf dem Boden. Er nahm Maškas freie Hand, legte ihre Handfläche auf seine, mit der anderen Hand streichelte er ihre Hand zärtlich. Maška versuchte sie wegzuziehen, aber Gaučys ließ es nicht zu.

»Streichle mich nicht, Juzikas … Ich kann mich nicht beherrschen, ich werde zu schreien anfangen!«

Gaučys ließ es.

»Tut es sehr weh?«

»Fast nicht. Die ganze Zeit hänge ich am Tropf. In der Flasche sind irgendwelche Medikamente und Tropfen.«

Sie sprachen nicht weiter darüber, hier wird er niemals darüber sprechen. Wenn er Maška nach Hause gebracht hat, dann. Sie wird selber alles erzählen.

»Willst du eine Apfelsine?«

»Schäl mir eine, schieb mir je ein Stück in den Mund, ich kann es mit einer Hand nicht tun.«

Gaučys drückte mit den Fingern auf die Apfelsinen, die oben lagen, nahm diejenige heraus, die am weichsten war, begann sie zu schälen, aber als die Krankenschwester den Kopf ins Krankenzimmer steckte, um zu schauen, ob noch genug in der Tropfflasche war, sah sie in den Händen von Gaučys die Apfelsine, ging zu ihm, nahm sie und warf sie zurück in die Tüte: »Keine Apfelsinen … Und nichts zum Essen herbringen, wir geben ihr mit dem Tropf Glukose!«

»Aber wann darf sie essen?«

»Wenn der Arzt es erlaubt!«

Gaučys nahm aus der Tüte einige Apfelsinen und steckte sie der Schwester in die Kitteltasche. Sie tat so, als ob sie es nicht bemerkt hätte, nickte ihm aber zu, als sie hinausging.

»Maška, wo soll ich die Blumen für dich ins Wasser stellen?« Gaučys schaute um sich.

»Nehmen Sie von meinem Schränkchen das leere Glas!«, sagte eine junge Frau, die am Fenster lag.

Als Gaučys sich wieder auf den Hocker neben Maškas Bett gesetzt hatte, streckte sie die Hand nach ihm aus: »Lass sie in der deinen … Ich werde jetzt nicht mehr weinen.«

»Aber du musst nicht weinen!«

»Erzähle, wie geht es der Mutter?«

Kaum hatte Gaučys zu erzählen angefangen, dass er vollkommen unnötig die Tomatensetzlinge mitgenommen hatte, kam eine Krankenschwester, um zu sagen, dass es sieben Uhr sei. Bevor Gaučys hinausging, beugte er sich zu Maška herunter, küsste ihr auf den Mund und sagte: »Mach dir keine Sorgen und denk nicht die ganze Zeit an mich. Was gewesen ist, ist vorbei, mit Gedanken kannst du nichts mehr ändern. Pass auf dich auf, mache dir um mich keine Sorgen!«

»Ich passe auf mich auf, Juzikas. Du siehst selber, dass ich aufpasse …«, und sie fand sogar Kraft für ein schwaches Lächeln. »Du wirst nicht eine andere Frau heiraten, nein! Du wirst noch mit dieser zusammen leben …«

»Dass sie schon lächelt, das ist gut!«, in Gedanken wiederholte Gaučys dies die ganze Zeit, als er zur Bushaltestelle ging, obwohl er wusste, das nichts gut war, dass alles überhaupt noch nicht gut war. Aber während dieser zehn Tage geschah es nicht ein einziges Mal, dass Gaučys nicht genau um halb sieben mit Blumen und mit irgendeinem Obst im Türrahmen des Krankenzimmers auftauchte.

Als der Doktor, der Maška behandelt hatte, ihr erlaubte, nach Hause zu gehen, hieß er sie, nach einem Monat unbedingt wiederzukommen und sich vorzustellen.

Zu Gaučys aber sagte er: »Zwei Monate keine Beziehungen!«

Gaučys hätte auch mit seinem Kipper zum Krankenhaus fahren können, aber er überlegte sich, wie Maška in der Fahrerkabine bei der Fahrt durch die ganze Stadt durchgeschüttelt würde, deshalb fuhren sie mit dem Taxi nach Hause. Jetzt mussten sie nicht mehr sparen, weder für ein Kinderbett noch für einen Kinderwagen, aber Maška zitterten die Beine, als sie die sieben Treppen bis zu der Wohnungstür hinaufstieg. Er zog sie aus, führte sie zum Bettsofa, das aufgeschlagen und mit frischer Bettwäsche bezogen war, Maška streckte sich lang aus, sogar die Arme warf sie seitwärts: »Juzikas, wie gut ist es, dass ich schon zu Hause bin! Wie gut! ...«

Sie schloss die Augen, lag da, und Gaučys hoffte, dass sie einschlafen würde, aber Maška öffnete die Augen wieder: »Aber, ob es wieder so gut sein wird, wie es war?«

»Willst du vielleicht Erdbeeren?« Gaučys wandte die Augen ab.

»Nein, Juzikas, ich möchte einfach allein sein.«

»Willst du schlafen?«

»Nein.«

Er ging in die Küche, öffnete das Klappfenster, blies den Rauch direkt hinaus, aber Maška roch es: »Juzikas, du hast angefangen zu rauchen!«

»Ich habe angefangen.«

»Lass es, bevor du dich daran gewöhnst, das Schlimmste ist doch schon vorbei!«

»Nichts ist vorbei«, antwortete Gaučys.

Später kochte er das Essen, und Maška schlief ein. Als er, nachdem er das Gas abgestellt hatte, wieder ins Zimmer ging, um nachzusehen, ob Maška noch schlafe, schlief sie nicht mehr, sie lag mit offenen Augen auf dem Rücken und schaute an die Decke.

»Willst du, dass ich dir das Essen ans Bett bringe?«

»Nein, ich komme selber in die Küche. Gib mir nur ein Kelle!«

Während sie ihre Kelle Suppe schlürfte, dachte Gaučys fortwährend: »Was ist? Na, was ist mit mir, dass ich Angst habe zu fragen? ...«

Er beschloss, nichts zu fragen, solange sie nicht selber reden würde.

Nach dem Essen legte sie sich wieder hin. Gaučys brachte ihr auf einem Tellerchen Erdbeeren, er setzte sich an den Rand des Bettes: »Mach nur den Mund auf, ich werde dir jede einzeln zu essen geben.«

Sie öffnete den Mund und kaute die Erdbeeren, Gaučys begriff, dass Maška ihn sah, aber auch nicht sah, so als ob sie irgendwo weit entfernt wäre, er sah, dass zwischen ihren Augen und dem Gesicht von Gaučys irgendetwas hing, etwas Durchsichtiges und Durchscheinendes, aber dieses Durchsichtige und Durchscheinende war für sie jetzt wichtiger als Gaučys und ließ nicht zu, dass sich ihre Blicke trafen. ›Ist es nicht merkwürdig‹, dachte Gaučys, ›es lässt die Bilder durch, es lässt Farben durch, aber den Blick nicht, wie kann das so sein? Vielleicht ist es nur von einer Seite, von Gaučys Seite aus durchlässig, aber von ihrer aus bleibt es undurchsichtig?‹

Sie drehte den Kopf zur Seite: »Mehr möchte ich nicht. Iss es selber auf.«

Gaučys probierte nicht eine Erdbeere, er stellte das Tellerchen in den Kühlschrank.

»Juzikas!«, rief Maška ihn. »Komm her! Greif unter die Wäsche im mittleren Fach des Schrankes, da muss eine kleine Papiertüte sein. Diese, diese! Bring sie in den Mülleimer. Nur, schau nicht hinein, gut?«

»Das interessiert mich nicht, ich werde es wegwerfen.«

Auf dem Hof standen einige Frauen mit ihren Mülleimern, sie warteten auf die Müllabfuhr. Gaučys trug seinen Eimer etwas weiter. Er drehte ihnen den Rücken zu und schaute, was in dieser kleinen Papiertüte war. Darinnen waren zwei grellfarbige Babyrasseln, die eine mit einem Rädchen am Ende, die andere mit einer roten Kugel. Schnell steckte er sie wieder zurück, warf die Tüte in den Eimer. Zurückgekommen legte er den leeren Eimer mit neuem Zeitungspapier aus, stellte ihn unter das Spülbecken, rauchte wieder vor dem Klappfenster. Er ging ins Zimmer zu Maška, so als ob er nichts gesehen und angefasst hätte: »Was würdest du gerne zum Abendessen haben?«

»Vielleicht nur warmen Tee.«

»Ich habe dir noch leckeres Gebäck gekauft, willst du davon etwas essen?«

»Vielleicht ein Stück …«

Sie setzte sich neben das Schränkchen, knabberte wie ein Eichhörnchen in kleinen Bissen das Gebäck, vom Tee ließ sie etwas in der Tasse. Und zu Gaučys sagte sie wieder nichts außer: »Ich werde wieder ins Bett gehen …«

Gaučys wusch beide Tassen ab, zog sich den Hocker näher ans Klappfenster, setzte sich und rauchte. Als es schon lange dunkel geworden war, zog er sich in der Küche aus, warf Hose und Hemd über den Hocker, und als er in das dunkle Zimmer ging, spürte er genau, das Maška in der Dunkelheit wieder auf dem Rücken lag und nach oben sah … Er stieg über sie weg und legte sich selbst auf den Rücken neben sie. Aber diesmal hielt er sich nicht zurück: »Maška, einmal musst du sowieso alles erzählen …«

»Ich erinnere mich doch an nichts! Man hat mir diese Maske auf den Mund gelegt und mir befohlen tief zu atmen … Ich bin erst in der Intensivstation aufgewacht.«

In der Dunkelheit hörte Gaučys, dass sie ruhig redete, nicht die geringste Betonung schwang in ihrer Stimme mit.

»Erst später sagte der Chirurg Ragauskas, na, dieser, du hast ihn gesehen, der mir aufgetragen hat, nach einem Monat wiederzukommen … Er sagte, dass ich sehr stark geblutet habe, dass er Stücke herausnehmen musste …«

»Welche Stücke?« Gaučys verstand nicht. »Was musste er, Stücke?«

»Deinen Vidas!« Maška schrie plötzlich in der Dunkelheit auf. »Deinen Vidas, unglücklicher Dummkopf!«

Kapitel 13

Am Morgen machte Gaučys sich sein Vesperbrot selber und füllte die kleine Thermosflasche mit Tee. Maška fuhr jede Woche allein in die Poliklinik, um ihren Krankenschein zu verlängern. Wenn Gaučys am Abend nach Hause kam, empfing sie ihn nicht an der Tür, sie saß in der Küche oder im Zimmer und wartete, bis er hereinkam. Wegen des Rauchens sagte sie nichts mehr. Wenn sie nachts im Bett lagen, schmiegte sie sich nicht mehr nackt an ihn, und ihr warmer Atem an seinem Nacken half Gaučys nicht beim Einschlafen. Sie legte sich nur noch mit Nachthemd ins Bett, obwohl Gaučys früher nicht einmal eines davon gesehen hatte. Gaučys begehrte sie, er wollte sie, die ganze Zeit über wollte er sie, sogar nachts während er schlief und nicht einmal merkte, wie er die Hand auf ihren Schenkel legte, danach wälzte er sich hin und her, aber wenn er einen wollüstigen Traum träumte, so nicht mit Maška, sondern aus irgendeinem Grund mit Klava. Eines Nachts, als er sich von der einen auf die andere Seite drehte, sagte sie: »Ich sehe doch, es fällt dir schwer ohne eine Frau, Juzikas. Kann ich dir vielleicht irgendwie anders helfen?«

»Nein!«, der ganze Gaučys schüttelte sich. »Ich will nicht so, wie du mit deinem Šyska! ... Du hattest es mir zumindest nicht erzählen sollen.«

Und so redeten sie darüber nie wieder. Nach einem Monat ging Maška allein zum Chirurgen Ragauskas, und als Gaučys fragte, was er gesagt hätte, zuckte sie nur mit einer Schulter: »Er hat nichts gesagt. Nur, dass ich in einem Monat wiederkommen soll, dann wird er vielleicht etwas sagen.«

»Was wird er sagen?«

»Warum bedrängst du mich? Woher soll ich wissen, was er sagen wird?«

Gaučys wartete selbst noch diesen einen Monat. Die Hitze des Sommers hatte begonnen, er verließ die Arbeit abends müde wie ein Hund und erhitzt vom Sitzen in der blechernen Fahrerkabine, aber bevor er nach Hause ging, musste er noch in mehreren Geschäften Schlange stehen. Maška begrüßte ihn nie mit einem warmen Abendessen; obwohl sie sich schon erholt hatte, kochte Gaučys für sie beide. Sie meinte, dass man ihr vielleicht nur noch einmal den Krankenschein verlängern würde, und tagsüber legte sie sich nur selten aufs Bett, einige Male fuhr sie sogar allein ans Meer; Gaučys erkannte, dass es nicht Krankheit oder Schwäche waren, weswegen ihre Hände keine Arbeit mehr anrührten. Er hatte Mitleid mit ihr, er tat alles für sie, und nie machte er ihr irgendeinen Vorwurf, weder wegen der Abendessen, noch wegen anderer Dinge.

Der zweite Monat neigte sich auch schon zum Ende. An einem Abend, als Gaučys die Tür aufschloss, mit dem vollen Einkaufsnetz in den Händen in die Küche ging, war Maška nicht dort. Sie saß im Zimmer am Tisch, vor ihr stand eines der Schnapsgläser von der Hochzeit und die Flasche Pfefferminzlikör, mit der sie sich am Abend ihres Kennenlernens bei Klava betrunken hatte. Aber die Flasche war nur angebrochen. Gaučys wunderte sich nicht besonders über die Flasche und fragte: »Warst du?«

»Ich war.«

»Und was hat er gesagt?«

»Alles in Ordnung, Juzikas!« Maška lächelte. »Alles in Ordnung! Willst du etwas trinken?«

»Ich mag diesen süßen Likör nicht, ich habe großen Durst und werde mir besser grünen Tee aufgießen.«

»Ich habe dir zwei Flaschen ›Gira‹ gekauft, ich habe sie in den Kühlschrank gelegt, geh, trink … Nein, besser bring sie her!«

Aber Gaučys trank sofort dort, neben dem Kühlschrank, ein volles Glas aus. Eine Brave, seine Maška! Während der zwei Monate hatte sie das erste Mal auch an ihn gedacht, aber warum erschien ihm ihr Lächeln so sonderbar? Mit dem »Gira« und einem Glas in der Hand ging er zurück in das Zimmer. Wie hatte sie es geschafft, so schnell so viel zu trinken? Hatte sie einige Gläschen der Reihe nach hinunter gekippt? Von der grünen Flüssigkeit war nur mehr die Hälfte übrig. Er setzte sich ihr gegenüber und trank etwas von diesem »Gira«. Maška goss gleichzeitig zwei Gläser Schnaps hinter. Gaučys betrachtete sie aufmerksam, bemerkte, dass sie rasch betrunkener wurde.

»Nun, erzähle!«

»Es gibt nichts zu erzählen!«, sie streckte wieder die Hand nach der Flasche aus, füllte sich das Gläschen, nur diesmal goss sie mehr daneben als in das Glas. Sie kippte alles mit einem Schluck hinunter wie Dimka und atmete tief durch. Und wieder wollte sie die Hand ausstrecken, aber Gaučys legte rechtzeitig seine Hand auf den Flaschenhals. »Du musst mir die Flasche nicht geben, ich habe noch eine geholt!«

Eine plötzliche, schreckliche Vorahnung stach Gaučys mitten in das Herz. Sogar halbbetrunken bemerkte sie sein verzerrtes Gesicht.

»Ja, Juzikas, ja. Wir werden nie mehr Kinder haben!«

Gaučys ging zu ihr, hob sie vom Stuhl auf, setzte sich selbst auf ihren Platz, zog Maška auf seine Knie und umarmte ihre Taille: »Es ist Unsinn, was sie dir gesagt haben! Wie viele Male haben sie sich geirrt? Du bist doch noch jung, und wie wenig Zeit ist erst vergangen, verstehst du? Alles wird dort in diesem Bauch wachsen und sich ordnen, du wirst sehen! Bei uns im Dorf lebten diese Mockas, zwanzig Jahr lebten sie zusammen und hatten keine Kinder und plötzlich brachte Mockiene, schon in den Vierzigern, ein Kind auf die Welt! Wohin waren die zwei nicht gefahren! Sie waren in Kaunas, in Vilnius, sogar nach Priekule in Lettland zu irgendeiner Kurin fuhren sie, aber nichts! Und als sie schon im Traum nicht mehr daran gedacht haben … da ist es passiert! Hast du nie von solchen Dingen gehört?«

»Habe ich. Aber nur für die anderen war es so.«

»Wenn es für die anderen war, weshalb soll es dir nicht ebenso gehen?«

»Juzikas!«, sie schlang die Arme um seinen Hals, küsste ihn auf die Lippen, die Augen, die Wangen. »Zieh mich aus, lass uns ins Bett gehen!«

Im Bett, bereits nackt, wurde sie nüchterner: »Fang das erste Mal nur vorsichtig an, gut?«

Gaučys nahm ihre Brustwarze in den Mund, mit der Handfläche streichelte er sanft die andere. Danach begann er vom Knie aus ihre Schenkel zu streicheln, ein wenig höher, plötzlich erschien es ihm, dass seine Handfläche irgendwie schleimig, klebrig wurde. Und wenn er noch höher strich, würde er mit den Fingern zwischen ihren Beinen ein blutiges Stück seines Kindes berühren ... Als ob er sich verbrüht hätte, zog er die Hand fort, Maška spürte es und steckte die Hand unter den Gummizug seiner Unterhose.

»Was ist passiert, Juzikas?«

Sie ließ ihre Hand für einige Zeit dort, dann zog sie diese wieder zurück: »Juzikas, was ist mit dir?«

»Ich weiß es nicht, Maška. Ich weiß es selber nicht. Ich will dich doch so sehr, aber ...«

»Du hast dich während dieser zwei Monate ohne mich ausgezehrt, Juzikas! Männer zehren sich aus, ich weiß das. Dann streichle mir einfach die Schenkel, den Bauch, ich werde langsam abkühlen.«

»Ich kann nicht, Maška.«

»Du kannst nicht einmal streicheln?«, sie dachte schweigend über irgendetwas nach, aber offensichtlich fiel ihr nichts ein.

Dann stieg sie nackt aus dem Bett, setzte sich an den Tisch, trank den ganzen Likör aus, kam zurück, legte sich neben ihn, und vor dem Einschlafen flüsterte sie noch: »Morgen früh werden wir sehen, Juzikas, nicht du wirst mich, sondern ich werde dich aufwecken.«

Und sie schlief ein. Es war eine schreckliche Nacht für

Gaučys, er begann sich vor dem Morgen zu fürchten. Und wenn es wieder so sein wird? Und später wieder und wieder? Er wollte sie ja doch, aber wie sollte er dieses Bild ihrer blutigen Schenkel aus seinem Kopf bekommen?

Für die beiden lief die ganze Woche über nichts. Gaučys Gesicht wurde grau, er hatte irgendetwas tief in sich verschlossen, er hatte große Scham vor Maška, er bemühte sich, dass sich ihre Augen nicht irgendwie treffen würden. Er konnte ihr doch nicht sagen, was er unter seiner Handfläche auf ihren Schenkeln spürte, was er fürchtete, mit den Fingern in dieser Stelle bei ihr zu ertasten?

Nach einer Woche zog sie wieder Nachthemden an, wenn sie schlafen gingen.

»Fahr zur Mutter, Juzikas! Es ist jetzt schon der dritte Monat, dass du nicht bei ihr gewesen bist.«

»Und du?«

»Wie kann ich vor ihr so platt erscheinen? Wieder müsste ich alles von neuem erzählen, es reicht! Es ist genug, dass ich es dir erzählt habe!«

Gaučys fuhr wieder allein. Mit dem Zug, so dass er am Morgen an Ort und Stelle sein würde. Am Sonntagabend würde er zurückkommen. Irgendetwas hatte Maška ihm ins Köfferchen gelegt, aber Gaučys hatte nicht einmal nachgeschaut, was.

Die Sonne stand schon hoch, als Gaučys die Türklinke des Häuschens herunter drückte, dann an ihr rüttelte. So früh trägt sie die Milch nicht in die Stadt, vielleicht melkt sie die Kuh? Aber auf der Weide sah er weder die Kuh noch die Mutter, die Weide war leer, leer war der ganze Waldrand. Auch im Gemüsegarten war sie nicht. Gaučys öffnete die Tür des Stalls. Der Stall war leer, drinnen roch es nicht einmal nach frischem Hühnermist, mit dem die Leiter doch immer bekleckert war. Auch die letzten zwei weißen Hühner waren nirgends, nicht im Stall, nicht im Gemüsegarten, nicht am Zaun. Gaučys kehrte zum Häuschen zurück, klopfte kräftig gegen das Fenster:

»Mama! … Mama! … schläfst du da drinnen?«

Er legte die Hände um die Augen und drückte die Nase gegen die Fensterscheibe. Die Gardinen waren nicht zugezogen, er konnte innen alles gut sehen, das zugedeckte Bett der Mutter und die zwei aufgeschüttelten Kopfkissen, das eine auf das andere gelegt.

»Ist das geliebte Söhnchen einmal erschienen?«, hörte er hinter seinem Rücken ein Stimme und zuckte zusammen. Buckelig, gebückt stand Lankauskiene hinter seinem Rücken und hielt sich an einem dünnen, krummen Stock fest, Gaučys sagte ihr nicht einmal guten Morgen, sondern fragte sofort: »Lankauskiene, wo ist die Mutter?«

Sie schwieg, aufmerksam das Gesicht von Gaučys betrachtend und forschend, ob sich schon irgendwelche Gefühle darin zeigten oder, wenn sie den Mund aufmacht, sich zeigen würden. »Deine Mutter ist unter der Erde, wo sonst können Mütter sein?«

Gaučys wurde plötzlich schwach, so schwach in den Beinen, dass er sich mit dem Rücken an den Fensterrahmen lehnte. Lankauskiene stand ihm ruhig gegenüber, sie wartete auf die nächste Frage, ungefragt sagte sie nichts.

»Wann?«

»Morgen werden es genau drei Wochen sein. Ja … Es war Freitag. Am Montag darauf haben wir sie beerdigt.«

»Ist sie im Krankenhaus gewesen?«

»In was für einem Krankenhaus!? Man hat sie an den Bahngleisen gefunden unter diesem Schulterjoch«, und immer noch ließ sie die Augen nicht ab von Gaučys' Gesicht, immer noch schaute sie forschend, und ohne jedes Mitleid fügte sie hinzu. »Wie dein Vater auch!«

»Aber wer hat sie beerdigt? Mit welchem Geld?«

»Ich kann sagen, dass die Kolchose sie beerdigt hat. Einige sind gekommen, und wir haben nur vorgesungen. Man hat einen Sarg gekauft, Totengräber bestellt, einen Lastwagen zur Verfügung gestellt, die Leute in einem kleinen Autobus hin- und zurückgefahren. Das Mittagessen ist von zwei Frauen aus dem Gemüseanbaubetrieb zubereitet worden, die Trauerfeier mit einem Priester hatten wir in der Kirche. Ich habe Geld gefunden, sie hatte mir schon früher gesagt, an welchem Ort sie es aufbewahrte. Als ob sie geahnt hätte, dass nicht der Sohn, sondern Fremde sie beerdigen werden!«

Gaučys schwieg, er ließ den Kopf hängen und konnte sich immer noch nicht vom Fensterrahmen losreißen. Er fühlte, wie der Zorn langsam in ihm hochstieg, riss sich vom Fensterrahmen los, trat einen Schritt näher: »Warum habt ihr mir weder eine Nachricht noch ein Telegramm gesandt?!«

Lankauskiene hob den Kopf, stach mit dem Ende des Stocks kräftig in das Gras, und mit stechenden Augen blickte sie auf Gaučys: »Und wohin sollten wir dir das senden? Wir haben nur einige deiner Briefe von der Armee gefunden, aber aus Klaipeda nicht einen! Nicht einmal die kleinste Ansichtskarte mit einer Anschrift!«

»Aber ich selber bin doch oft hergefahren!«

»Das ist gut, dass du so häufig zur Mutter gefahren bist. Einmal in einigen Monaten. Sie hat sich ein braves Kind aufgezogen. Da, und jetzt ist das Söhnchen nach Hause gekommen, oder bist du nicht nach Hause gekommen?«

Gaučys ließ den Kopf wieder hängen. Er konnte nicht länger in das runzlige Gesicht der Lankauskiene schauen, in die stechenden Augen, er stand ihr gegenüber und schwieg.

»Steh nicht da wie ein Stock!«, sie schob ihm irgendetwas in Zeitung Eingewickeltes hin. »Hier zweihundertachtunddreißig Rubel, Kopeke für Kopeke, das ist alles, was übrig geblieben ist. Und hier ist der Schlüssel des Häuschens.«

»Und die Kuh?«, fragte Gaučys.

»Als wir die Nachricht in das Verwaltungsbüro gegeben haben, sind der Vorsitzende, der Tierpfleger und noch irgend so einer sofort hergefahren. Der Vorsitzende hat gesagt: »Melke du oder sonst jemand in der Zwischenzeit die Kuh, irgendwann muss dieses Söhnchen von ihr erscheinen. Sag, dass er ins Büro kommen soll, wir werden das Häuschen kaufen, irgendwelche Leute aus der Stadt reinlassen. Ich habe gesagt, Vorsitzender, ich nehme diese Kuh nicht, ich kann selber kaum mit dem Stock gehen. Gut, hat er gesagt, sollen diese Volkovas die Kuh so lange melken, sie haben sechs Kinder, aber sie haben keine Kuh. Aber als ich gesagt habe, dass die Kuh jeweils drei Eimer gibt, widersprach der Tierpfleger dem Vorgesetzten plötzlich: Die werden das Tier ganz bestimmt kaputtmachen! Tun wir es in die Herde der Kolchose und Schluss! Nun, nach dem Mittagessen fuhren drei Männer mit einem Lastwagen vor, zogen die Kuh auf Brettern nach oben und fuhren mit ihr ab. Da du schon hergekommen bist, bleib bis Montag hier, am Montag geh in das Büro, früh, noch vor sieben, später fährt der Vorgesetzte irgendwohin, du kannst ihn dann nicht erreichen! ... Lass dir das Geld für die Kuh geben, sie werden die Papiere für das Häuschen ausstellen und für das Häuschen wirst du auch etwas bekommen. Viel wohl nicht ...«, sie schlug die Augen nach oben. »Ein winzig kleines Häuschen, es braucht ein neues Dach ...«

»Und wo liegt sie begraben? Wollte sie bei meinem Vater oder bei ihrem Vater beerdigt sein?«

»Was konnte sie noch wollen? Sie ist plötzlich unter dem Schulterjoch zusammengebrochen! Bei deinem Vater, bei ihm!«

»So ist es gut«, sagte Gaučys. »Ich werde nur das Hochzeitsfoto der Eltern nehmen.« Und beinahe hätte er laut gesagt: »Irgendwann werde ich meinen Kindern das Foto zeigen ....« Nein, er sagte es nicht, er sagte etwas anderes: »Du kannst aus dem Häuschen alles nehmen, was da ist. Lass diesen Landstreichern nichts, ich will das nicht.«

»Nein, Kindchen, was brauche ich denn noch? Vielleicht diese zwei Kopfkissen. Siehst du, ich habe selber Kopfkissen, aber meine sind mit Federn, diese aber mit Daunen. Für einen alten Kopf ist es schon hart, auf Federn zu liegen.«

Gaučys wollte sich niederbeugen und ihr die Hand küssen, aber er kam zu spät. Lankauskiene hatte ihm den Rücken zugedreht und ging schon langsam, mit schleppenden Füßen, in Richtung ihres Gemüsegartens. Als sie sich einige Schritte vorwärts geschleppt hatte, schaute sie über die Schulter zurück:

»Geh wenigstens heute noch zu dem Grab!«

Als ob er selbst nicht darauf gekommen wäre.

Er schloss die Tür des Häuschens auf. In der schon lange nicht mehr geheizten Küche roch es nach kalter Asche. Er legte sein Köfferchen im Zimmer auf den Tisch, schaute und schaute auf das leere Bett der Mutter, er wollte hier nicht länger sein, ging nach draußen, stand bei der Giebelwand des Häuschens, rauchte, erst dann bemerkte er das an die Wand gelehnte Schulterjoch der Mutter. Die kaum abgebrannte Zigarette warf er auf den Boden, nahm aus dem Vorraum eine Axt, trug das Schulterjoch zu dem Holzklotz, kniete daneben und begann dann zu hacken. Das Schulterjoch war hart, vielleicht war es aus Eschenholz oder die Schneide der Axt war so stumpf geworden, dass man darauf reiten konnte, aber Gaučys spürte vor Wut weder den dicken Schweiß auf der Stirn noch sonst etwas, er hackte, schlug, manchmal hackte er blind, aber er zerhackte dieses Schulterjoch in kleine Stücke. Dann warf er die Axt in den Holzstoß und ließ alles so, stand auf und ging zum Brunnen. Er trank, bespritzte sein Gesicht mit Wasser, trocknete es mit dem Hemdärmel ab, verschloss das Haus und ging an den Bahngleisen entlang in die Stadt. Der Friedhof war an der Venta, nur auf der anderen Seite. Die Sonne wärmte schon und ließ die Bahngleise bläulich glänzen.

Als er über die Landstraße zum Friedhof gelangte, erschien der ihm irgendwie riesig! Man hatte jetzt bis zum Stall und zur Giebelwand eines früher weiter entfernt stehenden Hauses einen Zaun gezogen. Die Verandafenster des Hauses gingen zur Landstraße, daneben war eine Aufschrift »Friedhofsdirektion« zu sehen. Aber das Grab seines Vaters war auf dem alten Friedhof, vom Eingangstor und vom Hauptweg nicht sehr weit entfernt. Der Sandhaufen, den die Totengräber mit Schaufeln aufgeworfen und geglättet hatten, war ein wenig auseinandergerutscht, auf diesen Haufen hatte man vertrocknete Blumenstiele geworfen. Am Ende des Grabes standen ein einfaches Kreuz aus Zement mit dem Vor- und Nachnamen seines Vaters, und an den Seiten zwei von der Mutter gepflanzte Zypressen, jedoch war die eine, die mehr im Schatten der Bäume stand, etwas kleiner. Gaučys sammelte die Stiele zusammen, begradigte die Ränder des Sandhaufens, schob den Sand nach oben, klopfte ihn fest. Auf der Seite des Flusses, irgendwo weiter unten, spielte eine Blaskapelle, sie beerdigten einen anderen Menschen, die Trauernden sah er von hier aus nicht. Gaučys ging, den Arm voll mit diesen Blumenstielen, durch das Tor wieder auf den Weg, warf alles in den Graben und wandte sich dahin, wo die »Friedhofsdirektion« war. Die Direktorin selbst wohnte auch dort, sie schöpfte gerade Wasser aus dem Brunnen, und als Gaučys ihr sein Anliegen erklärte, nickte sie mit dem Kopf.

»Ich weiß, ich kenne dieses Grab!« Sie schob ihm ein Blatt Papier hin, einen Bleistift. »Schreiben sie nur alles in großen Buchstaben auf, jeden Buchstaben gesondert. Und die Zahlen auch. Ich werde es den Männern übergeben, und sie werden es einmeißeln. «

Gaučys schrieb den Vornamen, den Nachnamen, das Geburtsdatum der Mutter auf, aber er runzelte die Stirn und musste in Gedanken nachrechnen, der wievielte Tag des Monats dieser Freitag gewesen war, als man sie an den Bahngleisen unter diesem verfluchten Schulterjoch gefunden hatte. Die Direktorin nahm von ihm die Papiere, den Stift, tippte damit auf jede Zahl und jeden Buchstaben, bewegte so lange die Lippen, bis sie alles zusammengezählt hatte. Sie sagte, wie viel, Gaučys bezahlte und ging. In der Stadt aß er irgendetwas in einem Speiselokal, aber als er an den Bahngleisen zurückging, konnte er sich schon nicht mehr erinnern, was. Mag sein, irgendeine Suppe, mag sein, noch irgendetwas … Vor dem Besuch des Lokals war er noch zu der Post abgebogen, hatte an seine Arbeitsstelle ein Telegramm gesandt: »Ich werde wegen der Beerdigung meiner Mutter einige Tage fehlen.«

Diese einigen Tage brauchte er aber nicht. Bis Montagmittag hatte er im Büro alles in Ordnung gebracht. Spät am Abend kehrte er mit dem Bus heim, Maška fand er nicht vor, nur einen mit trunkener Hand bekritzelten Zettel: »Ich bin ins Wohnheim zu Freundinnen gegangen, wenn ich für die Nacht nicht zurückkomme, warte nicht!« Im Mülleimer unter dem Waschbecken lagen zwei leere Flaschen Pfefferminzlikör. In der Nacht stand er nicht mehr auf, um in der Küche am Klappfenster zu rauchen, er zog sich einen Stuhl ans Bett, legte alles darauf, Streichhölzer, Zigaretten, Aschenbecher …

Maška kam erst am Abend des nächsten Tages zurück. Sie sagte, dass sie vom Wohnheim mit Verute direkt zur Arbeit gefahren sei. Sie fragte nicht einmal nach der Mutter, sondern lief immerzu unruhig im Zimmer hin und her, versuchte Tee zu kochen, wartete aber nicht, bis er kochen würde; dann stellte sie das Gas aus, schlug die Tür zu und ging fort. Und wieder brachte sie diesen Pfefferminzlikör mit. Sie schaute Gaučys kurz an: »Warum muss ich mich in meiner Wohnung ohne Getränke quälen? … Es ist genug, dass ich es bis zum Abend irgendwie so aushalte oder nicht, Juzikas?«

Gaučys biss die Zähne zusammen. Als sie wegen eines Glases in die Küche ging, stellte er ihre Flasche unter den Tisch an seine Beine. »Maška, lass uns zuerst reden.«

»Aber über was? Gib mir die Flasche!«

»Nein, gib mir das Schnapsglas, ich werde selber eingießen.«

Sie trank es aus, hielt es ihm wieder hin.

»Noch einen!«

»Gut, noch einen, und dann werden wir reden!«

»Über was?! Über was?! Über was haben wir zu reden? Dass er bei dir nicht mehr steht? Ich kann trinken, so viel ich will, für mich ist es nicht nötig, dass er stehen kann, sollen die Männer sich darum selber kümmern!«

Zum ersten Mal erlebte er seine Maška in einem solchen Zustand; und sofort verstand er traurig: nicht das letzte Mal …

»Jetzt höre, Maška!«

»Nein, noch einen!«

Gaučys goss ihr noch einen ein, aber er gab ihr nicht das Glas, sondern hielt es fest in der Hand, mit der anderen Hand nahm er sich eine Zigarette, Streichhölzer, dann schaute er sich nach dem Aschenbecher um. Er sah ihn auf dem Stuhl neben dem Bett; während der Nacht hatte er den Aschenbecher mit Zigarettenkippen vollgestopft. Vor der Arbeit hatte er ihn nicht geleert.

»Gib das Glas, warum gibst du es nicht?«

»Es ist sehr voll gegossen, du wirst alles ausschütten.«

Sie trat zu Gaučys zu, beugte sich über den Tisch, ohne das Glas hochzuheben schlürfte sie den Likör, danach trank sie das Glas aus. Gaučys sah, wie ihre Finger zitterten.

»Warte, ich werde den Aschenbecher ausleeren.«

Er brachte den Aschenbecher in die Küche, leerte ihn aus, wusch und trocknete ihn ab, und als er zurückkam, stand die Likörflasche wieder in der Mitte des Tisches. Es waren nur noch zwei Finger breit grüne Flüssigkeit in der Flasche. Mit einem Gläschen nach dem anderen konnte sie das nicht geschafft haben, offensichtlich hatte sie direkt aus der Flasche den Likör hinuntergekippt.

Gaučys zündete sich eine Zigarette an, schaute durch das Fenster auf das gegenüber stehende Haus. »Maška, ich habe keine Mutter mehr. Sie ist vor drei Wochen beerdigt worden.«

Sie hob den Kopf, ihre Augen waren glasig: »Und ich keinen Mann! Ich bin jetzt Witwe! Eine Strohwitwe!«

»Maška, warum sprichst du so über meine Mutter … Ist sie schlecht zu dir gewesen? Schlecht?«

»Ich spreche nicht über sie! … Ich spreche über mich!«

»Interessiert dich nicht, wann?, was?, wie? Ich habe ihre Kuh verkauft, ich habe das Häuschen verkauft, wir werden nie wieder zu ihr in das Dorf fahren.«

Maška füllte sich erneut ein Gläschen, sie schaute kurz zu Gaučys: »In das Meinige werden wir auch nie fahren. Und was bringt das? Nichts!«, sagte sie laut, aber ihre Augen blickten traurig.

Gaučys folgte ihrem Blick, er verstand den Grund dieser Traurigkeit, in der Flasche waren nicht mehr als anderthalb Gläschen. Er zündete sich eine neue Zigarette an: »Maška«, fragte er, »in wie vielen Jahren hat deine Mutter sich zu Tode getrunken?«

»In zwei Jahren.«

»Du brauchst nicht so lange.«

»Sie hat Hausgebrannten getrunken! Aber ich … Vielleicht werde ich später aufhören? Ah?«

»Nichts wirst du aufhören! Du hast ein und ein halbes Jahr mit Klava in diesem Wohnheim getrunken, auf der Arbeit getrunken, in dieser deiner »kalturka« getrunken! Und mit wem hast du gestern die ganze Nacht getrunken? Mit Verute?«

»Nein.«

»Dann mit wem?«

»Du kennst ihn nicht.«

Gaučys ging zu ihr, schlug ihr mit der Hand auf die Wange. Sie schützte ihr Gesicht nicht mit den Händen, sondern wartete auf den nächsten Schlag, sie brach nicht in Tränen aus, plötzlich ergriff sie seine Hand, presste sie an die feuerrot brennende Wange, küsste sie, strich mit dieser Hand über ihre Stirn und ihre Haare.

»Juzikas … Das war schon lange nötig! Schon beim ersten Mal war es nötig, als ich dir alles erzählt habe! Schlagen und fortgehen!«

»Was bringt das!«

»Ich würde dir wie ein herrenloser Hund folgen, den Bauch auf den Boden gedrückt! Ich würde dir die Füße küssen, wenn du nur wieder zurückkommen würdest.«

»Ich würde nicht!«

»Du würdest! Du hast doch ein weiches Herz, Juzikas!«

»Ich hatte! Aber ich werde es nicht mehr haben, verstehst du? Ich frage dich, Schlampe, ob du verstehst, dass ich es nie mehr haben werde?«

Maška schwieg. Sie goss sich alles aus der Flasche ein. Gaučys machte das Licht aus, zog die Gardinen vor. Er ging in die Küche, stand dort in der Dunkelheit und rauchte.

»Juzikas, komm her!«, rief Maška aus dem Zimmer.

Gaučys kam.

»Was willst du?«

»Juzikas, ich bitte dich sehr, sei ein letztes Mal gut zu mir, ja?«

»Du musst sie dir selber holen.«

»Ich habe Angst in der Dunkelheit! Dort ist es ewig voll mit Alkoholikern, die mich bedrängen ...«

»Du bist doch jetzt selber so eine, warum hast du Angst vor deinen Freunden?

Du bist erfahren im Lutschen, du bist vergewaltigt worden, du kannst dich sofort zehn Männern hingeben, sie werden dir sowieso kein Kind machen ... Warum hast du jetzt Angst? In der Nacht hast du dich überzeugt, dass bei dir dort alles in Ordnung ist, man braucht bei dir nicht mehr vorsichtig zu sein.«

Maška erhob sich vom Stuhl, sie wankte kurz: »Ich habe mich davon überzeugt! ... Ja, ich habe mich auch davon überzeugt! Er ist mit seinem Schwanz in mich eingedrungen, und er ist größer als deiner!«

Sie ging, um sich noch eine Flasche zu holen. Vielleicht auch zwei. Auch Gaučys ging weg, er schleppte die Matratze aus dem Keller in die Wohnung, warf sie an die andere Wand, dorthin, wo sie sich beide irgendwann eine Schrankwand vorgestellt hatten, aus dem Bett holte er sich ein Kissen und eine Decke.

Maška brachte in dem Einkaufsnetz noch zwei Flaschen, warf einen Blick auf die auf den Boden geworfene Matratze: »Weil er bei dir sowieso nicht steht, so leg dich nur auf den Boden wie ein Hund!«

Sie versuchte verzweifelt, mit den Nägeln die Flasche zu öffnen, war dazu aber nicht mehr recht fähig.

»Habe ich dir nicht gesagt, kaum bin ich rausgegangen – schon haben mich zwei bedrängt und wollten mich in die Büsche zerren!«

»Warum bist du nicht mitgegangen?«

»Wenn sie vergewaltigen, schlagen sie aus irgendeinem Grund immer ... Mit den Füßen treten sie ... Es schmerzt sehr.«

»Warum müssen sie dich vergewaltigen, du könntest freiwillig gehen. Und es gäbe kein Schlagen.«

Maška dachte nach: »Es gäbe ...«

Schließlich gelang es ihr die Flasche zu öffnen.

»Maška, musst du morgen nicht zur Arbeit?«

»Nein, ich habe einen Tag frei genommen. Nein! Zwei Tage! Morgen und übermorgen werde ich nicht gehen! Ich muss nicht!«

»Wie du meinst ...«, Gaučys zuckte mit den Schultern. «Aber ich muss! Könntest du nicht allein in der Küche trinken, ich möchte das Licht ausmachen, etwas schlafen?«

Maška nahm die beiden Flaschen in die Arme und das Schnapsglas in die Hand: »Das macht keinen Unterschied für mich.« Sie nahm alles mit.

Gaučys stellte den Aschenbecher auf den Boden neben die Matratze, löschte das Licht. Er rauchte und meinte erst, dass er auch noch diese Nacht, wie in dem leeren Häuschen der Mutter, nicht einschlafen würde, aber er schlief sehr schnell ein. Maška machte keinen Lärm in der Küche. Vielleicht gegen Mitternacht hörte er irgendetwas hinter der Wand schwer auf den Boden plumpsen. Als er hinging, sah er, dass Maška vom Stuhl gefallen war, im Kleid lag sie auf dem kalten Linoleum, aber Gaučys ging nicht zu ihr, hob sie nicht auf, trug sie nicht ins Bett, steckte ihr nichts unter den Kopf, warf nicht einmal eine mitgebrachte Decke über sie, nur beim Hinausgehen schaltete er das Licht aus.

Am nächsten Morgen, als er aufgestanden war, um zur Arbeit zu gehen, sah er sie dort immer noch so liegen. Sie schaute von unten hoch zu ihm und schämte sich, dann huschte sie, vor Kälte mit den Zähnen klappernd, mit dem Kleid ins Bett unter die Decke. In der dritten Flasche war noch etwas übrig. Gaučys juckte es in der Hand, diesen Likör ins Waschbecken zu gießen. ›Möge es sein, wie es ist‹, überlegte er sich. ›Es wird sowieso immer so sein, wie es sein wird.‹

Kapitel 14

Gaučys konnte nicht verstehen, dass er am nächsten Tag keinen Unfall machte, sich nicht in der Kurve überschlug, nicht im Graben landete. Nach der Arbeit fuhr er ins Zentrum, saß auf dem Bänkchen des Platzes unweit der kleinen grünen Kanone, rauchte und dachte nach. Danach setzte er sich wieder in den Bus und stieg am Wohnheim aus. Er konnte seine Maška nicht mehr sehen. Den Schlüssel hatte er schon der Hausmeisterin zurückgegeben, schließlich war er in Maškas Wohnung angemeldet, und sie selbst hatte jetzt einen Pass mit dem Nachnamen Gaučiene ... Wenn in seinem Bett schon jemand anderes lag, dann würde wenigstens das Bett von Kolia frei sein!

Dimka war schon von der Arbeit heimgekommen, hatte sich gewaschen, gekämmt und saß jetzt am Tisch und stocherte gerade in einer Dose »Sprotten mit Tomatensoße«.

»Und?«, Dimka stand auf, »ziehen dich etwa schon die Mädchen des Wohnheims an?«

»Nein«, antwortete Gaučys ernst. »Kann ich hier übernachten?«

»Immer? Nicht einmal Miška wird hier sein.«

»Und wo ist er?«

»Er eifert Kolia nach!«

»Verstehe.«

Gaučys nahm aus seinem Korb eine Flasche Bier und eine Flasche Schnaps und stellte Dimka beides vor die Nase.

»Hier, für dich, einen »Joršas« zu den Sprotten. Gib mir ein Glas, ich gieße mir hundert Gramm ein.«

»Das gefällt mir!«, Dimka stellte zwei Gläser auf den Tisch, »ich wäre sowieso nach den Sprotten runter in die Bierstube gegangen.« Er bereitete sich einen »Joršas«, und Gaučys nahm das Glas mit den hundert Gramm.

»Hast du dich mit Maška gestritten? Hat sie dich rausgeschmissen? Oh, was für ein Fest hat sie hier in der Nacht von Sonntag auf Montag organisiert! Warst du verreist?«

»Ich habe meine Mutter beerdigt.«

Dimka wurde plötzlich ernst. »Auf das Andenken von deinem Mütterchen! Möge ihr die Erde leicht sein!«

Sie tranken auf das Andenken der Mutter, Gaučys durfte im Glas nichts übriglassen. So war es Brauch. Mit Mühe und Not trank er das Glas mit zwei Schlucken aus, dann brach er für sich ein Stück von Dimkas Weißbrot ab.

»Und, hast du schon angefangen zu rauchen? Deine Maška wird dich fertigmachen, oh, sie wird dich fertigmachen. Diese Schweigsamen, Guten machen einen immer fertig!« Dimka machte sich noch einen »Joršas«, den zweiten und letzten.

»Und was für ein Fest hat sie hier organisiert?«

»Die ganze Nacht hindurch haben sie getrunken, sie haben im Zimmer von Verute gesungen, dann geflucht, wieder gesungen! Nach elf ist die Hausmeisterin gekommen, sie hat zu Maška gesagt, sie solle nach Hause gehen, für Fremde sei das hier nicht möglich, Maška aber hat sie zum Teufel geschickt und noch alte Hure genannt. Da hat die Hausmeisterin die Miliz gerufen.«

»Haben sie Maška in die Ausnüchterungszelle gebracht?«

»Nein! Als die Miliz kam, schlief Maška schon in ihrem alten Bett, und die Miliz war gut. Sie sagte, warum sollen wir sie schlafend aus dem Bett ziehen? Wenn sie auf der Straße liegen würde, wäre es eine andere Sache … Nur die Hausmeisterin schrie noch auf dem Flur. ›Aber sie hat mich Hure genannt! Und dazu noch alte, verstehen Sie? … Für solche Worte sind fünfzehn Tage Lagerarbeit zu wenig!‹ Wir haben uns vor Lachen fast in die Hose gemacht! Die anderen drei haben bestätigt, dass Maška nichts dergleichen gesagt hat. Die Miliz ging lachend fort. Aber diese grässliche Person wird Maška sicher nicht mehr ins Wohnheim lassen!«

»Sie hat hier nichts mehr zu suchen.«

»Sie hat ... Wieso verstehst du das nicht? Du bist nicht da, sie ist allein zu Hause, keine lebendige Seele ist bei ihr, nicht mal eine Katze, die Arme, mit wem kann sie reden, wem das Herz ausschütten? Und wenn die Frau solche Not hat.«

»Was für eine Not?«

»Ach, Juzikas, stell dich nicht so dumm! Selbst Kolia hat ihr doch Apfelsinen gekauft!«

Wie freute sich Gaučys über Dimkas Worte! ... Und wie gut, dass es Dimka nicht einfiel, ihn zu fragen, warum Maška allein zu Hause saß, warum sie nicht mit ihm zur Beerdigung ihrer Schwiegermutter gefahren war.

»Dimka, du bist schon in Hausschuhen, aber ich habe noch meine Schuhe an. Willst du noch so einen »Joršas«?

»Wann habe ich nicht gewollt?«, er fletschte die Zähne bis zu den Ohren.

Gaučys ging los, diesmal holte er zwei Flaschen Schnaps und zwei Bier. ›Ich werde ein Glas trinken, natürlich nicht auf einmal. Eine Nacht werde ich hier wie ein Mensch schlafen.‹ Wie viele Nächte hatte er nur die eine oder die andere Stunde gedöst? Und diese gestrige Nacht ...

Am Morgen fuhr er mit Dimka zusammen zur Arbeit, auch am Abend kamen sie beide zusammen zurück.

»Willst du noch mal übernachten?«

»Noch eine Nacht. Maška, siehst du, hat sich zwei Tage freigenommen, jetzt wird sie allein am Tisch sitzen und trinken, bis sie umfällt. Ich kann das nicht sehen!«

»Arme Maška ...«

»Sie wird sich zu Tode trinken, Dimka! Bald wird sie eine Alkoholikerin sein. Sie wird sich in den Bierstuben herumtreiben, und für ein Glas wird sie sich anbieten.«

»Ach was! Wenn sie das gewollt hätte, hätte sie sich schon längst im Wohnheim zu Tode getrunken. Hier trinken doch alle, Männer, Weiber und Mädchen ... Du weißt selber, es gibt nicht einen Tag, an dem nicht in einigen

Zimmern getrunken würde! Geh nur an einem vorbei, sofort musst du dich hinsetzen und dir ein Glas vollgießen!«

In diesen zwei Nächten schlief sich Gaučys wirklich gut aus. Am zweiten Tag abends kehrte er nach der Arbeit in die Wohnung zurück, nur stand er auf dem Rückweg nicht Schlange und brachte im Einkaufsnetz keine Lebensmittel mit. Die Tür zum Zimmer war geschlossen, Gaučys öffnete sie nicht und schaute nicht nach, ob Maška schon betrunken im Bett lag oder noch am Tisch vor einer Flasche Likör saß. Er wollte sich Tee kochen, aber die Teekanne war warm, so musste er kein neues Wasser aufgießen. Im Kühlschrank war noch ein halbes Päckchen Margarine und im Brotkasten auf dem Regal ein dünner Brotkanten. ›Ach! Für mich reicht es. Ich will auch nicht viel essen. Ich will nur viel trinken.‹ Beim Essen ging er zum Küchenfenster und schaute hinaus. Die Sonne stand immer noch hoch. Die Bulldozer hatten bereits den ganzen Bauschutt weggeschoben, und zwei Bänkchen waren schon schräg an beiden Seiten des ausgetretenen Weges in den Boden eingesetzt. Ein Sandkasten war im Hof in der Mittelachse des Hauses angelegt worden, aber durch das Küchenfenster konnte er ihn nicht sehen. Er prüfte, in welcher Tasche Zigaretten waren; er würde jetzt in den Hof hinuntergehen, sich auf das Bänkchen setzen und rauchen bis es dämmerte. Aber bevor er hinunterging, schaute er in den Mülleimer unter dem Waschbecken. Er war geleert und mit ausgerissenen Seiten der Zeitschrift »Die Arbeiterin« ausgelegt worden, nur einige Kartoffelschalen lagen auf seinem Boden. Na ja, sie hat sich Kartoffeln mit kleinen Fleischwurststücken gebraten, von der noch ein Rest im Kühlschrank war, sie hatte ihm wohl nichts übrig gelassen in der Hoffnung, dass Gaučys auf dem Rückweg wieder von allem etwas mitbringen wird.

Er setzte sich auf das grüne Bänkchen und zündete sich eine Zigarette an. Fast gegenüber, vielleicht etwas verschoben, saßen zwei junge Mütter auf einer anderen Bank, die

Kinderwagen waren Kopf an Kopf gestellt, der eine dunkelblau, der andere weiß. Die Sonne schien Gaučys ins Gesicht, nicht mehr grell, nicht mehr heiß, eine wohltuende, späte Abendsonne, aber Gaučys setzte sich mit dem Rücken zu ihr hin, deshalb sah er jetzt nur die Spiegelung ihrer Strahlen in den Fenstern des gegenüberstehenden Hauses. ›Es bedeutet noch nichts, dass im Mülleimer keine Flaschen sind? Vielleicht stehen sie leer auf dem Tisch oder rollen auf dem Boden? Was soll ich mit ihr machen? Was soll ich machen?‹ Beide Mütter schoben die Kinderwagen zu den Treppenhäusern, auch im Sandkasten spielte schon kein einziges Kind mehr, nur Gaučys saß noch in der Dunkelheit, er rauchte immer noch. ›Ich muss nach Hause, auf dieser Matratze schlafen. Wie lange kann ich im Wohnheim übernachten? Die Hausmeisterin wird auch meinetwegen die Miliz rufen.‹ Und jetzt erinnerte sich Gaučys an sein großes Unglück, bei Dimka hatte er es irgendwie ganz vergessen. ›Der Unterschied ist nur‹, dachte Gaučys, als er die Tür aufschloss, ›dass sie ihren Freundinnen ihr Unglück erklären kann, aber ich niemandem auf der Welt … Und ich kann nicht trinken, ich werde nie Alkoholiker sein, vielleicht habe ich sogar ohne Notwendigkeit angefangen zu rauchen? Ich werde irgendwie leiden. Zigaretten beruhigen die Nerven nicht, das ist nur ein altes Rauchermärchen!«

Im Zimmer waren die Gardinen zugezogen, und in der Dunkelheit roch Gaučys keinen Likör.

»Lass das Licht aus!«, hörte er vom Bett her Maškas Stimme.

Gaučys antwortete nicht. Barfüßig tastete er sich zu seiner Matratze und legte sich hin.

Am nächsten Morgen stand er vor Maška auf, ging in die Küche und machte Tee warm, dann kam Maška mit zerwühlten Haaren. Sie beachtete ihn nicht, sagte nur kurz »guten Morgen«, öffnete den Kühlschrank, schaute hinein und schloss ihn sofort wieder. Sie ging ins Badezimmer, um sich zu waschen. Für sie war es nicht das erste Mal, dass sie einige Tage halbhungrig herumlief, aber Gaučys konnte auf seiner Fahrt an irgendeinem Wägelchen mit heißen Piroggen halten und dann hinterm Steuerrad zwei essen, zum Mittagessen würde er eine Kohlsuppe schlürfen. Er hörte, dass Maška bereits die Korridortür schloss, das erste Mal würden sie nicht zusammen, sondern einer nach dem anderen zum Bus gehen. Nachdem er seinen Tee ausgeschlürft hatte, ging auch Gaučys auf dem ausgetretenen Weg durch den Hof. Er schaute auf sein gestriges Bänkchen, und aus irgendeinem Grund erinnerte er sich: ›Und das Geld?‹ Er kehrte um, nahm aus dem Schrank alles, was er für die Kuh und das Häuschen der Mutter bekommen hatte, er hatte es unter seine Hemden im oberen Regal gesteckt. Nur seine drei Armeeunterhosen mit den von der Mutter eingenähten Taschen waren nicht mehr da. Maška muss sie weggeworfen haben. ›Warum musste sie das tun. Sie waren noch ganz gut, und man musste nur die Taschen abtrennen. Oder hat sie sich vielleicht daran erinnert, dass ich mit ihnen zu Klava gegangen bin? Aber jetzt? Warum ist sie jetzt meinetwegen eifersüchtig? Nicht einmal einer alten Witwe kann man mich anbieten, selbst wenn man ihr Geld gibt.‹

Während des Mittagessens schlürfte er in einem Speisesaal Kohlsuppe, er schaffte es noch, das ganze Geld bei einer Sparkasse einzuzahlen. Zwei Piroggen nahm er mit nach Hause, solche, wie er am Morgen gegessen hatte. Eine würde er am Abend, die andere zum Frühstück essen, Tee und Zucker war offensichtlich noch da. Er saß wieder den ganzen Abend im Hof. Auch die beiden jungen Mütter saßen dort. Wenn er dem Kinderwagen nicht wieder seinen Rücken zugewandt hätte, wäre er vielleicht angesprochen worden. Er kannte aus dem ganzen Haus allein diese zwei.

Morgen ist Samstag, sie musste nur bis zum Mittag arbeiten, aber wie wird es sein, mit Maška einen halben Samstag und einen ganzen Sonntag zu verbringen? Aber musste er denn mit ihr zusammen sein? Zuschauen, wie sie sich bis zum Umfallen betrank?

Am Samstagnachmittag traf er zu Hause mit Maška zusammen. Mit demselben Rock, mit dem sie zur Arbeit gefahren war, saß sie am Tisch und tat nichts. Gaučys hängte Arbeitshemd und Hose an einen Nagel im Korridor, kam in Unterhose zurück ins Zimmer, nahm sich eine neue Unterhose aus dem Schrank und ging ins Bad, um in die Wanne zu steigen. Wieder zurück, nahm er aus dem Schrank ein sauberes Hemd, eine bessere Hose, ging zum Tisch, legte sie über die Stuhllehne, sah Maškas ängstlichen, bedauernswürdigen Blick. Es drückte ihm das Herz zusammen, er sagte jedoch nichts. Aber auch sie sagte nicht wie sonst: »Juzikas, bade mich!« Während er ihren ganzen Körper eingeseift, während er sie gerubbelt hatte, hatte sie sich jedes Mal in der Badewanne befriedigt, später noch einmal im Bett …

»Wo gehst du hin, Juzikas?«, fragte sie.

»Ins Kino.«

»Willst du mich nicht mitnehmen?«

»Nein.«

Er kam zurück nach Hause, als es schon ganz dunkel war. Die Wohnung war geputzt, aufgeräumt, nur seine Matratze lag nicht mehr auf dem Boden.

»Weshalb hast du sie fortgetragen?«

»Du brauchst sie nicht, Juzikas.«

Er musste über sie steigen, um sich an seinen alten Platz neben der Wand zu legen. Maška lag mit ihrem Nachthemd im Bett. Sie griff nach dem Schalter an der Wand, indem sie sich auf ihn legte.

»Mach das Licht nicht an!«, befahl Gaučys.

Jetzt lagen beide in der Dunkelheit. Gaučys wollte sich umdrehen und versuchen einzuschlafen, nur hörte er die ganze Zeit deutlich in seinem Rücken ihren Atem.

»Juzikas«, sagte sie leise. »Ich habe mit keinem Mann geschlafen.«

»Ich weiß«, murmelte Gaučys.

»Warum hast du mich dann geschlagen?«

»Für die Lüge! Du hattest mir versprochen mich niemals im Leben anzulügen. Warum wolltest du mich quälen? Wurde es dadurch für dich leichter, wurde es leichter?«

Maška schwieg. Er spürte, dass sie den ganzen Körper an seinen Rücken drückte.

»Lass mich in Ruhe!«, Gaučys zuckte die Schulter. »Daraus wird nichts!«

»Ich komme nicht deswegen, Juzikas ... Aber wir beide müssen über alles reden. Ich werde keinen Tropfen mehr in den Mund nehmen, ich werde nie mehr schlecht zu dir sein! Ich sollte dir die Füße küssen, du warst so gut zu mir!«

»Was hast du von meiner Güte, wenn du sowieso eine Strohwitwe bist?«

»Darüber müssen wir sprechen, Juzikas. Ich werde zu einer Nervenärztin gehen, sie wird mir irgendein Beruhigungsmittel oder etwas anderes aufschreiben, aber du, geh auch! Gut?«

»Aber was soll ich irgendeiner Alten sagen, wenn ich dort hingegangen bin?«

»Nun, dass ... Nein! Sag mir erst einmal, was ist mit dir los? Irgendetwas ist doch passiert, ja? Nur wir zwei allein sind doch auf der Welt übriggeblieben, du für mich, ich für dich. Es ist dir doch etwas mit mir passiert, erzähl!«

Gaučys schwieg. Dann drehte er sich auf die Seite.

»Gut! Nur bedauere deine Bitte später nicht, dann kannst du nichts mehr ändern oder vielleicht ... vielleicht würde es bei mir vorübergehen?«

»Nein, Juzikas, sprich! Wir werden noch alles in Ordnung bringen!«

Gaučys erzählte ihr alles, über ihre blutigen Schenkel und über das blutige Stück von Vidas Körperchen zwischen ihren Beinen ...

Für einen Moment hörte Gaučys nicht einmal mehr ihren Atem.

»Mach das Licht an!«, befahl sie Gaučys. »Schnell!«

Sie richtete sich im Bett auf, zog das Hemd über den Kopf, warf es auf den Boden, legte sich auf den Rücken, zog die Knie an und spreizte die angewinkelten Beine: »Nun, jetzt schau! Wo bin ich blutig, wo bin ich irgendetwas? ... Bei mir ist dort alles sauber, alles ist in Ordnung, alles ist so, wie es war!«

»Ich sehe mit meinen eigenen Augen, dass nichts ...«, sagte Gaučys, er strich sogar mit der Hand über diese Stelle, schaute sie im Licht an.

»Siehst du jetzt? Wer weiß schon, was dir unter der Decke erschienen ist! Versuchen wir es noch einmal! Im Licht! Dass du die ganze Zeit sehen kannst!«, sie steckte ihre Hand unter den Gummizug seiner Unterhose. Gaučys fühlte ihre Handfläche, die zarten Finger.

»Ich werde ihn steif machen, steif! Er wird schon größer! Später werde ich schnell auf dich kommen und dann wird er schon irgendwohin verschwinden! Und du wirst meine beiden Schenkel von vorne sehen, mit deinen Augen wirst du sie sehen und nichts mehr wird erscheinen ... Oh, ich will dich schon!«, sie setzte sich schnell auf ihn.

Aber es ging nichts. Es war nicht so, wie Maška gehofft hatte. Sie blieb noch etwas sitzen, dann legte sie sich neben ihn. »Warum ist er von dort verschwunden? Was ist ihm jetzt erschienen?«

»Maška, sei nicht böse, ich habe aus irgendeinem Grund daran gedacht, und wenn dort doch ein solches Stückchen zurückgeblieben ist? Ein ganz kleines Stückchen? Und der Doktor hat es nicht bemerkt?

»Mach das Licht aus, Juzikas!«

Gaučys löschte das Licht, Maška schwieg lange, dann sagte sie: »Du brauchst keinen Arzt, Juzikas! Du brauchst nur eine andere Frau, nicht mich. Damit du dich mit ihr nicht daran erinnerst.«

Gaučys stieg über sie, er suchte nicht einmal die Pantoffeln, sondern ging barfüßig in die Küche rauchen. Danach legte er sich neben sie auf den Rücken, dann, weil er meinte, dass Maška schon eingeschlafen war, sagte er laut: »Und mit einer anderen wird es genauso sein!«

»Mit einer anderen wird es nicht so sein!«

»Es wird so sein!«

Gaučys drehte sich zur Wand, er glaubte, dass er nach all dem länger wach liegen würde, aber er schlief sofort ein.

»Juzikas, wach auf!« Er spürte, dass Maška ihn an der Schulter rüttelte, und aus ihrer Stimme verstand Gaučys, dass sie noch nicht einmal ein Nickerchen gemacht hatte, obwohl es schon früh am Morgen war. Er hatte Angst, dass sie dasselbe versuchen würde wie gestern.

»Juzikas, wenn alles wieder klappen würde, könntest du dann mit mir bis in das hohe Alter leben, auch wenn wir nie Kinder haben würden?«

»Ich könnte, Maška, auch mit dir allein könnte ich. Sogar dann, wenn es bei mir nie wieder klappen würde.«

»Aber dann könnte ich nicht. Und ich bin doch erst dreiundzwanzig, dann wäre ich wie Klava ... Sie hat keine drei Tage ausgehalten!«

Beide schwiegen lange, bis Maška wieder begann: »Juzikas, ich bin sehr eifersüchtig! Nicht einmal ich selber wusste früher, dass ich so eifersüchtig bin! Aber jetzt. Juzikas, versuch es mit Verute, mit ihr wird es klappen.«

»Mit der Freundin der Ehefrau?!«

»Wenn du dir das natürlich von vornherein in den Kopf setzt, wird es nicht klappen.«

»Ich setze mir nichts in ...!«

»Verute wird es machen. Und alles wird klappen! Und danach wird es auch mit mir klappen!«

»Weil du ihr erzählst, dass er mir bei dir nicht hochkommt, dass es für mich wie Medizin sein wird oder was ... Willst du es so? Dass Verute danach dem ganzen Wohnheim!?... Und warum gebt ihr meinen Penis direkt von der einen Hand in die andere? Seid ihr alle Huren, dass es euch überhaupt nicht wichtig ist, von welcher der Mann gerade heruntersteigt, ist es nur wichtig, dass er auch noch dich besteigt? So ist es doch oder nicht?«

»Nein, so ist es nicht! Klava hat nicht von einer in die andere Hand dich an mich weiter gegeben. Sie hat mir nur gesagt, dass du bis zu ihr, und das heutzutage, noch keine Frau gehabt hattest, dass sie für dich die erste war, dass … du sehr gut bist, dass … Dass sie, eine alte Hure mit zwei Kindern, nicht das Recht hat, dir dein Leben zu verderben … Dass es ihr reicht, dass sie sich selber das Leben seit langem verdorben hat … Sie hat viel über dich geredet. Dass du die Kinder sehr liebst, dass du ein sehr guter Vater sein wirst, dass … du als Mensch sehr gut bist, sogar zu gut.«

»Und jetzt habe ich nicht das Recht, dir das Leben kaputtzumachen!«

»Du machst es nicht kaputt. Es geht von selbst kaputt.«

»Nein! Ich! Meine verstorbene Mutter hat zu Recht gesagt, dass ich nicht erwachsen bin, und ich habe mich darüber noch geärgert. Ich hätte damals mit der Faust auf den Tisch hauen sollen, und Schluss! Bei mir wirst du zu keiner Schwarzarbeit gehen! Du bist schwanger – hock dich wie eine brütende Henne zu Hause hin!«

»Juzikas, hör auf!, erinnere mich nie mehr an die Schwarzarbeit! Wir haben doch mit Verute begonnen.«

»Mit Verute, Birute, Danute … Wenn du es wissen willst, ich habe nicht einmal die geringste Ahnung, wie Männer so etwas machen, womit sie beginnen, was sie zuerst sagen …Vielleicht sofort, guten Tag, den Arm unter den Rock stecken, gehen wir bumsen?«

»Es gibt auch solche, aber mit Klava – da hast du es doch gewusst?«

»Nichts habe ich gewusst! Klava hat alles selber gewusst, ich brauchte auch nichts zu wissen.«

»Klava, Klava, Klava! Schon nach zwei Tagen schleppte sie Miška ab!«

»Und vielleicht auch Dimka?«

»Vielleicht auch Dimka, vielleicht auch Timka, mich hat das nicht interessiert. Nur du hast mich damals interessiert. Mir reicht diese Klava! Wirst du es mit Verute versuchen?« Sie versteckte ihr Gesicht im Kopfkissen, ihre Schultern begannen zu zucken.

»Maška«, fragte Gaučys, »erinnerst du dich nicht, was du mir im Krankenhaus gesagt hast: Juzikas, ich werde nie mehr weinen?«

»Gut!«, sie drehte sich zur Seite, durch die Gardinen drang schon Morgenlicht, Gaučys sah, dass Maška lag, mit abgestütztem Kopf, nur den Blick der Augen konnte er noch nicht sehen, allein er fühlte, dass sie ihm gerade in die Augen sah. »Wenn mit Verute, nein, warum hast du mich damals auf die Knie gesetzt, warum hast du gesagt, dass alles für mich in Ordnung sein wird, alles für uns gut sein wird, dass in dem Dorf sogar eine vierzigjährige Nachbarin ein Kind zur Welt gebracht hat. Und ich habe mich beruhigen lassen, ich habe es sogar geglaubt, ich Dumme! Wie kann ich schwanger werden, wenn bei dir mit mir nichts klappt ... Ich hab wirklich geglaubt, ich Dumme!«

Gaučys stieg über sie, ging in die Küche, holte Zigaretten und Aschenbecher. »Rück ein Stückchen weiter, ich möchte auf dem Bettrand rauchen.« Er setzte sich, rauchte eine Zigarette, schwieg, rauchte eine zweite, schwieg immer noch.

»Juzikas«, sagte Maška, «nimm mir nicht die letzte Hoffnung. Ich hoffe sowieso, dass wir noch Kinder haben werden, ich beginne es sogar irgendwie in meinem Inneren zu fühlen. Du weißt, ich habe alles überlegt. Wenn sie noch keine Freundin für die Sommerschwarzarbeit gefunden hat, dann werde ich am Sonntagmorgen ins Wohnheim fahren und sie hierher bringen. Und später werde ich sie betrunken machen.«

»Du willst sie betrunken machen? Diese niederlitauische Stute! Als erste wirst du selber vom Stuhl fallen!«

»Hab keine Angst! Ich habe noch ein paar Schlaftabletten, die man mir abends im Krankenhaus gegeben hat, aber in Likör lösen sie sich nicht auf, ich habe es versucht. Ihr werdet Schnaps trinken, Verute mag keinen Likör, ich werde die Tabletten vorher fein reiben … Du musst nichts weiter tun, nur das. Ich werde sie sogar ausziehen und sie dir nackt überlassen, gut? Sei brutal zu ihr, als ob du sie vergewaltigst, gut, Juzikas?«

»Und du? Stehst du da und schaust zu?«

»Ich werde bis zum Abend ins Wohnheim gehen. Aber du musst mir eine Flasche Likör besorgen. Ich werde dort doch die Wände hochgehen, wenn ich mir alles vorstelle!«

»Und wie willst du hineinkommen, wenn von den beiden Mädchen keines im Zimmer ist?«

»Ich werde aus ihrer Handtasche den Schlüssel nehmen, danach lege ich ihn wieder zurück … Wie, Juzikas?«

»Ich weiß nicht.«

Aber Maška wusste schon.

Gaučys zog die Gardinen auf. Die Sonne war schon lange aufgegangen.

»Soll ich dir Tee kochen?«

»Koch Tee.«

Gaučys brühte in der Küche zwei Tassen. Im Brotkasten war noch eine Fleischtasche für das Frühstück. Aber sie schmeckte nicht mehr; wie aus Gummi. Er biss ein Stück ab, schob es von einer Backe zur anderen, bis Maška nackt hereinkam, das Nachthemd lag auf dem Boden, früher war sie immer so in der Wohnung herumgelaufen. Sie setzte sich auf den Hocker und schlürfte ihren Tee.

»Ich mach das Fenster zu«, Gaučys stand auf, »du wirst dich erkälten.«

Als er zurückkam, bemerkte er, dass Maška gierig auf die angebissene Pirogge blickte. Er schob sie mit dem fettigen Papier zu ihr hin: »Du hast das ganze Geld vertrunken, und jetzt ist nichts übrig, wovon du Essen kaufen kannst?«

Sie senkte den Kopf.

»Warum hast du mir nichts gesagt?«
»Ich hatte Angst.«
»Und warum hattest du Angst vor mir?«
»Ich hatte keine Angst vor dir.«
»Vor was?«
»Vor deiner Güte …«

Kapitel 15

Als Maška am Sonntagabend nach Hause kam, lag Verute nackt und mit gespreizten Beinen auf dem Rücken in ihrem Bett und schnarchte laut. Auf dem Tisch war noch alles so, wie sie es hinterlassen hatte, als sie fortgegangen war, kalte Happen, eine halbe Flasche Schnaps, und dazu noch eine volle unter dem Tisch. Maška fühlte sich überhaupt nicht betrunken vom Likör. Sie ging in die Küche, öffnete die Tür zum Bad, Gaučys war nicht zu Hause. Sie setzte sich auf den Bettrand, schüttelte Verute lange an der Schulter. Die hörte auf zu schnarchen, wachte aber einfach nicht auf. Sie versuchte sich auf die Seite zu drehen, schrie auf, oh, und fasste sich an den Kopf.

»Jesus!«, sagte sie und öffnete die Augen. »Mir dröhnt der Kopf! Oh, mir ist schlecht!«

Maška warf eine Decke über sie, goss ein Glas halb voll, trug es an das Bett: »Trink!«

»Gieß es dir in die ...!« sagte Verute. »Mir ist schlecht!«

»Trink!«, Maška presste ihr das Glas an die Lippen, Verute trank aus, sprang sofort aus dem Bett, Maška hörte, wie sie sich im Badezimmer übergab.

Als Verute hereinkam, drückte sie die Handflächen an die Schläfen, sah ihre Unterhose, ihren Büstenhalter, ihr Kleid auf dem Boden: »Jesus, ich habe ja nichts an!«

Sie zog sich schnell an und fiel wieder in das Bett. »Gib noch eins!«, bat sie jetzt selber. »Vielleicht werde ich jetzt nicht mehr spucken? Gib irgendetwas dazu!«

»Ich werde dir eine saure Gurke geben.«

Sie spuckte jetzt nicht mehr. »Maška, aber warum bin ich so schnell betrunken geworden? Und warum hast du mich nackend ausgezogen?«

»Ich habe dich nicht ausgezogen«, sagte Maška und

trank am Tisch den Schnaps selbst aus, den sie dort stehengelassen hatte.

»Hat Gaučys mich ausgezogen?« Verute setzte sich im Bett auf. »Aber wo bist du gewesen?«

»Ich bin ins Wohnheim gefahren.«

»Warum hast du uns allein gelassen?«

»Gaučys hat mich nicht weitertrinken lassen, aber ich hing schon an der Flasche; ich habe mich geärgert, die Flasche genommen und bin weggefahren … Hat er dich gevögelt? Hat er?«

»Maška, bei der Liebe Gottes … Ich erinnere mich an nichts, ich habe nichts empfunden! Mir ist so gewesen, aber ich habe kaum gefühlt, dass er schon vögelt – ich bin in dem Moment aufgewacht und nüchtern geworden! Maška, ich bitte sehr um Verzeihung, ärgere dich nicht, ich bitte dich wirklich um Verzeihung! Niemals hätte ich gedacht, dass dein Gaučys … Aber wie konnte ich so einschlafen! Und er, mit der Freundin seiner Frau!«

»Wusstest du nicht, dass alle Männer so sind?«

»Warum hast du mich mit ihm allein gelassen? Ich schäme mich so vor dir! … Maška, ich gehe, solange er noch nicht nach Hause gekommen ist!«

Sie griff nach ihrer Tasche, raste fast durch die Tür, Maška setzte sich an den Tisch, goss sich aus der anderen Flasche noch einen Schnaps ein. Wo war Gaučys? Warum ist er von Verute heruntergestiegen, fortgegangen und hat sie mit gespreizten Beinen liegen lassen? Wirklich, warum konnte er nicht neben ihr liegen bleiben und warten, bis sie kommt? Sie zweifelte nicht daran, dass Gaučys Verute genommen hatte.

Jetzt wird alles gut sein! … Sie trank wieder Schnaps, aber irgendwie konnte sie sich selbst nicht verstehen. War doch ihre Freude nicht wie Freude, und die Eifersucht überhaupt nicht wie Eifersucht, obwohl sie deutlich beide nackt im Bett liegen sah, den ganzen Nachmittag über nichts anderes mehr sah. Sie hörte Gaučys von draußen die

Tür aufschließen. Sie erstarrte sogar, während sie darauf wartete, sein Gesicht im Türrahmen zu sehen. Aber Gaučys ging zuerst ins Bad. Dann kam er herein, schaute kurz auf die angetrunkene Flasche, setzte sich irgendwie geduckt, zusammengesunken ihr gegenüber, mit unglücklichem Gesicht.

Maška verschlug es die Sprache. Sie vermochte kaum zu fragen: »Na?«

Gaučys schwieg. Maška füllte das Glas fast voll mit Schnaps, er beachtete es nicht. Sie trank das halbe Glas aus: »Erzähle! Erzähle mir alles genau! Ich frage dich!«

»Du kannst Verute fragen.«

»Ich habe sie gefragt, aber sie hat geschlafen, erinnert sich an nichts!«

Gaučys zündete sich eine Zigarette an und schwieg weiter.

»Na?!« Maška stampfte jetzt sogar mit dem Fuß auf.

»Es gibt nichts zu erzählen.«

»Na, ich habe sie für dich ausgezogen, sie für dich nackt im Bett liegen lassen, bin fortgegangen, und weiter?

»Ich habe mir Hose und Hemd ausgezogen, bin näher gegangen, habe mit den Händen die Schenkel auseinander geschoben.«

»Und Deiner ist nicht steif geworden?«

»Er ist steif geworden.«

»So, warum dann nicht.«

»Und dann habe ich dich plötzlich vor meinen Augen gesehen, wie du allein mit der Flasche im Wohnheim sitzt, wie du leidest, wie du uns ganz bestimmt von dort siehst. Und da habe ich gedacht, wie musst du mich lieben, dass du so etwas tun kannst? Welche andere Frau könnte das? Ich hatte mit dir so ein Mitleid, so ein Mitleid, und sollte ich diese mit gespreizten Beinen schlafende Kuh besteigen?«

»Und wieder meinetwegen! Warum nur, warum hast du Mitleid mit mir, warum hast du nicht Mitleid mit dir selber gehabt? Es ist alles aus, jetzt ist alles aus!«

Maška trank das Glas aus, sie schüttelte sich nicht einmal, sondern schenkte sich noch einmal ein. Gaučys schaute sie an. Er rauchte nur, rauchte, rauchte.

»Und warum bist du danach fortgegangen?«

»Warum sollte ich hier bleiben?«

»Wo warst du den halben Tag über?«

»Ich bin in die Stadt gefahren, habe auf einem Bänkchen gesessen und Kinder beobachtet«

»Es ist alles aus! Jetzt ist alles aus!«, wiederholte Maška. Sie erhob das fast volle Glas, trank aber nicht, sondern schaute über den Glasrand zu Gaučys. Plötzlich veränderte sich ihr Gesicht vollkommen. Es schien Gaučys, fremd, hart, von irgendetwas erfüllt, etwas wie Zorn, wie irgendein bei ihr noch nie gesehenes Gefühl.

»Schau mir in die Augen!«, befahl Maška. »Schau her, schäme dich nicht! Und antworte mir nur auf eine Frage, wie soll es jetzt weitergehen?«

»Ich weiß es nicht.« Gaučys zuckte mit den Schultern. »Entscheide du.«

»Gut! Das ganze Leben über habe ich alles allein entschieden, ich werde auch jetzt allein entscheiden! Aber du, Memme, geh und hol mir zwei Flaschen Likör. Ich kann mich jetzt tottrinken!«

»Maška, du musst morgen zur Arbeit.«

»Ich scheiß auf diese Arbeit.«

»Aber sie werden dir einen Tag ›unentschuldigt‹ anschreiben.«

»Dann wenigstens drei!«

»Gut«, Gaučys stand vom Stuhl auf. »Soll ich mir aus dem Keller die Matratze holen, wenn ich zurückkomme?«

»Bring einen Strick mit, an was willst du dich sonst aufhängen? Du kannst neben mir liegen, ich werde, wie Verute, sowieso nichts mehr empfinden!«

Während er in der Schnapsabteilung Schlange stand, begann es schon dunkel zu werden. Maška lag nackt, vollkommen betrunken im Bett. Sie hatte am Tisch zu plötzlich aus der Flasche getrunken, der Schnaps war ihr gleich in den Kopf gestiegen.

»Zieh die Gardinen zu und mach das Licht an!«

Gaučys tat alles wie befohlen.

»Und zieh dich aus!«

Gaučys zog das Hemd aus, hängte es über die Stuhllehne. Er zögerte, zog auch die Hose aus. Dann ging er in die Küche, holte eine alte Nummer der »Arbeiterin«, breitete sie auf dem Stuhl aus, trug ihn an Maškas Bett, stellte die Likörflasche und ein Schnapsglas darauf. Sollte sie im Liegen trinken, wenigstens würde sie nicht wie letzte Nacht auf den Boden fallen. Für sich holte er einen Aschenbecher, stellte ihn auf denselben Stuhl und goss ihr dann ein Gläschen ein. Sollte sie trinken, bis sie einschläft, was konnte er machen. Im Rausch drehte sie sich wieder auf den Rücken:

»Lege mich genauso hin, wie Verute gelegen hat!«

»Du liegst ja auf demselben Platz.«

»Spreize meine Schenkel, wie bei ihr! Schau dort, schau!« Danach streckte sie ihre Hand aus, presste sie zwischen seine Beine. »Und warum ist er nicht steif? Bei ihr, sofort, aber bei mir, nein?! Bin ich für dich schlechter?«

»Du bist vollkommen betrunken!«

»Und Verute, war sie nüchtern? Sie hat auch noch geschlafen! Aber ich schlafe nicht! Gieß mir noch einen ein, du Invalide! Impotenter!«

Gaučys goss ein. Dann sah er, dass sie die Augen nach oben verdrehte, die Lider schloss und im selben Augenblick einschlief. Gaučys setzte sich neben sie auf die Bettkante, rauchte, mit der anderen Hand aber streichelte er die langen, schönen, immer noch gespreizten Schenkel. Im Licht erschienen sie ihm wirklich nicht mehr blutig, er dachte nicht einmal daran. Wenn jemand wüsste, wie leid ihm seine arme Maška tat! Wie sie alles verstand, konnte, bewältigte, sie machte doch alles, damit es gut für sie beide würde, damit sie glücklich würden! Und selbst das größte

Opfer, für das eine Frau sich nur entschließen kann, wollte sie aufbringen. Maška, du meine Maška! Jetzt streichelte er sie schon mechanisch, er erinnerte sich an Vidas, aber nicht direkt an Vidas, sondern er sah nur die vom Wind hin und her geblätterten Seiten der aufgeschlagenen Schulbücher auf dem Burgberg. Später sah er aus irgendeinem Grund seinen Mathematiklehrer, der damals schon ein alter Mann war, er hörte sogar dessen Stimme in der Klasse: »Wenn sich eine Aufgabe nicht lösen lässt, prüft zunächst euren Lösungsweg, vielleicht habt ihr unabsichtlich irgendwo an Stelle von einem Plus ein Minus geschrieben, vielleicht habt ihr beim Addieren oder Multiplizieren einen Fehler gemacht. Noch und noch einmal prüfen! Wenn in eurem Lösungsweg kein Fehler ist, welche Schlussfolgerung müssen wir ziehen? Wer weiß es? … Niemand? Das heißt also, der Fehler liegt in der Aufgabenstellung selber!«

Gaučys stellte das Glas und die Flasche auf den Tisch, damit Maška sie nicht umwerfen konnte, wenn sie sich in der Nacht hin und her wälzte. Er löschte das Licht und legte sich auf seinen Platz an der Wand. Morgen musste er zur Arbeit gehen. Maška bemerkte, vielleicht zum ersten Mal, nicht, als er aufstand, aß und losging. Er wollte ihr auf dem Küchenschränkchen Geld liegen lassen, tat es aber nicht, Lebensmittel waren gekauft, und es gab noch zwei fast volle Likörflaschen zu trinken, mochten sie irgendwie bis zum Abend reichen.

Als er am Abend nach Hause fuhr, hatte Maška am Tag nur die eine schon angetrunkene Flasche ausgetrunken. Die zweite stand in der Mitte des Tisches.

»Juzikas, du musst morgen bei meiner Arbeit anrufen und sagen, dass ich Fieber habe, gut?«

»Willst du wieder trinken?«

»Morgen nicht. Ich habe in der Stadt etwas zu tun.«

»Vielleicht gehst du zur Poliklinik?«

»Ich werde gehen.«

Nach dem Abendessen ging Gaučys in den Hof zu

seinem Bänkchen rauchen. ›Das heißt, der Fehler liegt also in der Aufgabenstellung selber‹ … Das Schlimmste war, dass er sich nicht selbst diese Aufgabe gestellt hatte und nichts an ihr ändern konnte. ›Wenn die Aufgabenstellung fehlerhaft ist, dann lässt sich die Aufgabe nicht lösen. Wenn er auch den Fehler findet, was wird sich ändern? Die Aufgabe wird sich in keinem Fall lösen lassen.‹

Als Gaučys am nächsten Morgen aufstand, wachte Maška auf, blieb aber liegen. Sie würde dann aufstehen, wenn er die Tür von draußen geschlossen hatte.

Kaum war Gaučys am Abend eingetreten, bemerkte er den Geruch von gebratenen Kartoffeln. ›Heißt das, Maška trinkt nicht mehr?‹, überlegte er beim Waschen. Sie saß in der Küche neben dem Schränkchen, als ob sie auf ihn wartete. Aber ihr Gesichtsausdruck erschien Gaučys sonderbar. »Nun Maška, wessen Hund hat sich aufgehängt?«, sagte Gaučys lächelnd.

»Unser, Juzikas, unser …«, antwortete sie mit dem größten Ernst.

Sie aßen, dann stand sie als erste auf und sagte: »Gehen wir ins Zimmer.«

Und so blieb alles auf dem Schränkchen stehen, Maška brachte nichts zum Spülbecken. Im Zimmer setzten sie sich einander gegenüber, Gaučys rückte die nicht geöffnete Likörflasche nur weiter zur Seite, so dass er ihr Gesicht und ihre Lippen besser sehen konnte. Dieser sonderbare Gesichtsausdruck, mit dem sie Gaučys in der Küche empfangen hatte, war auch jetzt nicht verschwunden. Einige Zeit schwiegen beide, Gaučys wartete, sie aber verschränkte auf der Tischdecke die Hände: »Jetzt höre, Juzikas … Ich habe heute unseren Antrag auf Scheidung zum Gericht gebracht. Davor habe ich mir noch eine Bescheinigung geholt, dass ich keine Kinder bekommen kann und sie dazugelegt. Die Scheidung wird kurz sein, wir haben doch keine Kinder, eine Teilung der Wohnung ist nicht nötig, es gehört dir hier kein Stück, du bist bei mir eingezogen. Hab keine Angst, du wirst nichts sagen müssen, ich werde der Richterin selber alles sagen.«

»Wann?«, fragte Gaučys nur mit den Lippen.

»Sie wollten nach drei Monaten scheiden, aber ich habe der Gerichtssekretärin hundert Rubel zugesteckt, und da hat sie gesagt, sie wird alles so anordnen, dass die Scheidung in drei Wochen stattfinden kann. Die gerichtliche Vorladung wird mit der Post kommen, hat sie gesagt.«

»Aber woher hast du die hundert Rubel, wenn du alles vertrunken hast, auch für das Essen nichts mehr hattest?«

»Als deine Mutter uns damals das Geld gegeben hat, hat sie mir noch heimlich hundert in die Tasche gesteckt. Sie hat gesagt: Lass dir ein weites Kleid nähen, kauf dir eine weite Strickjacke, laufe nur nicht zugeschnürt herum. Drücke das Kind nicht! Aber dann habe ich es schon nicht mehr gebraucht. Als ich gestern Nacht nicht eingeschlafen bin, habe ich mich an die Hundert erinnert.«

Sie spreizte die Finger, zog den Ring von der Hand, legte ihn in die Mitte des Tisches vor Gaučys.

»Meine Mutter hat ihn dir geschenkt«, sagte Gaučys, »er gehört dir.«

Er streifte seinen Ring ab und legte ihn daneben. »Nimm auch diesen. Falls du wieder heiraten wirst, vielleicht wird es solch eine zweite Mutter nicht geben.«

»Juzikas, aber das ist doch der Ring deines Vaters! Und wenn du ihn brauchst, musst du einen neuen kaufen?«

»Ich brauche keinen mehr, ich bin impotent.«

Gaučys stand vom Tisch auf, warf noch einen Blick auf beide Ringe.

»Juzikas, wohin gehst du?«

»In den Hof auf das Bänkchen, rauchen.«

»Setz dich noch!«

Gaučys setzte sich, jedoch nur auf den Rand.

»Höre, Juzikas … Wenn wir geschieden sind, werde ich dich nicht am selben Tag hinauswerfen! … Wenn sie dir in den Ausweis ›ledig‹ stempeln, kannst du einen Antrag fürs

Wohnheim stellen. Dort gibt es freie Plätze, das weiß ich. Du kannst hier so lange wohnen, bis du einen Platz bekommst.«

»Ich werde hier nicht wohnen. Ins Wohnheim werde ich auch nie zurückgehen.«

»Wo willst du leben?«

»Ich werde nirgends leben.«

»Willst du dir ein Zimmer mieten? Weißt du, wie viel das kleinste Zimmer in Klaipeda kostet? Es wird nicht einmal was für Sprotten und Kefir übrig bleiben! Die Miete wird überall ein Jahr im Voraus verlangt! Woher willst du das Geld nehmen? Du wirst ins Wohnheim zurück müssen!«

»In-das-Wohn-heim-wer-de-ich-nie-mals-zu-rück-kehren,« sagte Gaučys, erhob sich und ging wieder in den Hof zum Bänkchen. Gegenüber waren jetzt weder die jungen Mütter noch ihre Kinderwagen, blau und weiß, deshalb musste Gaučys sich nicht abwenden, er setzte sich mit dem Gesicht zum Weg und rauchte. Es gingen immerzu Menschen vorbei, aber Gaučys kannte keinen einzigen, aber vielleicht sah er die Vorbeigehenden auch nicht einmal.

Nein, es würde nicht so sein, wie Maška sagte. Bei der Miliz, bei der Staatsanwaltschaft, beim Gericht werden die Menschen bis zum letzten Fädchen vernommen, wie viele Male hatte er darüber gelesen? Es war ja auch überhaupt nicht logisch, der Richter würde es sofort verstehen: Wenn sie sich trennten, weil Maška keine Kinder haben konnte, warum hatte Gaučys dann nicht selbst die Scheidung eingereicht, sondern sie? Das Gericht musste doch den wahren Scheidungsgrund herausfinden! Und sie würden ihn herausfinden und so lange weiterfragen, bis schließlich entweder Maška ihn nennen würde oder er selber erzählen musste, dass er impotent war, dass sie sich nicht trennten, weil Maška keine Kinder haben konnte, sondern weil Gaučys, als Ehemann von Maška, nicht seine männlichen Pflichten erfüllen konnte … Genauso würde es sein!

Wenn ... Konnte eine Schande und Erniedrigung größer sein? Und alles öffentlich, vor allen, und in die Papiere eingetragen?

Gaučys erhob sich vom Bänkchen. Er hatte verstanden, ihm war alles klar geworden. Maška wusch das Geschirr in der Küche ab, Gaučys zog sich aus, legte sich auf seinen Platz an der Wand.

Später legte sich auch Maška hin: »Juzikas, lässt du mich an deinen Rücken angeschmiegt einschlafen?«

»Nein. Gewöhn es dir ab.«

Sie seufzte tief, zog sich zurück. Gaučys lauschte nicht auf ihren Atem wie sonst ... Er lauschte in sich hinein. Aber in ihm war alles nur leer und still. Ab und zu vernahm er irgendetwas in den Ohren, wie ein Dröhnen, falls denn überhaupt Schwermut, Traurigkeit, Hoffnungslosigkeit im Menschen irgendwie dröhnen ... Als dieses Dröhnen verstummte, irrten durch Gaučys' Kopf allerlei zerstreute, irgendwie voneinander unabhängige Gedanken, kurze, nichts Sinnvolles bedeutende Bilder, die auftauchten und wieder verschwanden, irgendwann gehörte oder gelesene Fragmente aus Sätzen ... ›Und wenn ihr dann nicht einmal einen Fehler gefunden habt, heißt das, der Fehler ist also in der Aufgabenstellung selbst‹ ... Klaida (Fehler) ... Klaida... Klaid-pe-da. Wirf die mittlere Silbe raus und wieder kommt dasselbe Wort heraus! Klaida – Klaipeda ... Klaida – Klaipeda.

»Was flüsterst du in der Dunkelheit?«, hörte er die Stimme von Maška hinter seinem Rücken.

»Nichts, Maška, nichts ... Schlaf.«

Dann schlief er auch ein.

Am Morgen gingen sie wieder zusammen zur Arbeit, in der Nacht hatte es geregnet, aber der dunkle, trübe Himmel hing jetzt nur tief über der Stadt. Als sie an seinem Bänkchen vorbeigingen, blieb Gaučys plötzlich stehen: »Maška, fahr allein! Ich habe die Schlüssel des Kippers vergessen.«

Ohne etwas zu sagen ging sie weiter. Gaučys stand und schaute, wie sie fortging. Sie spürte seinen Blick nicht in ihrem Rücken, sie drehte sich nicht um, sie ging weiter, senkte den Kopf und schaute nur auf ihre Füße. Erst als Gaučys sie nicht mehr sah, ging er zurück.

An der Bushaltestelle auf der anderen Seite der Straße standen noch ungefähr zehn Menschen, Maška war nicht unter ihnen, sie war schon abgefahren. Aber Gaučys musste nicht auf jene Straßenseite, er musste auf dieser bleiben. Auf der Sparkasse hob er alles Geld ab, bis auf die letzte Kopeke, das leere Sparbuch wurde ihm jedoch abgenommen. In der Wohnung steckte er das dicke Bündel unter die Hemden im Schrank, dann machte er sich wieder auf.

An der Bushaltestelle studierte er mit zurückgelehntem Kopf den an einen Pfahl genagelten Fahrplan. Sein Bus würde in einer halben Stunde abfahren, das heißt, er würde spätestens gegen Mittag ankommen. Als der Bus dann außerhalb der Stadt durch die Landschaft fuhr, schaute er nicht ein einziges Mal zu den Bäumen, die stellenweise schon gelb wurden, auch nicht zu den Störchen, die in den Stoppelfeldern Frösche fingen. Er schaute nirgends hin, nur in sich selbst hinein, tief in seinen Kopf oder vielleicht bis in den Hinterkopf, er wusste nur nicht, ob er alles verstand, was er in diesem Selbst sah?

Er fuhr bis an sein Ziel, stieg aus und ging die Straße entlang. Nach alter Gewohnheit wollte er an den Bahngleisen abbiegen, aber er besann sich: ›Was gibt es jetzt dort für mich?‹ Dann wollte er zum Stadtfriedhof abbiegen, aber wieder blieb er stehen: ›Ist es für den Verstorbenen besser, wenn irgendjemand kommt und an seinem Grab steht? Sie sehen ihn doch nicht! Und falls von dem Menschen irgendein Geist geblieben ist, dann ist er nicht dort, unter der Erde.‹ Deshalb lief Gaučys auf der Landstraße ins Dorf. Hier, weit entfernt vom Meer, gab es kein Anzeichen von Regen, die nicht mehr heiße, angenehme Septembersonne schien zwischen die Wolken hindurch und wärmte sogar. Als er auf der Landstraße ging, sprach er in Gedanken mit seiner Mutter, aber er fühlte, dass sie entweder nichts hörte oder nichts verstand. Er versuchte sich in Gedanken mit Maška wie durch irgendein Telefon zu unterhalten, aber Maška hob den Hörer am anderen Ende nicht mehr ab.

In Švažas' Hof, um den Brunnen und den Schwengel herum, jagten kleine Kinder hintereinander her. Der Weg durch den großen Garten führte noch nach unten, aber der Garten war schon nicht mehr derselbe, die Apfelbäume standen nicht mehr in den gleichmäßigen, schönen Reihen, viele waren vertrocknet, viele von ihnen waren umgefallen oder vollständig abgesägt. Er stieg auf den Burgberg, schaute hinüber auf die andere Seite des Flusses. Die Kuh weidete nicht mehr am Fluss, das stumme Mädchen saß nicht mehr am Ufer. Nur die Kiefer stand noch auf dem Burgberg am Rand des Gipfels und ihr großer Ast streckte sich weit über das Wasser. Ohne sich auszuziehen kletterte Gaučys ganz langsam auf diesen Ast. Es gab nichts zum Ausziehen: Für die Fahrt hatte er nur Sandalen angezogen, eine Hose, ein Hemd übergestreift. In der Hosentasche waren Zigaretten, Streichhölzer, vielleicht noch ein Rubel in Kopeken. Er besaß noch den Schlüssel zu Maškas Wohnung, aber die Schlüssel des Kippers hatte er beim Fortgehen in der Mitte des Tisches liegen lassen, dort wo die Hochzeitsringe blitzten, die sie gestern abgestreift hatten. Er balancierte quer, quer, mit ausgestreckten Armen, gelangte er bis zum Ende des Astes, bis zu seiner Gabelung, wo man schon viel besser stehen konnte. Unten, genau in der Mitte des Strudellochs, wirbelten im Kreis irgendwelche ausgerissenen Ufergräser, ein abgebrochener Zweig Schwarzerle, verschiedener Abfall. Er legte die Handflächen um den Mund und stieß, wie Tarzan, einen weit hallenden Schrei aus: »U-hu-huu!«

»Ju-uzik! … Ju-uzik!«, antwortete es ihm von dort.

Gaučys schaute genauer dort hin, die beiden Jungen von Klava waren hinter einem Busch hervorgesprungen und standen im Gras direkt am Wasser, riefen seinen Namen und winkten.

»Wirst du springen oder nicht?«, hörte Gaučys im Rücken die Stimme von irgendjemandem.

Er wandte sich langsam, vorsichtig zurück. Auf demselben Ast, nur mit dem Rücken an den Stamm gelehnt, stand Švažas. Hager, alt geworden, mit bis auf die Schultern hängenden grauen Haaren. Aber das Gesicht war nicht seines, aber Gaučys hatte ihn sofort an den verschiedenfarbigen Augen erkannt.

»Springst du oder nicht?«, wiederholte er noch einmal und stampfte ungeduldig mit dem Fuß auf den Ast. Mit rudernden Armen, fiel Gaučys schräg, krumm nach unten.

Post Scriptum.

Der Autor entschuldigt sich, dass der Roman so kurz, so einfach geworden ist, aber kurz, einfach war doch auch das Leben von Jiuozapas Gaučys …

September 1998 – Februar 2003

Gila Rom dankt Frau Dr. Grasilda Blažiene für die hilfreichen Ratschläge und die Begleitung bei der Arbeit an der Übersetzung.

Originaltitel: Romualdas Granauskas, *Duburys*

Bibliografische Information der Deutschen Nationalbibliothek
Die Deutsche Nationalbibliothek verzeichnet diese Publikation in der Deutschen Nationalbibliografie; detaillierte bibliografische Daten sind im Internet über http://dnb.d-nb.de abrufbar.

www.wallstein-verlag.de
Vom Verlag gesetzt aus der Stempel Garamond
Umschlaggestaltung: Susanne Gerhards, Düsseldorf
unter Verwendung eines Fotos von fotolia
Druck: Hubert & Co, Göttingen

ISBN 978-3-8353-0480-2